L'OISEAU SORCIER

DU MÊME AUTEUR

La Folle Avoine, Flammarion.
Le Petit Soldat de l'Empire, Flammarion.

GUY GEORGY

L'OISEAU SORCIER

FLAMMARION

ISBN 2-08-066876-5
Imprimé en France

Quitte le trône fastueux...
évêque des vents...
apprends à connaître ton pays d'anges
qui se rêvent morts
après les corvées de haine...
implique-toi
dans les pampas de sang
et de sanglots...
Descends, il est temps, te dis-je.

Eduardo MITRE

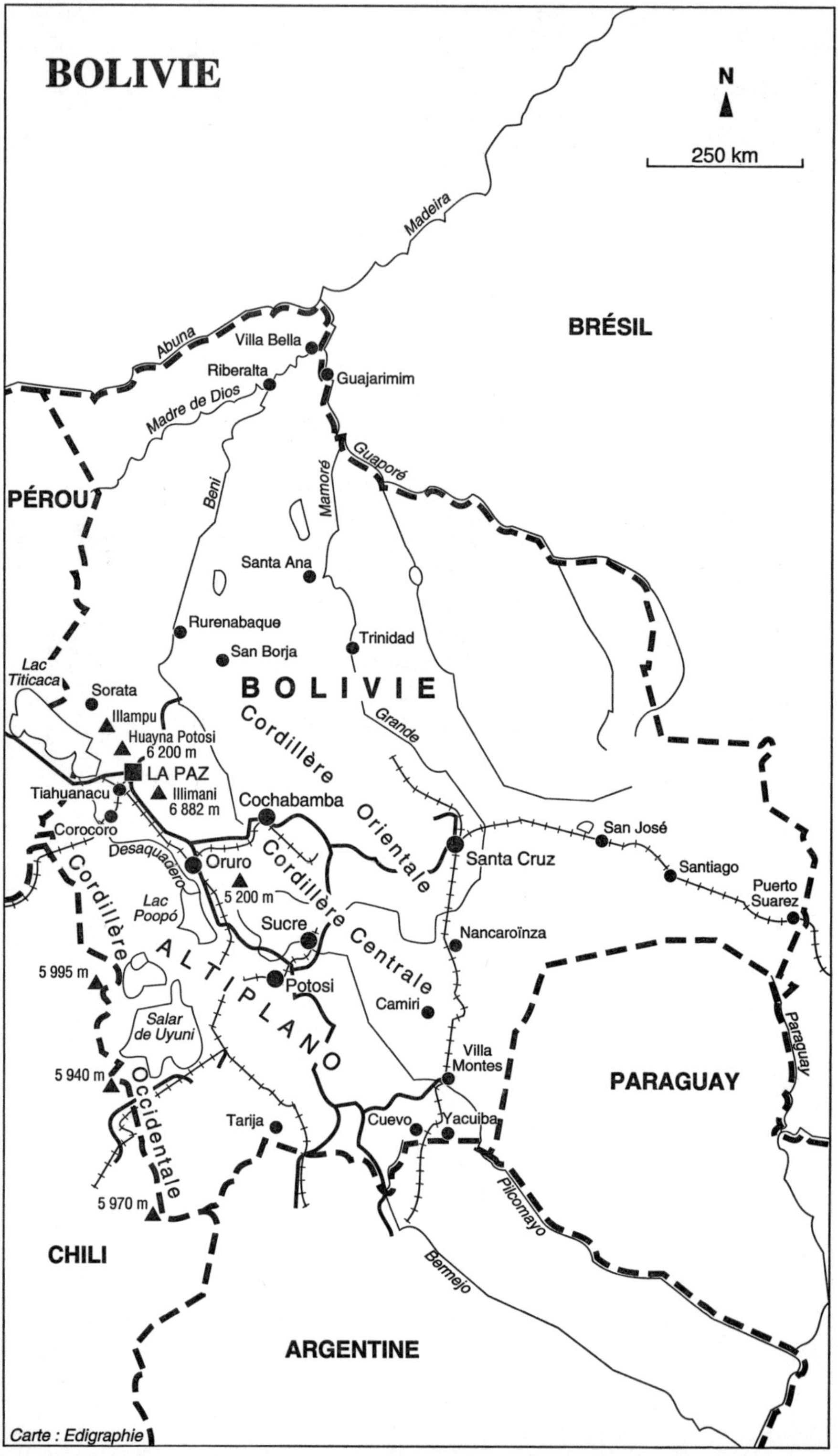
BOLIVIE
N
250 km
Madeira
BRÉSIL
Abuna
Villa Bella
Riberalta
Guajarimim
Madre de Dios
Guaporé
PÉROU
Beni
Mamoré
Santa Ana
Rurenabaque
Trinidad
San Borja
Lac Titicaca
Sorata
BOLIVIE
Illampu
Huayna Potosi 6 200 m
Grande
Cordillère Orientale
LA PAZ
Tiahuanacu
Illimani 6 882 m
Cochabamba
Corocoro
San José
Santa Cruz
Desaquadero
Oruro
Cordillère Centrale
Santiago
Puerto Suarez
5 200 m
Lac Poopó
Sucre
Nancaroïnza
Cordillère Occidentale
ALTIPLANO
5 995 m
Potosi
Camiri
Salar de Uyuni
Paraguay
Villa Montes
PARAGUAY
5 940 m
Tarija
Cuevo
Yacuiba
Pilcomayo
5 970 m
CHILI
Bermejo
ARGENTINE
Carte : Edigraphie

1

Le train de Buenos Aires qui portait le nom d'un illustre militaire, le « Général Belgrano », n'en finissait pas de grignoter la cordillère des Andes. Il avait quitté les bords du Río de la Plata depuis plus de cent heures et le terminus de La Paz, en Bolivie, semblait toujours aussi éloigné au bout du temps et de l'espace.

Dans la Pampa argentine empoussiérée et dépouillée par l'hiver austral, l'interminable convoi avait cahoté allégrement de gare en gare, de Rosario à Tucumán, mais dès les premiers contreforts de la montagne, les incidents s'étaient multipliés. Le tracé de la voie épousait si étroitement les courbes du relief que le chapelet de nos wagons se tortillait comme un ver monstrueux, apparaissant et disparaissant simultanément dans toutes les échancrures des virages. Quelques éboulements mineurs obstruaient parfois la voie et dans la montée de Tupiza, à la frontière bolivienne, une de nos deux locomotives avait brusquement rendu l'âme dans des hoquets convulsifs. Il avait fallu appeler dans la nuit le dépôt des machines le plus proche pour dégager l'engin défaillant et lui en substituer un autre en meilleur état.

Bref, au terme de ces cent et quelques heures de voyage, nous venions d'atteindre enfin l'Altiplano bolivien, un immense plateau fauve aussi dégagé qu'une piste d'envol et sans plus de végétation qu'un marais salant. Le soleil allait se coucher pour la cinquième fois et le ciel était ensanglanté mais virait au jaune et à l'améthyste. Les trois notables indiens en chapeau mou et poncho bariolé qui occupaient, avec leurs énormes valises, le fond du compartiment, marmonnaient quelque chose et faisaient le signe de la croix.

Les autres passagers étaient représentés par deux femmes encore jeunes, aux formes de guitare, élégamment vêtues à l'européenne, qui feignaient de somnoler sans perdre de vue, à l'ombre de leurs cils, le moindre frémissement de l'entourage; une poignée de métis bedonnants et bavards, « au teint pétri à l'olive et au jasmin »; deux militaires en uniforme qui jouaient interminablement aux cartes, et mon voisin, l'ingénieur docteur Gonzalo Salinas, qui s'était courtoisement présenté après avoir décrypté ma qualité d'ambassadeur sur le couvercle de ma valise.

« *¡Excelencia!* me disait-il en reprenant le fil d'une conversation qu'il s'obstinait à poursuivre depuis deux jours, *Francia* est une grande puissance qui a fait la fameuse Révolution et dont la Bolivie a longtemps été l'admiratrice et la bonne élève; nous avons adopté son Code Napoléon, sa science médicale, sa philosophie des Lumières, son esprit d'indépendance, nous révérons les Droits de l'homme et le général de Gaulle, mais nous ne comprenons pas pourquoi elle refuse, malgré ses principes, de libérer les peuples qu'elle avait dominés et s'obstine à faire la guerre en Algérie. »

Que pouvais-je répondre ? En tout cas, il comprenait certainement ma déficience en espagnol, car il me parlait en petit-nègre pour mieux se faire entendre, ce qui compliquait un peu plus nos échanges. D'ailleurs, mes pensées avaient pris depuis longtemps un autre chemin. Je me revoyais, quelques semaines auparavant, à Paris, devant le ministre des Affaires étrangères, Maurice Couve de Murville, qui m'annonçait d'un ton lugubre que, puisque j'acceptais le poste de La Paz, il me conseillait d'aborder progressivement ce fabuleux pays. « Prenez un bateau au Havre, me disait-il, et de là, profitez des escales pour rendre visite à vos collègues. Vous terminerez votre voyage par la route. Tous les contacts humains supposent une approche et tout nouveau pays un apprentissage. Vous étiez africain, il faut maintenant vous familiariser avec l'Amérique latine. Votre famille vous rejoindra plus tard, quand vous serez installé. »

Je n'étais pas tout à fait dupe de cette présentation car je savais que mon prédécesseur, Michel Leroy-Beaulieu, venait d'être déclaré « persona non grata » et avait dû quitter son poste précipitamment. Le malheureux, disait-on, avait osé comparer, d'une façon sacrilège, l'Algérie à une province bolivienne à problèmes. Il n'y avait donc aucune hâte à pourvoir à son remplacement et le long périple qui m'était proposé était de nature à ménager, de part et d'autre, les susceptibilités nationales. Enfin, la Bolivie était considérée, au Quai d'Orsay, comme une ambassade du grand large, historiquement très ancienne mais ingrate et sans lustre. Aucun diplomate promis à quelque avenir n'aurait osé postuler ce nid d'aigle. On y nommait généralement de vieux agents en fin de carrière qui « n'avaient pas démérité » et qui trouvaient, dans le faste de la fonction, la consolation de n'avoir pu atteindre les échelons supérieurs. L'aubaine d'un jeune gouverneur colonial sans malice qui se portait volontaire méritait bien quelques attentions. J'avais suivi ces recommandations à la lettre et profité de cette croisière pour demander conseil aux consuls et diplomates que j'avais rencontrés. J'avais travaillé mon espagnol, lu ma documentation et regardé autour de moi.

Regardé certes, mais avec le vif désir de m'imprégner et de ne rien perdre de ces terres inconnues qui s'offraient à mes sens. Enfant des profondeurs terriennes de la vieille Europe, fantassin des brousses africaines et de la négritude, je découvrais, pour la première fois, le Nouveau Monde.

Comme au marin de Triana sur la barque amirale, la terre m'était apparue, non pas sous les traits d'une Hispaniola perdue dans la mer Caraïbe, mais comme une cité grandiose : Rio de Janeiro, brillant de mille feux sous le ciel du tropique. Il était quatre heures du matin et la constellation du Scorpion, mon signe astral, était droit sur la ville ; un léger banc de brume estompait les sommets du Pain de Sucre et du Corcovado et le grand Christ des Andes, éclairé par les projecteurs, semblait marcher sur les nues. Le chapelet de réverbères de Copacabana étirait, au ras des vagues, son immense croissant. Le front de mer scintillait de toutes ses enseignes multicolores et le ballet des navires et des remorqueurs ondoyait sur la rade comme un vol de lucioles.

Au cours de l'escale, le trafic et la foule me bondirent au visage, un univers hybride en fermentation, des hommes blancs, jaunes, olivâtres, rouges et noirs, des voitures aux courses un peu folles, des façades provocantes de verre et de métal et puis, de-ci de-là, une petite église des bords du Tage, un Nègre guitariste ou un Indien en poncho, perdus dans la tourmente.

Un jour plus tard, notre navire abordait à Santos où j'avais loué un taxi pour découvrir, au bout d'une vertigineuse autoroute, la mégapole de São Paulo. Ici, rien d'exotique ni d'original, juste une monstrueuse verrue de l'Europe, des gratte-ciel, des enseignes lumineuses géantes vantant les mérites de grandes compagnies internationales, une circulation automobile fourmillante, une foule anonyme, des vitrines richement pourvues, le monde sans âme de la société de consommation.

Et l'Amérique des Indiens, alors, l'Amérique des conquistadores, des *bandeirantes*, de l'Eldorado, des vastes horizons, où était-elle passée ?

Après les « flashs » brésiliens, Montevideo et Buenos Aires m'avaient paru provinciales, marquées de mesure et de retenue bourgeoise. Je sentais partout le désir de reproduire le cadre de la vieille Europe, un peu comme les Omeyyades récréant Bagdad à Cordoue ou les Romains colportant leurs temples et leurs théâtres sur les terres barbares.

2

L'ambassadeur de Boisséson, qui m'avait reçu avec une grande courtoisie et une pointe de curiosité, habitait un petit château de l'Ile-de-France. Ses bureaux du Cerrito avaient une coupole Napoléon III. Il me montra l'Opéra, la Casarosada, le Musée national et me présenta une troupe de la Comédie-Française qui donnait *Le Cid*. Il me parla également de l'après-péronisme et des difficultés financières que le pays commençait à connaître. Mais tous ces spectacles me semblaient à cent lieues de ce que je cherchais et mon nouveau monde se faisait attendre. Ce n'est qu'avec le train et les foules bigarrées des gares que je venais enfin de prendre conscience de ma présence en Amérique.

L'ingénieur docteur s'était lassé de parler de la révolution bolivienne à un interlocuteur aussi distrait que moi, et s'était assoupi. Tous mes compagnons avaient tiré leur couverture et leurs têtes dodelinaient au rythme du convoi. La lumière blafarde du wagon accroissait encore l'opacité extérieure; je collai mon visage à la vitre et ce contact glacial soulagea un instant la sensation d'apnée de mes poumons et la migraine qui me vrillait les tempes : le mal des montagnes, le fameux *sorotche* qui me gagnait insensiblement. J'avais, de surcroît, l'impression de flotter dans les airs et d'avoir perdu le sens de l'équilibre. Cette course dans les ténèbres et le ferraillement des boggies prenaient, à la longue, la dimension hallucinante d'un voyage intersidéral. Le sifflet de la locomotive émit une longue plainte qui s'effilocha dans l'éther et tout à coup le ciel s'effondra sur la terre. Des milliers d'étoiles jaillirent en feu d'artifice, ruisselèrent sur le sol et les pentes en contrebas, s'assemblèrent en ruisseau de feu et se répandirent dans une sorte de vallée profonde. Le temps de comprendre qu'il s'agissait de la ville de La Paz, blottie au fond de sa *cuenca* protectrice, le convoi s'immobilisa à la station de l'Alto : 4 091 mètres d'altitude, disait un écriteau.

Une foule grouillante et étrangement silencieuse se déversa sur les quais, Indiennes en chapeau melon, jupes innombrables et ponchos de couleur, colporteurs ployant sous des faix volumineux, soldats permissionnaires et même une troupe de musiciens, coiffés du bonnet pointu des Andes dont les protège-oreilles étaient brodés avec art. Les trois caciques de mon compartiment s'éclipsèrent sans un mot, les dames de qualité s'affairèrent autour de leurs bagages et l'ingénieur Salinas me tendit sa carte de visite en se déclarant enchanté du voyage.

La locomotive s'ébroua à nouveau dans un concert de sifflements et de jets de vapeur pour entreprendre la descente vers la ville. Le crissement des freins devint plus strident car la pente était aussi raide que sinueuse. Finalement, le « Général Belgrano », parvenu au terme de son parcours de trois mille kilomètres en cent dix heures, ralentit sa course et s'arrêta en gare de La Paz, capitale de la Bolivie.

Nous étions le 10 avril 1961, ma montre indiquait deux heures du matin et le thermomètre quelques degrés au-dessous de zéro. Les quais étaient presque déserts, les passagers se dissolvaient comme des fantômes dans un brouillard impalpable. Deux ou trois silhouettes, précédées par une sorte de gnome dépenaillé qui portait une pancarte sur laquelle on pouvait lire en espagnol : « Nous cherchons l'ambassadeur de France », allaient de wagon en wagon, en quête probablement de ce haut personnage. Je m'avisai, après une pointe d'hésitation, qu'il s'agissait de mon comité d'accueil. Je me présentai donc à lui, la valise à la main.

Je fus aussitôt happé et conduit dans une salle chauffée où m'attendaient un représentant du protocole bolivien, le chargé d'affaires Paul Bazin et sa jeune femme, le vice-consul et son épouse, l'attaché commercial et quelques compatriotes poussés par la curiosité. Les accolades et les présentations furent brèves. Mon premier collaborateur m'enleva dans sa voiture et me déposa, après un parcours en arabesque dans des rues terriblement pentues, à l'entrée de la modeste résidence de France. Un grand feu de bois d'eucalyptus et une infusion de feuilles de coca m'y attendaient et eurent raison de mon engourdissement croissant.

Je m'enfonçai sans tarder dans un sommeil de poix, d'une façon bien peu glorieuse pour un découvreur du Nouveau Monde.

Un jour pâle et frisquet me réveilla dans la

chambre où je m'étais effondré au cours de la nuit précédente. Le décor était des plus spartiates : des murs à peu près nus, à l'exception d'un tableau rougeâtre et mal encadré qui me faisait face, un lit en fer, un fauteuil sans âge, une armoire quelconque en pitchpin verni, une table de nuit rustique avec un grand pot de chambre.

Un grattement discret me révéla une porte qui s'ouvrit pour livrer passage à une servante flanquée d'un jeune Indien qui m'apportaient le petit déjeuner. « Señor, me dit la dame rondelette et affable, je suis la femme de chambre de l'ambassade et je me nomme Flora. » Le garçon, au poil noir et lustré, qui portait une veste blanche et se dandinait d'un pied sur l'autre, se présenta comme étant Juan, le maître d'hôtel. Ils s'informèrent de mon sommeil et de mon état de santé, posèrent le plateau sur mes couvertures et se retirèrent aussi silencieusement qu'ils étaient venus.

Je sautai du lit par habitude et hâte de connaître mon royaume. La migraine avait disparu, mais la sensation d'apesanteur persistait. J'ouvris la fenêtre et l'air glacial me coupa le souffle. Le spectacle était saisissant. La ville, éclairée par le soleil levant, montait à l'assaut des pentes d'un canyon profond, creusé de toute apparence dans une moraine fauve ; l'horizon était fermé par le rebord du plateau et les trois pointes de l'Illimani, ciselées dans les glaces, étincelaient dans un ciel de cristal et d'azur.

Je débouclai ma valise, rangeai quelques effets et m'habillai en un tour de main pour partir à la découverte.

La chambre à coucher était à l'étage et les pièces de réception au rez-de-chaussée. L'immeuble, une sorte de villa sans style et sans commodités, était loué à un propriétaire besogneux qui ne faisait, de toute évidence, aucun travail d'entretien. Le jardin était minuscule, les salons pauvrement meublés, la vaisselle dépareillée, la cuisine sordide et le linge de maison en charpie. Depuis une dizaine d'années, trois ou quatre chefs de poste, célibataires ou momentanément privés de leur femme, s'étaient désintéressés de tout décor et avaient oublié de renouveler les équipements domestiques.

L'un d'entre eux, de nature peu matinale et qui recevait fréquemment allongé sur sa couche, avait installé son lit dans une sorte de salon-bureau, près d'un grand coffre-fort à serrure rétive où étaient enfermées les tables de déchiffrement et les documents confidentiels. Devant le portrait de sa grand-mère peint par Ingres, il décryptait ses télégrammes et lisait des livres pieux. Son ignorance de la langue castillane était telle qu'ayant aperçu un jour un journal qui portait en manchette : « *El día de los deportes* » – ce qui signifie la journée des sports – il avait cru qu'il s'agissait du « jour des déportés » et avait adressé, au gouvernement local abasourdi, un message pathétique sur ce tragique événement. Un autre n'avait jamais rendu d'invitation parce qu'il manquait de serviettes de table et de verres à porto. Quant au dernier, de tempérament fantasque et d'esprit saugrenu, qui avait dû quitter son poste au bout de quelques mois, on ne se souvenait que de son déménagement au premier étage et de la perte endémique de ses papiers.

Cette demeure silencieuse et délabrée baignait dans une odeur sure de renfermé, de vieil encaustique oxydé, de crasse froide sur le fond indéfinissable d'une exhalaison que j'appellerai indienne qui m'avait poursuivi tout au long de mon voyage ferroviaire, une odeur de Nouveau Monde sans doute comme il existe un parfum lourd de poudre épicée d'Afrique, une ranceur asiatique et une aigreur fermentée de Russie.

Cet espace en déshérence où des silhouettes indiennes passaient comme des ombres accentuait mon dépaysement et mettait, comme d'habitude, toutes mes facultés en alerte devant les portes de l'inconnu. L'arrivée du chargé d'affaires, qui venait me prendre avec sa voiture pour me conduire à la chancellerie où il devait me passer le service, me rendit au monde concret.

Il faut dire qu'en ces temps anciens, l'ambassadeur n'avait pas de véhicule officiel et devait acheter lui-même son automobile de fonction. Un service agréé par le Quai d'Orsay lui en vendait une à son départ de Paris, mais l'acheminement de cet engin par les voies maritimes et terrestres pouvait prendre de nombreuses semaines. Les déplacements et les visites d'arrivée se faisaient donc avec l'assistance bénévole des collaborateurs et l'obligeance rémunérée des entreprises de louage. Cette tradition, ancrée dans la mémoire des Affaires étrangères, toujours éblouie par les fastes des grands ambassadeurs d'autrefois qui partaient pour Berlin avec leurs équipages, persista jusqu'à l'aube de ce dernier quart de siècle où les chefs de mission diplomatique furent enfin pourvus d'une voiture comme les sous-préfets et les gendarmes.

Les bureaux de l'avenida Camacho portant l'écu et le pavillon de France étaient situés au quatrième étage d'un building anonyme. Pelés, galeux et aussi mal équipés que la résidence, ils attendaient toujours, depuis leur lointaine construction, le rafraîchissement de leur peinture.

Une secrétaire contractuelle d'origine poméranienne, mariée à un sieur Barletta, émigré italien d'Argentine depuis longtemps disparu, régentait d'une main ferme les services de l'ambassade. Rêche de verbe et abrupte de caractère, elle terrorisait le petit personnel, subjuguait les échelons supérieurs et mon adjoint, Paul Bazin, un Ardennais, la redoutait comme la ruée des tribus germaniques sur les bords de la Sambre. La prééminence de cette personne, par ailleurs fort consciencieuse et loyale, était due pour une large part à la carence des chefs de poste successifs qui résistaient difficilement, semble-t-il, au mal des montagnes et à son caractère.

M. Marcotte de Sainte-Marie, par exemple, se levait très tôt pour assister à la messe du couvent des « Sacrés-Cœurs » mais se recouchait ensuite. Quant à son adjoint, l'écrivain Romain Gary, il poursuivait son œuvre littéraire à domicile et ne fréquentait qu'exceptionnellement son bureau.

Les archives occupaient un long couloir ténébreux au bout duquel le gnome factotum cuisinait des brouets mal définis et réchauffait des cafetières odorantes. Le seul luxe des lieux était une fenêtre de vastes dimensions où s'encadrait un paysage grandiose. Le seigneur Illimani y régnait en pied sur l'horizon enneigé de la cordillère royale. Il soufflait, me dit-on, au droit de notre façade, l'air pur des cimes trop souvent chargé, selon la secrétaire, de gaz lacrymogènes que la police bolivienne utilisait dans nos parages pour disperser les manifestations populaires.

Les affaires du poste étaient peu abondantes : quelques messages politiques concernant des démarches à effectuer en vue de glaner une voix supplémentaire aux Nations unies, des télégrammes confidentiels qui nécessitaient de longs travaux de décryptage ou de surchiffrement, une dépêche de circonstance sur la marche de nos affaires, le dépouillement de la presse locale et le courrier administratif. L'ambassadeur partageait avec son adjoint la tâche permanente d'information et de contacts avec les autorités politiques. Un vice-consul veillait sur la gestion financière du poste et la situation juridique de nos ressortissants. Enfin, un attaché commercial chargé de l'expansion économique et un attaché culturel complétaient la logistique.

Pour un ancien gouverneur de la France d'Outre-mer, habitué à diriger des centaines de collaborateurs, à coordonner les activités les plus diverses et à arbitrer les conflits d'intérêt entre colonisateurs et colonisés, la vie diplomatique apparaissait bien terne, et par trop contemplative. Ce jugement était sévère, j'en conviens, et aussi peu fondé que celui de tant d'ignorants qui colportent la légende des ronds de jambe, des courbettes, des cocktails et des propos insignifiants. Personne ne m'ayant enseigné la déontologie du parfait ambassadeur, j'avais quelque droit à l'erreur mais, l'expérience aidant, je ne tardai pas à acquérir une vision plus réaliste de ce métier difficile, toujours à recommencer, souvent décevant et pavé d'incertitudes.

Pour le moment, j'avais à orienter ma barque.

La Bolivie avait été, pendant près de trois siècles, une colonie de la monarchie espagnole. Elle avait acquis son indépendance depuis cent trente-cinq ans et vécu toutes les épreuves de l'adolescence des nations. C'était un pays plein de richesses, un creuset où cohabitaient et se fondaient deux ou trois races et deux civilisations différentes. Un observatoire privilégié entouré par cinq États au destin comparable.

Tous les problèmes auxquels allaient être confrontées les nations fraîchement libérées du tiers monde s'étaient déjà posés ici. Ils avaient reçu des solutions diverses qui s'étaient révélées bonnes ou déplorables, adaptées ou catastrophiques, mais toujours riches d'enseignement. Je croyais, en toute innocence, qu'il serait utile à la France de tirer profit de ces leçons pour éclairer sa propre politique et donner quelques conseils à ses amis. Mon programme était donc facile à définir. Je ferais d'abord la connaissance de mes rares compatriotes, puis du gouvernement et des institutions boliviennes; j'apprendrais chemin faisant l'histoire de ce coin d'Amérique, puis je visiterais en détail le pays pour connaître les hommes et les choses, leurs déboires et leurs espérances.

Comme pour devancer mes désirs, l'un des quelques Français qui comptaient à La Paz vint me rendre visite. C'était un personnage énigmatique, un peu fluet et presque chauve. Son visage aux traits fins était légèrement rosé, son regard mouvant trahissait une curiosité en éveil. Il était vêtu de guingois d'un vieil imperméable qui lui donnait un air gauche et effacé comme s'il venait de passer, par mégarde, à travers une porte trop étroite et s'en excusait. Il portait une serviette de cuir et s'exprimait sur un ton presque confidentiel avec un léger accent méridional. Il venait se présenter à moi, disait-il, mais je comprenais qu'il cherchait, en réalité, à prendre la mesure du nouvel arrivant. François Peyré, dit « Don Pancho », me déclina donc sans autre préambule son identité. Il était d'essence modeste et originaire d'Agen. Ses rêves de jeunesse l'ayant toujours porté vers l'aventure, il avait quitté à quinze ans sa famille pour l'Amérique du Sud. Il n'avait pas tardé à rencontrer un fakir qui parcourait l'Amazonie et l'avait engagé comme secrétaire particulier.

De ses longues pérégrinations, il avait rapporté une science chiromancienne certaine, une grande dextérité dans la manipulation des cartes et une connaissance étendue de la malice humaine. Il avait également appris le portugais et l'espagnol qu'il prononçait à la française. Après quelques années d'errance, il était revenu en France pour remplir ses obligations militaires puis s'était lancé dans les assurances. Il glissa sur cette tranche de vie, fit à peine allusion à ses enfants et à son veuvage et parvint rapidement au chapitre bolivien. Il me parla de la création de sa maison de commerce import-export, le *Fomento mercantil boliviano*, qu'il exploitait dans des conditions très satisfaisantes avec son jeune fils, sa fille et son gendre. Il me donna toutefois à entendre, par des allusions savamment mesurées, qu'il avait connu pas mal d'aventures au cours de son existence. Il m'assura finalement de son entier dévouement et me proposa, à cause de mon accent périgourdin proche de celui du Lot-et-Garonne, de venir chez lui pour déguster un foie gras exceptionnel arrosé d'un sauternes de sa sélection.

Je devais ultérieurement apporter quelques touches supplémentaires à ce portrait. J'appris en effet qu'au cours de sa carrière métropolitaine, il avait atteint des degrés très élevés dans la Maçonnerie française et qu'il avait rendu des services signalés au président de la République, Vincent Auriol, à l'occasion de l'imposition du chapeau cardinalice à Mgr Roncalli, alors nonce apostolique à Paris et futur pape Jean XXIII. Son talent de négociateur avait été récompensé par la croix de la Légion d'honneur. Quelques années plus tard, il avait été mêlé à l'affaire des généraux Mast et Revers qui défraya la chronique franco-indochinoise des années 1950 puis impliqué, je ne sais de quelle façon, dans l'affaire des piastres. Il savait probablement tant de choses scabreuses que le gouvernement Bidault avait décidé de l'embarquer sur un avion militaire et de le déposer à Rio de Janeiro avec consigne de non-retour. C'est probablement cette interdiction qui l'avait incité à se fixer à La Paz. Mes prédécesseurs, qui avaient dû recevoir des instructions spéciales, l'avaient toujours tenu à l'écart. Personnellement, il me suffisait de savoir qu'il n'avait fait l'objet d'aucune condamnation et n'avait pas été radié de la Légion d'honneur. La grande Chancellerie me l'ayant confirmé, je me crus autorisé à le considérer comme un bon et loyal citoyen. François Peyré me rendit par la suite tant de services et me témoigna tant de dévouement que je dois un hommage particulier à son amitié et à sa mémoire.

Le deuxième personnage qui frappa à ma porte fut le professeur Joseph Barrande Hesse, ingénieur de l'École de chimie de Lyon, directeur depuis cinquante-cinq ans des laboratoires du Banco Minero de Bolivie et doyen des Français de Bolivie. Cet homme de quatre-vingt-un ans, valeureux combattant de la Première Guerre mondiale et savant réputé, était le petit-neveu du grand géologue Joachim Barrande, fondateur de la géologie de Bohême, dont un quartier de Prague porte toujours le nom.

D'un naturel enjoué, désintéressé et d'une grande courtoisie, Joseph Barrande, qui avait épousé une Bolivienne, était un véritable trait d'union entre la France et la Bolivie. Président de toutes sortes d'amicales, son béret basque et sa courte moustache blanche étaient un symbole révéré de tous. Sa réputation de minéralogiste était connue dans toute la zone andine ; il pouvait identifier à l'œil n'importe quel échantillon de minerai, indiquer sa provenance précise, son niveau d'extraction, sa formule chimique, sa teneur en métal et, en hésitant un peu, son nombre de molécules d'eau. Il ne prenait apparemment aucune note et se fiait à sa puissante mémoire. Il débordait d'anecdotes truculentes sur la Bolivie de toujours, connaissait sur le bout du doigt la chronique de La Paz qu'il avait apprise dans les alcôves de ses bonnes fortunes. Je ne pouvais rêver d'un introducteur plus averti. Il me présenta aux hautes autorités minières et aux grands géologues, à Jorge Muñoz Reyes, doyen de l'université, à Federico Ahlfeld, à Leonardo Branissa. Il me procura des cartes géologiques à grande échelle, m'expliqua l'orogenèse et la tectonique des Andes et me donna ma première leçon de géographie.

La Bolivie s'étend à l'ouest du centre géographique du continent sud-américain, sur une superficie de plus d'un million de kilomètres carrés. Des grandes cordillères vertèbrent le paysage : l'occidentale qui borde les rives du Pacifique comme une muraille aux pentes vertigineuses, l'orientale qui monte par gradins successifs des grandes plaines d'Amazonie qui constituent sa base, jusqu'au haut plateau appelé *puna.* Au nord de cette puissante chaîne, se trouvent les Yungas, une région de collines chaude et humide dont les fleuves coulent vers l'Amazone, tandis qu'au sud, le complexe de Charcas, de climat méditerranéen, envoie ses eaux vers la cuvette de la Plata. Enfin, les hautes terres de l'Altiplano, entre les deux cordillères, se présentent comme un tapis râpé où soufflent les vents froids sous un ciel de lapis-lazuli. Le massif montagneux qui couvre les deux tiers du territoire et qui rassemble quelques-uns des plus hauts sommets du monde est un univers de neiges éternelles où les lacs d'émeraude apparaissent comme les joyaux d'une couronne royale.

En somme, la Bolivie est la synthèse de l'Amérique. Elle a des forêts profondes, des bassins intérieurs tempérés, des vallées fertiles, des plaines herbeuses et bocagères infinies, des lacs immenses dans les plaines orientales comme le San Nicolás, le Rojo Aguado ou encore, sur la frontière du Pérou, le lac Titicaca, cette mer continentale à 3 810 mètres d'altitude, qui abrita une des plus vieilles civilisations de l'Amérique. Elle a les grandes lagunes salées de l'Altiplano, le Poopó, le Salar de Uyuni, le Coipasa. Véritable château d'eau du continent dont le socle est une provocation géologique et minière : « Table d'argent sur une base d'or », disait Alexandre de Humboldt. Dans les profondeurs de ce piédestal fracturé et soulevé par toutes les convulsions de la Terre, des millions de filons métallifères se sont emplis non seulement d'or et d'argent mais d'étain, de cuivre, de plomb, de métaux rares ou radioactifs, de gaz et de pétrole.

Sur ce chapitre, Joseph Barrande était intarissable mais il ne voulait pas m'accabler. Il m'entraîna donc dans les forêts orientales riches de toutes les essences où voltigent des myriades d'oiseaux aux plumages éclatants, des insectes avec des irisations incomparables et des fauves aux luxueux pelages. Dans les fleuves puissants, abondent les poissons, les grands siréniens et les crocodiles. Sur les alluvions profondes du piedmont andin, poussent à merveille la canne à sucre, le manioc, le maïs, l'arachide et les mille deux cents familles de palmiers qui peuplent l'Amazonie. Les grandes pampas nourrissent des troupeaux de bovins, de chevaux et jusqu'aux hardes de cervidés qui parcourent les zones lacustres. Les immensités d'apparence aride de la puna produisent en abondance la pomme de terre, la *canahua*, la *quina* et l'avoine. Sur les sommets des plus hautes montagnes, nichent les aigles et les condors aux quatre mètres d'envergure.

« Quatre mètres, c'est quand même beaucoup, remarquai-je en souriant.

– Mais non! mais non! parfois cinq mètres et je suis bien placé pour vous en parler, reprit-il, car un jour que je cheminais à dos de mule sur un petit sentier qui courait le long de précipices insondables dans le massif de Los Frailes, je fus arrêté par quatre de ces engins volants qui dévoraient un cadavre de vigogne au milieu de la piste. Je pensais qu'ils allaient me laisser le passage et qu'ils reprendraient aussitôt leur festin, il n'en fut rien, ils m'attaquèrent non pas avec leurs becs et leurs serres, mais à grands coups d'ailes pour me faire tomber dans le ravin. Ils piquaient sur moi en planant et je me cramponnais sur ma selle pour résister à leurs énormes balais de plumes. Je me glissai, entre deux vols, sous le ventre de ma mule qui reculait pas à pas, se plaquant contre la paroi tant elle avait peur de glisser dans le vide. Bientôt, le ballet aérien s'arrêta et les condors se posèrent pour continuer à manger. Je restai plus d'une heure à les contempler sans bouger, heureux de leur avoir échappé, impressionné par leur magnanimité et la puissance de leur voilure. D'ailleurs, ajouta-t-il, tout est majestueux dans les Andes, non seulement le soleil mais également les paysages et surtout cet animal sans pareil qui est le lama. La *llama* comme on l'appelle, qu'il soit guanaco, alpaca ou vigogne, est une bête gracieuse qui n'a besoin ni de dompteurs, ni de muletiers, ni de licou, ni de bât, ni de selle, ni de ferrage. Un camélidé providentiel qui par sa domestication affranchit l'homme de sa condition première de bête de somme, l'instrument millénaire des longs voyages, le porteur du sel et des récoltes incaïques. Enfin, c'est l'irremplaçable fournisseur de viande, de lait et de laine des hautes altitudes. L'intelligent auxiliaire qui refuse toute charge supérieure à vingt-cinq kilos et crache avec mépris sur son conducteur hypocrite. La llama si jolie avec son museau affiné, son air altier, sa lèvre fendue, ses yeux noirs langoureux à l'ombre de ses longs cils, sa fourrure et ses oreilles soyeuses que les bergers ornent de pendentifs et de laines de couleur. Vous savez, me dit-il en clignant de l'œil, que l'Inca interdisait aux gardiens célibataires la garde de ses troupeaux.

– Sans doute, monsieur Barrande, allez-vous me parler d'un autre animal non moins remarquable qui est l'homme, fis-je à tout hasard.

– Ce minerai-là n'est pas exactement de mon domaine, dit mon encyclopédiste, mais comme je vis avec lui depuis plus d'un demi-siècle, je vous en dirai quelques mots, bien qu'à vrai dire, il soit toujours resté pour moi une vivante énigme. Il y a plus de cinq millions d'hommes qui habitent sur cette terre aux immenses richesses et dont la majorité sont des Indiens Aymaras et Quechuas, descendants des Tiahuanacos, Collas et Incas. Le reste est constitué par cinq ou six cent mille métis issus d'Espagnols et d'aborigènes et une centaine de milliers de Blancs. Quelques rescapés de tribus sauvages des selves orientales et du sud-est : Guarayos, Yuracares, Mojos, Tobas, Sirionos, complètent l'échiquier. Les costumes et les coiffures de l'Indien, du Cambas, du métis ou *cholo*, sont de formes et de couleurs différentes, comme d'ailleurs les dialectes ou les danses, ce qui fait obstacle à l'intégration nationale. La majorité de la population se concentre sur les hautes terres. Seuls de petits noyaux survivent dans la zone tropicale. Enfin, et ce sera ma dernière notation, le peuple bolivien, qui vit dans ce pays de cocagne qui a produit pendant plusieurs siècles la moitié de l'or et de l'argent du monde, est le plus pauvre de toute l'Amérique. Comment peut-on expliquer cette anomalie ? Où faut-il chercher le pourquoi de l'énigme ? Certainement pas dans la géographie mais peut-être dans l'histoire qui n'est pas ma partie. Je laisserai à l'ambassadeur le soin de le découvrir », conclut le brave homme, en repliant la carte qu'il avait étalée devant lui.

Je le remerciai de ce cours magistral en regrettant que les Indiens lui soient restés si mystérieux. Bah! nous aurions tout le temps d'en reparler car il vaut mieux en avoir approché quelques-uns avant d'en établir la formule. Il me donna rendez-vous dans son laboratoire pour le jeudi suivant.

« C'est le jour où je procède à la fonte de l'or, précisa-t-il. Il faut avoir vu le métal du soleil couler dans les lingotières pour comprendre l'histoire de ce pays. »

Il me restait encore à faire connaissance de deux autres personnages pour compléter mon tour de la colonie française. Les deux habitaient Lima, mais venaient constamment à La Paz où se trouvaient leurs activités. Le plus connu était le docteur Jean Vellard, un erpétologiste et chercheur de renom qui avait étudié les venins de serpents et d'araignées, à l'Institut brésilien de Butantan. Il avait parcouru les forêts sèches du Gran Chaco en compagnie du célèbre ethnologue Claude Lévi-Strauss, pour se familiariser avec les civilisations du miel. Plus tard, il s'était attaché aux populations anciennes du lac Titicaca, les Urus et les Callahuayas et au problème du sang chez les habitants des hauts plateaux. C'était cet homme de cœur qui avait recueilli, au cours d'une expédition, une petite fille de quelques mois, dans les ruines fumantes d'un village indien du rameau guarani, détruit par ses habitants en raison d'une épidémie. Il l'avait fait élever et instruire dans sa famille en Touraine. Elle était devenue, à l'époque, professeur de lettres au lycée français du Pérou. Si la science minéralogique brillait chez Joseph Barrande, celle de la biologie et de l'homme étincelait chez Jean Vellard et l'esprit encyclopédique qui l'animait en faisait une source inépuisable de savoir.

Le second, Louis Giraud, modeste et effacé, était un archéologue largement autodidacte, qui s'était spécialisé dans les civilisations précolombiennes. Il était, à ce titre, l'adjoint de l'archéologue bolivien Ponce-Sanjines et travaillait sur le site de Tiahuanaco. Sa connaissance du passé et des coutumes de l'Altiplano m'incita à lui demander de me brosser rapidement l'aventure historique des peuples andins. Je pouvais, de toute façon, consacrer tout mon temps à l'écouter puisqu'il n'y avait qu'une soixantaine de Français en Bolivie dont les deux tiers étaient représentés par des missions religieuses plus vaticanes que nationales et par quelques techniciens ou colons dispersés dans les solitudes orientales.

« Sans vouloir percer le voile qui entoure le lointain passé des Amériques, me dit Louis Giraud, ni m'attarder sur les premiers chasseurs et agriculteurs qui se répandirent il y a dix, quinze ou trente mille ans sur les terres andines, il vous suffit de savoir que des migrations successives, porteuses d'armes, de techniques et de modes de vie originaux, peuplèrent insensiblement ces vastes solitudes. Les ruines de Tiahuanaco, sur les bords du lac Titicaca, constituent une preuve capitale de la puissance créatrice de ces sociétés, de leur sensibilité, de leur intelligence et de leur grande force de domination.

« C'est dans le berceau des hautes terres qu'à l'orée des temps historiques s'élabora l'empire inca, qui s'étendit de la Colombie au Chili et à l'Argentine. Il incorpora de force, dans cet empire appelé Kollasayu, ou Tahuantinsuyu, une véritable mosaïque de populations éparses. Le commun dénominateur de ces peuples était une forme d'organisation sociale fondée sur le sang et l'identité de culture qu'ils appelaient l'*ayllu*, comparable à la " gens " romaine ou à la tribu africaine. Leur système de travail en commun sur la propriété collective des terres agricoles était la *mita*. Leur gouvernement était celui des *mallcus*, une sorte de conseil des notables élu chaque année par les membres les plus éminents de la communauté. Leurs liens religieux s'exprimaient en totems et tabous. Le plus puissant de leurs dieux était Viracocha et la terre mère, la Pacha Mama.

« Ils croyaient au cycle infini de la vie et momifiaient, pour les honorer, les restes de leurs morts, qu'ils plaçaient dans des tombeaux appelés *tchulpas*, avec leurs armes, leurs ustensiles et leur nourriture. Des guerres intestines et des querelles de chefs avaient affaibli ces sociétés primitives et en avaient fait des proies faciles pour les conquérants. Ceux-ci surgirent de la puissante tribu des Quechuas-Aymaras qui occupait les hauts plateaux. De Pachacuti Inca Yupanqui à Tupaj Amaru Yupanqui, l'empire inca se forgea dans la violence et la soumission. Seuls une organisation méticuleuse, un grand génie politique et une rigueur exemplaire permirent de cimenter durablement le puzzle. Malgré les résistances locales farouches auxquelles se heurta l'empire fédératif, l'esprit de centralisation et la volonté de l'Inca imposèrent un ordre et des institutions révolutionnaires.

« L'ayllu perdit peu à peu son caractère consanguin et religieux au profit de liens économiques et politiques. La propriété de la terre, des mines, des eaux et des pâturages échappa aux pouvoirs locaux qui n'en furent plus que les répartiteurs au nom de l'Inca. Les produits du sol furent divisés en trois parts, une pour le culte solaire et les prêtres, l'autre pour l'Inca et la troisième pour le peuple. Le régime collectif du travail, la mita, fut obligatoire et de moins en moins rémunéré pour les services publics. Étroitement encadré par les inspecteurs d'État, les statisticiens (*quipus*) et la police, le peuple perdit, au fil des ans, toute initiative et toute faculté de contestation. Des classes dominantes apparurent dont une haute aristocratie, les *orejons*, qui détenait la réalité du pouvoir, les fonctions judiciaires, la religion et l'armée et qui, de surcroît, était dépositaire de toutes les connaissances relatives aux sciences. A la tête, se trouvait l'Inca, fils du soleil et maître absolu, choisi à l'origine parmi les guerriers mais dont la charge devint rapidement héréditaire. Au-dessous, se trouvait la classe laborieuse, les *jatun-runas*, la source d'énergie et de travail, le véritable pilier de l'empire. Elle vivait dans une sobriété extrême et une totale soumission. Elle avait l'obligation du service militaire, le devoir de donner ses fils comme domestiques et ses filles comme concubines ou vestales pour les sacrifices humains à la Pacha Mama. Au plus bas degré de l'échelle croupissaient les *yanakunas*, les esclaves provenant des peuples récemment soumis, une main-d'œuvre sans identité et sans droit d'existence.

« Tandis que cette société, isolée dans des montagnes inabordables et qui se croyait seule au monde, supportait ses princes inflexibles, sans imagination et sans révolte, sous l'œil de ses dieux souverains, à des centaines de milles, dans l'orient où naissait chaque jour le soleil, une race de loups se languissait sur les collines arides de Castille. Vous savez, me dit Louis Giraud, avec quelle ardeur ils s'étaient défendus pendant des siècles contre les envahisseurs phéniciens, romains, wisigoths et arabes, ils les avaient finalement vaincus mais sans avoir assouvi pour autant leur inépuisable fringale. Ils rêvaient d'or, de luxe, de vie facile, de négoces fructueux, d'aventures des mille et une nuits, mais voici qu'à leur porte, sur la Méditerranée ancestrale, le ciel s'obscurcissait encore. Les Turcs avaient conquis Byzance et fermé les voies de l'Orient. L'Égypte commandait les bords de la mer Rouge, les Arabes se maintenaient sur la mer intérieure, les princes du Nord se groupaient en hanses puissantes. Il n'y avait plus, de l'Estrémadure au Levant, que des moulins à combattre. Et voilà que le 12 octobre 1492, Christophe Colomb, un simple Génois mercenaire, déployant sa voile de chanvre et scrutant sa nouvelle boussole, avait découvert l'Amérique. Un pays fabuleux plein d'or et de pierres précieuses, des îles fortunées peuplées d'oiseaux de paradis et d'Indiens innocents. Tout ce que la Manche et le León recelaient de soldats de fortune, d'aigles de rapine, de coureurs d'aventures, routiers et capitaines sautèrent dans les barques et s'en remirent au caprice des vents. Ils traînaient avec eux leurs arquebuses et leurs canons, leurs moines et leurs chevaux. Ils débarquèrent où le sort les jeta, courant au plus pressé, tiraillant au hasard, ne voyant ni les temples altiers, ni les guerriers chamarrés, ni les dieux grimaçants, seulement aveuglés par l'or et le profit. En vingt-cinq années d'une chevauchée fantastique, Pizarro avait pris Cuzco et fondé Lima. Puis Quito, Chuquisaca, La Paz, Potosí et Mexico avaient surgi des plaines désolées. Les forces de l'Inca et de l'Aztèque avaient fondu comme neige au soleil devant les centaures barbus et leurs bâtons crachant le feu. Non par manque de courage ou d'attachement à leur sol, mais par absence de compréhension. Que voulaient ces étrangers qu'ils n'avaient jamais provoqués ? Que pouvaient-ils faire de tout cet or qu'ils amassaient avec tant d'avidité ? Eux réservaient ce métal pour leurs parures et pour leurs divinités. Était-ce de simples voleurs ou de nouveaux dieux qui chevauchaient des bêtes étranges ? Ce n'était pas les sujets de l'Inca qui se seraient avisés de monter des lamas. Dociles, ils attendaient la protection du ciel et les ordres de leur maître, mais Atahualpa se disputait avec Huascar et traitait avec les nouveaux arrivants qui se querellaient également entre eux. Le monde s'effondrait autant pour les Indiens que pour la monarchie espagnole qui ne parvenait pas à retenir ses lieutenants grisés par leur conquête. Les butins fabuleux, les trésors découverts chaque jour, les jalousies et les vengeances avaient étouffé chez les conquistadores les principes chrétiens, malgré la vigilance de l'Église. »

Les récits venus du Nouveau Monde avaient stupéfié l'Espagne et Louis Giraud céda la parole au grand historien sévillan López de Gomara, qui décrivait ainsi, dans son *Historia de las Indias*, la prise de Cuzco par Pizarro :

La capture d'Atahualpa mit entre les mains de Pizarro les richesses immenses de l'empire du Pérou qu'il convoitait depuis si longtemps. Les Espagnols pillèrent la ville, le palais et les magasins. [...] *Ils prirent beaucoup de meubles en or et en argent. Ceux qui étaient en or pesaient au-delà de 267 livres et la vaisselle royale d'Atahualpa valait cent mille ducats d'or.* [...] *Pizarro envoya Soto et Bargo au palais impérial où ils prirent une grande quantité de cruches, de jarres et toute espèce d'ustensiles de cuisine qui étaient en or, ils ne prenaient pas même la peine d'enlever les objets d'argent. Ils pillèrent les immenses trésors du temple dont le toit était formé de plaques d'or, ils y prirent un nombre considérable d'objets précieux parmi lesquels un autel qui servait aux sacrifices et pesait dix-neuf mille castillans. Ils dépouillèrent aussi le panthéon et le sépulcre des Incas; ils ne laissèrent aux cadavres de Huayna Capac et le Tupac Inca que quelques joyaux. Tout le reste, sceptres et plaques d'or furent enlevés dont une fontaine d'or qui pesait douze mille castillans. Francisco Pizarro, comme capitaine général, eut une part beaucoup plus considérable, sans compter la grande table sur laquelle on plaçait le trône d'Atahualpa, qui pesait vingt-cinq mille pesos d'or. Il prit sur la masse de quoi faire des gratifications ou des présents de cinq cents à mille pesos d'or à chacun de ceux qui venaient de prendre part à l'aventure. Avec ce qui restait, il donna à chaque fantassin quatre mille cinq cent cinquante pesos d'or et deux cent quatre-vingts livres d'argent. Il envoya son frère Fernando porter à l'empereur ce qui lui revenait pour son quint. Les anciens établissements de l'Amérique en furent effrayés. La bourse de Séville se remplit de trésors et le monde entier d'envie pour la renommée qui s'en répandit de toute part...*

Il enjamba la longue chronique de trois siècles de cet ordre nouveau, les fastes et les querelles des vice-rois et des privilégiés de la fortune, les milliards de piastres fortes de métaux précieux partant pour l'Espagne, la terrible soumission de peuples réduits en esclavage, la férocité de l'*encomienda* *, la constitution de vastes domaines féodaux de l'aristocratie des nouveaux riches et la naissance de nouvelles nations. Il s'attarda à peine sur les crises sociales et les révoltes vite réprimées des populations urbaines et des communautés indiennes exaspérées. Il salua Simón Bolívar et les libertadores cheminant sur les routes de l'indépendance.

« Mais de quelle indépendance s'agissait-il ? » demandai-je à mon interlocuteur, en pensant à une décolonisation récente que je venais de vivre, dans le brouhaha des idéologies modernes et les bons sentiments de l'opinion internationale.

« Une séparation de la monarchie espagnole tout au plus, me répondit-il. Tous les libertadores appartenaient aux classes dominantes qui, depuis des siècles, exploitaient le pays; leur querelle avec Madrid résultait beaucoup plus de la méfiance de la monarchie espagnole à leur égard que de leur désir incoercible de remettre le domaine colonial entre les mains de ses anciens possesseurs. D'ailleurs, aucun descendant de Manco Capac ou de Tupac Catari n'a jamais figuré dans le panthéon des héros chamarrés des anthologies officielles. »

L'invocation du siècle des Lumières, des encyclopédistes, de la Révolution française ou des loges

* Institution par laquelle un conquistador recevait de la couronne espagnole l'autorité d'utiliser le travail des Indiens.

maçonniques anglaises lui faisait penser davantage à un argument de prétoire en faveur des privilégiés qu'à une libération politique et sociale d'une masse opprimée. Quant aux batailles irrésistibles que les insurgés livraient aux troupes espagnoles mal commandées et faiblement motivées, elles lui rappelaient, comme un bégaiement de l'histoire, l'effondrement du monde incaïque qu'il venait de conter.

« D'ailleurs, n'est-ce pas l'historien Peñalosa, conclut-il, qui a écrit que les révolutionnaires de La Paz, les créoles et les métis, préféraient en 1812 l'intervention d'un général sanguinaire comme Benavente à la collaboration avec les Indiens ? »

Je ne voulais pas être entraîné sur ce terrain en laissant mon archéologue déraper sur les temps modernes, aussi le remerciai-je pour son obligeance, et je repris seul le fil de l'histoire au moment de l'indépendance de la Bolivie, proclamée le 6 août 1825 avec ce commentaire inattendu : « Le Haut-Pérou a été, dans le continent sud-américain, l'autel où fut versé le premier sang des hommes libres et la terre où se trouve la tombe du dernier des Tyrans. »

Libérée du joug colonial, la jeune nation chercha sa voie, mais celle-ci restait très éloignée des théories généreuses proclamées au cours de la préindépendance. Les créoles tenaient toujours en main le pouvoir économique, les terres, le commerce, les mines et les banques et songeaient davantage à préserver et à conforter leurs privilèges qu'à partager le pouvoir avec les métis, les ouvriers des villes, les petits artisans indiens et les *mitayos*. Les dirigeants civils et militaires se drapaient dans des discours libéraux et des constitutions d'apparence parlementaire et républicaine, qui n'étaient qu'une imitation du libéralisme européen et un trompe-l'œil démocratique. Tant et si bien que, de 1825 à 1880, le pays s'enfonça dans un caudillisme débridé, générateur de stagnation et de chaos. Coups d'État, assassinats, clientélisme militaire et civil à la fois grotesque et tragique : quelque soin que, par pudeur, les historiens nationaux les plus consciencieux aient pris à relater les faits, les cinquante premières années de l'indépendance furent un inénarrable western.

3

Simón Bolívar et Antonio José de Sucre, deux Vénézuéliens chevauchant de concert, assument les premiers pas de la République de Bolivie, puis se séparent, happés par l'instabilité des jeunes États du continent. En septembre 1828, Sucre, appelé d'urgence dans les pays de la Grande-Colombie, démissionne et est remplacé par le maréchal Andrés de Santa Cruz.

C'est une jeune et brillante personnalité de trente-six ans qui a volé de victoire en victoire jusqu'au sommet de la hiérarchie militaire. Il est intelligent, cultivé, actif et populaire; il se consacre à l'organisation du pays, fonde des universités, assainit les finances, fait rédiger des codes civil, pénal et de procédure et conduit l'armée bolivienne, qui se couvre de gloire, au secours de ses voisins du Pérou. Ce succès lui donne l'idée malencontreuse de créer une confédération Pérou-Bolivie, qui éveille la jalousie des Argentins, des Chiliens et des intégristes boliviens. Son étoile pâlit et deux généraux de ses propres troupes, Velasco et son aide de camp José Ballivián, se soulèvent et l'obligent à démissionner. Il est déclaré traître à la patrie, privé de ses biens et contraint de s'exiler à Guayaquil, puis en France, où il meurt à Versailles, après une tentative avortée de retour au pays.

L'anarchie s'installe à La Paz entre « restaurateurs » et « régénérateurs ». Ballivián l'emporte. C'est un Espagnol de bonne souche, petit-fils d'un officier royaliste et lié aux riches familles du *coloniaje*. Sa jeunesse a été agitée ; tour à tour enrôlé au régiment d'Estrémadure, puis aide de camp d'un intendant, conspirateur avec les libertaires et les guérilleros de Lanza, il est arrêté, condamné à mort, mais un juge ami le fait évader et le confine sur une île du lac Titicaca. Le temps de contempler les terres du soleil et de la lune, il est enrôlé contre son gré dans l'armée péruvienne, mais il déserte pour rallier le maréchal de Santa Cruz. Il participe à de nombreuses opérations militaires dans les provinces boliviennes. Promu général de division, il est envoyé au Pérou pour prendre un commandement. Il se rend avec sa famille à Arica pour s'embarquer sur la frégate *La Confederación*. Il est pris par les Chiliens qui l'emmènent en captivité à Valparaiso, mais il échappe à ses ravisseurs en se dissimulant sur un bâtiment battant pavillon français, puis se transborde, nuitamment, sur un baleinier en partance pour le Nord et se fait débarquer sur la côte bolivienne, enfermé dans un baril d'huile. Il fait un crochet par le Pérou pour récupérer quelques troupes et franchit la frontière pour rejoindre La Paz où il fait une entrée triomphale et est proclamé capitaine général et chef suprême de l'État. Quelques jours plus tard, l'armée péruvienne attaque la Bolivie. Ballivián se porte au-devant d'elle et la défait, après quarante jours de lutte à Ingavi. Il devient héros national et peut enfin s'occuper de gestion, il se penche sur les institutions, trace des routes et promulgue un code militaire. Tâche fort opportune, semble-t-il, pour endiguer les ambitions des multiples officiers candidats à la présidence. Deux d'entre eux d'ailleurs vont se succéder momentanément, le général Urdininea, valeureux soldat qui assure, par deux fois à dix ans d'intervalle, quelques mois de présidence et le général Guilarte, mis en charge par Ballivián lui-même, qui ne résiste que dix jours à la conspiration générale avant de s'enfuir au Pérou.

Déjà une nouvelle étoile brille dans le ciel bolivien : le général Isidoro Belzu. Ce métis de belle prestance, né dans une humble famille de La Paz, restera toute sa vie proche du peuple. « Tata Belzu ! Tata Belzu ! » crie la foule à chacune des sorties du « petit père ». Instruit par le clergé, il s'engage très tôt dans l'armée de Santa Cruz et gravit tous les échelons sans autre appui que le sabre, la cravache et le fusil. En garnison dans l'Oriente, il fait la connaissance de la fille d'un général argentin exilé et l'épouse : Juana Manuela Gorriti était aussi incandescente que les « terres rouges et désertiques » du Pays basque qui lui valaient son nom et trahissaient ses origines. Elle est exaltée et poétesse à ses heures et cède au charme du président Ballivián, ami intime de son mari. Ayant appris son infortune, le mari trompé se transporte au palais présidentiel, se querelle avec l'amant qui tire son épée. Les deux hommes se battent, Belzu tombe sur le sol, mais son vainqueur, lui-même blessé, n'ose pas le tuer. Il l'assigne à résidence à la caserne d'Obrajes, sans se douter que son adversaire y compte de nombreux amis. Dès l'aube, Belzu, qui a déjà retourné les cadres du bataillon à son profit, attaque le palais. Ballivián, apeuré, se sauve par les toits, se réfugie dans une maison voisine, attrape le premier cheval venu et cherche refuge dans la montagne. Belzu ne trouve qu'un lit vide en dehors d'une jolie maîtresse qui dormait innocemment. Dépité, il descend dans la rue et se heurte au frère du président qui le reconnaît et l'interpelle : « Imbécile, tu es perdu, sauve-toi », et il lui jette sa cape sur les épaules pour le dissimuler. Belzu se réfugie chez un ami, se déguise en Indien et décide de gagner le Pérou. Ballivián retourne au palais et ordonne des poursuites contre son rival. A toutes fins utiles, il fait fusiller quelques officiers, amis du fugitif, mais le peuple est favorable au fuyard et ces mesures intempestives ne font qu'accroître son opposition au régime.

Profitant de la confusion, le général Velasco, ancien compagnon de Ballivián lors du putsch qui renversa le maréchal de Santa Cruz, se révolte à son tour et s'autoproclame président provisoire de Bolivie par la volonté du peuple. Ce pauvre peuple qui n'était pour rien dans l'affaire et ne savait plus à qui faire confiance. Ballivián résiste avec vigueur pour conserver sa place mais Belzu, qui était aux aguets sur la frontière péruvienne, rentre en Bolivie, prend la tête d'un de ses anciens régiments et marche sur La Paz. Son camarade, Mariano Ballivián, le frère du président qui s'était montré si magnanime à son égard quelques jours auparavant, se met en travers de sa route et lui livre bataille. Belzu est battu et doit s'enfuir une fois de plus, mais ce n'est que partie remise car le bataillon numéro dix se soulève le soir même contre le président Ballivián en difficulté. Un comité populaire se constitue pour prendre le pouvoir et profite de l'aubaine pour extraire de sa prison un condamné à mort sur le point d'être fusillé, pour le nommer préfet de La Paz. A peine libéré de son cachot, le haut fonctionnaire reconnaît l'autorité de Belzu et le proclame commandant général des provinces du Nord. Prévenu, « Tata Belzu », qui s'enfuyait, rebrousse chemin et fait une entrée triomphale dans la capitale, où il est acclamé par la foule le 23 décembre 1847. Ballivián, trahi par tous les siens, démissionne et s'enfuit au Chili où il vivra pauvre et oublié jusqu'au jour où, ayant vendu jusqu'à son épée, il partira pour l'Argentine et mourra à l'hôpital, à Buenos Aires.

Voici donc Belzu maître de La Paz. Toute la Bolivie se rallie à lui, mais il veut une consécration nationale indiscutable. Contre toute attente, il refuse le pouvoir, fait désigner le général Velasco comme président, et se contente de devenir son ministre de la Guerre.

De janvier à octobre 1848, la présidence de Velasco n'est plus qu'un tissu de conspirations, de mutineries, de volte-face alimentées par son propre ministre de la Guerre. Celui-ci, pour avoir les mains plus libres, se retire à Sucre où il crée un comité chargé d'attaquer les forces de Velasco à La Paz. Après quelques escarmouches, ce comité proclame Belzu, son instigateur, président de la République. Ainsi conforté, celui-ci rejoint précipitamment la capitale et attaque Velasco qu'il bat à plate couture à Yamparez (6 décembre 1849). Le vaincu s'enfuit selon la tradition... en Argentine. Belzu est donc, après tant de machinations, le seul maître de la Bolivie, et ce de 1850 à 1855. Mais son triomphe sera de courte durée. Les aristocrates blancs lui reprochent ses modestes origines et jugent dangereuses ses bonnes relations avec le peuple. « Tata Belzu, Tata Belzu, crie la foule dans les rues, nous ne voulons que toi, le Mahomet de la Bolivie. » (Belzu avait le teint bistre.) De fait, le nouveau président aime le peuple indien, il lui promet l'égalité sociale mais il ne peut accomplir aucune réforme. Les luttes intestines continuent de plus belle, les trahisons sont la règle générale, la cupidité atteint des sommets andins. « Ce pays est ingouvernable! déclare-t-il au Parlement. Je ne souhaite ni ne dois garder plus longtemps le timon de l'État. Voici ma démission! » Les députés interloqués lui refusant cette échappatoire, Belzu demande alors que l'on élise à sa place son gendre, le général Córdova. Il voudrait, quant à lui, voyager en Europe et au Proche-Orient pour parfaire sa culture. Ainsi fut fait et le général s'embarque à la découverte du vieux monde.

Jorge Córdova n'a pas grande expérience. Après une brillante et rapide ascension, il se retrouve par hasard président de la République en 1855. Il gouverne avec une mansuétude inconnue sous ces latitudes. Il est renversé en septembre 1857 par un comploteur professionnel et ennemi juré de Belzu, le général Linares, et se retire de la politique sans pouvoir échapper pour autant, comme on le verra, à la malédiction bolivienne.

Après la chute de Córdova, trois généraux, Linares, Acha et Melgarejo, se succèdent au pouvoir pendant quatorze ans, dans un festival d'émeutes, de révolutions et de fusillades qui laissent le pays exsangue. Le premier est un destructeur frénétique, qui ne tolère que ce qu'il ne peut modifier. Il réforme toutes les institutions, supprimant les lois et décrets et les droits humains les plus élémentaires; il interdit la presse, prohibe la critique des actes du gouvernement. Finalement, après six ans d'exactions et de massacres, trois de ses ministres, Fernández, José-Maria Acha et le commandant Sánchez, parviennent, le 14 janvier 1861, à le déposer. Les trois mousquetaires se constituent en triumvirat, procèdent à des élections, rétablissent les libertés et proclament une amnistie générale. L'Assemblée nationale, de nouveau réunie, désigne le général Acha comme président provisoire.

Entre-temps, Belzu, revenu de son voyage européen, fait une escale à la frontière péruvienne pour surveiller ce qui se passe dans le creuset bolivien. Son parti s'emploie à jeter un peu d'huile sur le feu, le bruit courant même que certains de ses partisans ont été arrêtés par Acha. En fait, ce dernier, qui redoute la popularité de l'ancien président, demande au général Pezet, président de la République du Pérou, de l'empêcher par tous les moyens de revenir en Bolivie. Comme il n'y a pas de petit service à négliger en la matière, le Péruvien assigne le Bolivien à résidence. Fort soulagé, Acha entreprend une tournée en province, mais avant de quitter La Paz, il nomme comme commandant de la place le colonel Placido Yanes dont l'opposition viscérale à Belzu est bien connue.

L'agitation belziste ne s'arrête pas pour autant et le général Córdova, qui vivait paisiblement retiré des affaires, est même sommé de prendre la tête des mutins. Il refuse, ce qui ne l'empêche pas d'être victime de la sauvage répression qui s'abat sur les sympathisants les plus notoires de son beau-père. Il est donc arrêté et conduit à la prison centrale du Loreto.

C'était le moment que Yanes attendait pour tirer vengeance d'affronts anciens. Dans la nuit du 23 octobre 1861, il y eut quelques coups de feu tirés dans le centre de la ville, on pensa qu'un coup d'État était en cours, mais il ne s'agissait en fait que d'une mise en scène. Yanes se rend dans les prisons et ordonne, personnellement, de fusiller tous les prisonniers. Jorge Córdova est tué dans son lit au Loreto, les autres sont abattus dans les prisons ou sur la grand-place; c'est une véritable hécatombe.

Edelmira Belzu de Córdova, la fille de Belzu, va réclamer le corps de son mari, qui lui est jeté par une fenêtre, dénudé et criblé de balles. La fureur gagne les quartiers populaires qui se déversent dans la rue. Yanes a l'imprudence de faire une déclaration, disant qu'il a sauvé l'ordre et les institutions menacées par la rébellion et qu'il vient de donner instruction aux tribunaux de faire le procès des coupables.

C'est ainsi que Córdova est condamné à mort deux jours après son exécution. Impressionnée, la foule retient son élan car elle croit que le gouvernement, présidé par Acha, va punir d'une façon exemplaire le colonel sanguinaire. En fait, le président et son ministre Fernández ont également peur du colonel Yanes, le premier parce qu'il appréhende la vengeance inévitable de Belzu et le second, parce qu'il veut renverser son propre maître en s'appuyant sur l'assassin qu'il croyait favorable à sa cause.

Les jours passent et rien ne vient, personne ne parle plus de sanctions. Tout semble baigner dans un vide angoissant et comme la nature, même en Bolivie, a horreur du vide, le colonel Balza, un mercenaire argentin en service à La Paz, attaque à tout hasard la caserne du deuxième bataillon et l'enlève après une lutte sévère. La multitude se porte à l'aide de l'attaquant, non pas pour le seconder, mais pour régler ses comptes avec le meurtrier de tant d'honorables citoyens. Elle déferle vers le palais du gouvernement où se trouve le colonel Yanes. Effrayé par cette foule qu'il ne sait comment contenir, le fusilleur du 23 octobre cherche son salut dans la fuite. Il monte sur le toit et tente d'atteindre la maison voisine. Mais une balle l'arrête dans sa course et son corps tombe dans la cour mitoyenne. Des milliers de mains s'en emparent, le traînent dans la rue et le dépècent.

Une fois accomplie cette mission de justice que personne n'avait voulu faire à sa place, le peuple retourne à ses occupations. Quand le président Acha apprend la nouvelle au fond de la province, il revient prudemment vers La Paz. Mais un autre général, Gregorio Pérez, se croyant assez fort pour braver les députés, s'est soulevé et proclamé président.

Acha prend bravement la tête de ses troupes et se dirige vers Oruro, Pérez en fait autant depuis La Paz. Les deux armées se font face, la balance semble favorable au président rebelle lorsqu'un événement inattendu se produit; un colonel nommé Mariano Melgarejo, connu pour son intempérance, exécute une manœuvre maladroite qui redresse la balance en faveur du pouvoir légal. Acha regagne la capitale où le Congrès vote une nouvelle constitution, mais ses jours sont comptés, et malgré une crise ouverte avec le Chili, il doit abandonner le pouvoir à Melgarejo, qui se proclame président de la République.

De complots en coups de mains, de pronunciamentos en répressions sanglantes, la Bolivie est effondrée. De quelle indépendance, de quelle liberté peut-on parler sinon de celle de s'entre-tuer, de multiplier les inégalités et d'ignorer superbement les aspirations à la paix et au bien-être de tout un peuple. Les équipements publics sont délabrés ou inexistants, il n'y a plus de constitution, l'anarchie règne de toute part et l'armée n'est plus qu'une entreprise de subversion; seul le produit des mines et des grandes propriétés, grâce au travail de l'Indien, assure la prospérité d'une minorité de privilégiés. Trente années d'incohérence politique vont être couronnées par l'apparition d'un dément.

Melgarejo est non seulement un ivrogne reconnu comme tel mais un clown tragique qui commence sa haute magistrature par une trahison et un crime. La nouvelle du retour de Belzu de son exil péruvien soulève, une fois de plus, l'enthousiasme du peuple et quand il fait son entrée à La Paz, la ville lui réserve, pour la troisième fois, une réception inoubliable. Chaque citoyen voit en lui le symbole de la République et s'apprête à combattre pour donner enfin au pays un héros, digne de sa confiance, une ligne politique généreuse et une espérance. Melgarejo, sentant le danger, est sorti de la ville trois jours auparavant pour se mettre à l'abri, mais ses troupes sont si hésitantes et ses officiers si divisés qu'il doit les reprendre en main; il n'échappera pas à l'affrontement. Il rebrousse chemin et, parvenu sur les hauteurs de la ville, il ôte son chapeau, fait un salut théâtral au panorama sublime de l'Alto et entreprend posément la descente, non sans avoir abattu un colonel qui lui barrait le passage. La foule est si joyeuse et entraînante que les soldats se mêlent à elle pour danser. Melgarejo se croit perdu, s'arrête et tente de se suicider. Un de ses officiers lui retient le bras :

« Mon général, plutôt que de mourir ainsi, il vaut mieux risquer sa vie dans un suprême effort », lui dit-il. Le tyran l'écoute, rassemble ses cuirassiers, se met à leur tête et entre dans la place avec l'air humble d'un prisonnier. Il pénètre dans le palais, supprime un des gardes qui s'approche de lui, ouvre la porte du premier salon et aperçoit Belzu qui vient à sa rencontre pour le recevoir. Il le tue à bout portant d'un coup de pistolet. La déroute se transforme en triomphe, il n'y a aucune personnalité de poids autour de la victime. Sur la place, le peuple ne parvient pas à comprendre. A la faveur du désordre, le cadavre de Belzu est ramassé, complètement nu à l'exception de son alliance, par sa femme autrefois infidèle, Manuela Gorriti et par sa fille Edelmira Belzu, veuve du malheureux général Córdova. Tandis que le peuple veille le cercueil entre quatre cierges et pleure le « Tata Belzu », le triomphe de l'assassin est célébré dans l'orgie au palais. L'anarchie, la dissimulation, la lâcheté et la délation triomphent alors que Melgarejo, faisant vertu du crime, se décerne le titre de « grand citoyen de Bolivie, gardien de l'ordre et de la paix publique ».

A cette paranoïa barbare, il joint parfois un humour incongru qui relève du sadisme : lorsqu'il a l'esprit embrumé par l'alcool, ses meilleurs amis se gardent de lui parler pour éviter ses pires caprices. Les cieux ne peuvent rien contre notre invincible armée, dit-il, et il fait tirer des feux de salve contre les nuages. Ayant appris en 1870 que la France est envahie par l'Allemagne, il décrète la mobilisation générale et part à la tête de son armée pour lui porter secours. « La France ! dit-il à ses soldats, c'est la civilisation. Qui l'attaque touche à notre mère. Allons la défendre ! » Il s'arrête à la frontière péruvienne et prend le ciel à témoin qu'il ne peut aller plus loin car il faudrait traverser un pays étranger et partir à la nage, opération peu recommandée, car on risquerait de mouiller les cartouches. Une autre fois, comme on lui apprend l'échec d'un coup d'État, il s'écrie, furieux : « Je ne peux faire confiance à personne, pas même à ma chemise. » Joignant le geste à la parole, il se met torse nu, suspend sa chemise à un clou, appelle la garde et donne l'ordre de la percer de balles. Il faut lui obéir sans hésitation et ne pas douter devant lui des capacités boliviennes. A un visiteur de marque qui vante les qualités guerrières de je ne sais quel voisin, il dit : « Je vais vous prouver que mes troupes sont les plus disciplinées du monde. » Puis il appelle la garde, fait ouvrir les fenêtres du salon, et donne l'ordre de sauter dans le vide, ce que font les soldats, sans hésiter.

La fin du tyran ressemble à celle de tous ses semblables. Profitant d'un voyage de son maître à Potosí où il voulait écraser encore quelque révolution, le colonel Morales prend la tête d'un mouvement pour « rétablir les libertés et reprendre la constitution ». Quand Melgarejo revient à La Paz, il demande aux rebelles de déposer les armes. Ceux-ci refusent bravement et la population dresse les barricades, creuse des tranchées et met chaque maison en état de défense. Melgarejo se jette furieusement dans la bataille, mais les villages indiens de l'Altiplano, qu'il avait dépouillés stupidement de leurs « communautés », cernent la ville. Pris au piège, il se bat désespérément. Une à une ses colonnes fléchissent, des quartiers entiers flambent, les cadavres parsèment les rues, les citadins lui arrachent ses armes et font quelques milliers de prisonniers. Vaincu, le tyran prend la fuite.

Les aèdes célèbrent cette victoire qui prend une dimension titanesque : « Nous étions décidés à subir le sort de Numance, de Sagonte et de Saragosse, résolus à raser notre ville comme ce fut le cas à Moscou, nous avons reconquis la palme de la liberté dans des ruisseaux de sang. »

Melgarejo disparu, le kaléidoscope continue à tourner. Comme dans un jeu de massacre, les marionnettes apparaissent, font trois petits tours et s'effondrent. Laborieusement, la malheureuse Bolivie, dont les voisins brésiliens, chiliens et plus tard paraguayens arrachent, lambeau par lambeau, quelques pans du manteau, est exténuée mais vivante.

Je sentais, au terme de ces lectures, qu'après cinquante années de désordre une page était en train de se tourner et que la véritable construction du pays allait pouvoir commencer.

Dans ces années 1880, l'Europe occidentale et l'Amérique du Nord se lancent en effet dans une industrialisation irrésistible; la société de consommation jette ses bases, les investissements financiers se traduisent désormais par la prolifération des usines, l'aménagement des voies nouvelles de communication, le développement urbain, le foisonnement du machinisme. Une fringale d'énergie et de matières premières s'empare du monde. Il n'y a plus d'oasis ni de thébaïde où l'on peut dormir inconsciemment sur les sacs d'or. Toutes les ressources minières sont inventoriées et mises en exploitation, les productions du sol et les forêts accaparées par des marchands avides. Les dirigeants de toutes les collectivités humaines voient, pour la première fois, la fortune à leur porte. La Bolivie, avec ses métaux légendaires et ses élites instruites, ne peut rester en arrière. Les mines d'argent et d'étain s'organisent en groupes puissants. Sous la férule de Patiño, Hochschild et Aramayo, les chemins de fer se construisent grâce aux prêts habiles consentis à l'État et sont absorbés par des sociétés américaines ou anglaises comme la Bolivian Railway Company. Les postes, les téléphones, les banques, les minéraux secondaires et, un peu plus tard, le pétrole et les fonderies d'étain dépendent des décisions de New York, de Londres ou de Paris. Est-ce un nouvel âge d'or ?

C'est en réalité d'un deuxième pillage du trésor des Incas qu'il s'agit car les richesses s'envolent dans les banques étrangères. Les possédants boliviens tirent péniblement leur épingle du jeu et se croient riches ; ils parlent de libéralisme, d'indépendance, d'égalité républicaine alors que le peuple, de plus en plus misérable, de plus en plus analphabète, doit redoubler d'efforts dans les mines et les encomiendas de toujours. Le pays perd sa substance, ploie sous les dettes et les pièges que le capital international sait si admirablement tendre aux pieds des innocents. Les gouvernements se succèdent à une cadence incroyable mais ils tiennent toujours les mêmes propos, sans se douter que sans la participation de tous les citoyens, une volonté supérieure d'équité, l'esprit de sacrifice et la liberté, tous les discours sur l'indépendance ne sont qu'une comédie que l'on se joue à soi-même.

4

J'en étais là de mes réflexions historiques lorsque me parvint la convocation au palais de la République pour présenter mes lettres de créance.

Deux jours plus tard, revêtu du pantalon rayé et de la jaquette noire, chapeau haut de forme d'une main et gants gris de l'autre, je fus enlevé par une voiture du protocole et déposé au pied du *Palacio Quemado* *, le Palais brûlé. De l'autre côté de la rue, une sentinelle gardait le réverbère où avait été pendu, en 1942, le président Villaroël. Je franchis le seuil du vaste hall d'entrée, flanqué de mes principaux collaborateurs, et je commençai l'ascension d'un escalier de pierre d'une raideur inhabituelle dont chaque marche, de vingt-quatre centimètres de haut, brisait le pas du visiteur. Parvenu, un peu essoufflé, au premier étage, je fus conduit au salon d'honneur par un aide de camp, chamarré de fourragères et d'aiguillettes.

Le soixante-quatrième président de la Bolivie, le docteur Víctor Paz Estenssoro, assis dans un fauteuil doré installé sur une estrade d'apparat, se leva et ten-

* Le palais du gouvernement.

dit la main pour m'accueillir. Je n'étais ni impressionné ni ému par le décor et la cérémonie. Je présentai mes lettres et débitai un discours en français qu'un interprète s'efforça de traduire. Il n'y était question que d'amitié, de liens à resserrer, de tradition démocratique, de passé glorieux, de présent convivial et de lendemains qui chantent. Un œil sur mon texte et l'autre sur le visage du président, j'étudiais ses réactions.

De taille et de corpulence moyennes, il avait un teint mat et une lèvre supérieure légèrement prognathe. Ses yeux, grands et sombres, se dissimulaient derrière des lunettes à monture fine, un air de jeunesse et de respectabilité universitaire flottait sur ses traits réguliers. Il devait avoir dans ses archives un diplôme de quelque business school américaine et je savais qu'il était un politicien éprouvé, un révolutionnaire convaincu et un économiste de qualité.

Président d'un pays indépendant depuis exactement cent trente-cinq ans et trois mois, il succédait à trente militaires et à trente-trois civils à la tête d'une république tumultueuse qui avait connu cent vingt-deux états de siège, quinze gouvernements constitutionnels, neuf assassinats et un suicide. Le calme de son visage me surprenait. Il m'écouta poliment mais la littérature diplomatique n'était certainement pas sa tasse de thé. Il s'anima pourtant pour me lire la sienne, qui, à ma grande surprise, évoquait l'ancienneté de nos relations, les travaux, vers 1830, d'Alcide d'Orbigny qu'il qualifia de père du savoir bolivien, du docteur Crevaux dont un village du Pilcomayo porte le nom et de quelques autres personnages, professeurs, médecins de renom, voyageurs scientifiques. Il me parla du chemin de fer Atocha-

Laquiaca financé autrefois par le Crédit mobilier français, de la Banque de la Nation fondée par un prêt gouvernemental et de la vigueur de la colonie française d'avant-guerre. Il me vanta la révolution nationale bolivienne du MNR, m'assura de la bonne volonté de son pays, de son désir d'élargir nos échanges et de l'aide que je trouverais toujours auprès de ses services. Quelques instants plus tard, hors protocole, au cours d'un bref entretien avec le ministre des Affaires étrangères, je le remerciai de sa grande confiance et l'assurai de ma volonté profonde de coopération.

En redescendant les marches de l'escalier de l'Inca devant les masques de bronze impénétrables de la garde indienne, ma tête résonnait de tous les orages qui avaient ébranlé ces lieux, des clameurs de la foule, des princes abattus, dépouillés, écartelés, du ferraillement des armes, du grondement des canons et de la mitraille, des discours enflammés et du grésillement des incendies.

Le long de la rue, quelques Indiens silencieux, accroupis dans leurs ponchos multicolores, portaient sur les passants un regard d'éternité.

Les lettres de créance sont le coup de départ de la course du diplomate. La tradition voulait que je me prépare pour un tour des vestiaires afin de mieux connaître mes concurrents et amis. Je commençai donc par le nonce apostolique, un robuste Napolitain meilleur que le pain qu'on mange, assisté du plus charmant des monsignores, un fils de la Ville éternelle et des écuries vaticanes, qui souffrait de l'altitude, de l'environnement et de la fréquentation quotidienne de son mentor du Mezzogiorno. J'appris comment allait l'Église après quatre siècles d'évangélisation du Nouveau Monde : des chapelles et des cathédrales par milliers, des fidèles de toute trempe allant de la foi de Torquemada à la générosité de Bartolomé de Las Casas, du mysticisme méditerranéen traditionnel au populisme moderne. Quant aux Indiens, le culte de la Pacha Mama reporté sur la Vierge Marie et l'amour des bannières et des reliques donnaient aux théologiens de la curie romaine des insomnies œcuméniques.

Après tant d'années de prêches, la Bolivie restait toujours une terre de mission qui nécessitait la présence de mille quatre cents religieux et religieuses espagnoles, de je ne sais combien de franciscains allemands et italiens, d'oblats canadiens, de rédemptoristes suisses et français et de jésuites. Les autres religions étaient là pour mémoire, mais le dieu dominant dont on ne parlait plus était toujours Intiviracocha.

Après le Vatican, je passai à l'Angleterre. Pour un Français, le geste est instinctif. Mon collègue était parfaitement britannique et parlait notre langue avec aisance; sa femme, Jane, peignait des fleurs avec le talent aquarelliste de Kew Garden. Ils aimaient les voyages et avaient déjà parcouru tout le pays; leur amour de la botanique semblait presque un alibi pour suivre plus tranquillement les péripéties politiques. Mon collègue me fit une analyse subtile des réformes entreprises par le Mouvement national révolutionnaire, de l'inflation galopante de la monnaie bolivienne, du flux du minerai d'étain vers les fonderies de William Harvey à Londres, de l'irruption des Américains et du fléchissement de l'influence anglaise. Le fait qu'il ne m'ait pas demandé ce que faisait la France me montra combien notre présence était insignifiante au cœur des Andes.

L'Allemand était en fin de carrière et avait longtemps servi dans les services consulaires; il en avait conservé les lignes d'intérêt, l'approche commerciale, l'usage des poids et mesures et un parfait dédain pour les spéculations intellectuelles. Ses ressortissants – 12 531 au dernier pointage, disait-il – lui donnaient de sérieux maux de tête. La première vague d'immigrants de l'avant-guerre comprenait beaucoup d'israélites qui avaient échappé aux persécutions nazies. La deuxième, celle des années 1946-1947, était composée essentiellement de Waffen-SS réfugiés politiques, de personnalités compromises avec le régime hitlérien et de ressortissants des marches orientales de l'Allemagne passées sous contrôle soviétique. Les deux vagues se haïssaient viscéralement et les croix gammées fleurissaient la nuit sur les portes des juifs. La seule lueur de consolation pour mon collègue était que tout ce monde se destinait au commerce et qu'ils avaient tous le même carnet de commandes auprès des maisons allemandes.

L'Espagnol était en fin de séjour, préoccupé par des problèmes de santé et de famille, et je dus attendre quelques mois pour connaître son successeur qui était un personnage haut en couleur et d'une tonitruance picaresque. Enfant de Malaga et ancien capitaine de cavalerie franquiste, le communisme l'empêchait, disait-il, d'avaler sa salive. Il vouait aux Yougoslaves en général, et aux Croates en particulier, une haine chromosomique due à leur présence dans les Brigades internationales. Grand chasseur, il traquait le cerf dans les régions bénianes où les couvents de religieuses lui procuraient gîte et couvert. Connaisseur virtuose de la langue espagnole, il me fit faire des progrès fulgurants et me dota d'un vocabulaire d'injures considérable. Cet homme tonique et reconstituant portait en lui la culture d'un hidalgo. Son épouse, à moitié française, était la fille de Diego de Regoyos, un des rares peintres impressionnistes de la péninsule. Il menait rondement ses affaires, toujours difficiles parce qu'hybrides dans un pays dont l'Alma mater était encore la Real Academia de Madrid. Son seul souci, me disait-il, était d'avoir un chien anticlérical qui ne pouvait souffrir les soutanes et avait laissé un jour l'évêque de La Paz à moitié nu devant la résidence.

L'Italien était un comte légitime, ancien fonctionnaire de Cyrénaïque et revenu de tous les fascismes, démo-christianismes et autres socialismes de sa chère patrie. Il avait épousé, sur le tard, une fort jolie femme et, après avoir assuré sa descendance, jouait de préférence au bridge.

C'est alors que j'abordai le monde latino-américain.

Il y avait treize pays du continent représentés à La Paz. Tous identiques malgré leur diversité physique et leurs tailles nationales. J'aurais pu dresser, à l'issue de mes visites, un portrait-robot de l'*Homo diplomaticus amerindiensis*. Cette similitude résultait, à l'évidence, d'une origine commune, d'une histoire comparable, d'une évolution sociologique dans un environnement semblable, de réflexes politiques de même essence, d'une religion identique, d'une langue et d'une culture supérieures et, enfin, d'un même confinement géographique.

Leur caractéristique dominante était de s'intéresser au pays d'accueil et à ses problèmes internes, comme s'il s'agissait de leurs propres affaires. Je dirais même une propension à épouser, par principe, n'importe quelle querelle continentale devant l'interlocuteur étranger. La solidarité sud-américaine n'est-elle pas toujours instinctive et affective ? Cela étant, chaque pays avait son esprit de clocher, ses rivalités inexpiables, une susceptibilité toujours en éveil et un code d'honneur ostensible et compliqué. Tout Péruvien est condescendant à l'égard du Bolivien, le Vénézuélien et le Colombien sont plutôt protecteurs, l'Argentin est d'une autre essence, le Brésilien est impérial, le Mexicain se sent toujours aztèque et lointain, le Chilien est peu fréquentable pour le Bolivien, les Paraguayens sont complexés. Tous ou presque parlent l'anglais mais ont une affection touchante pour l'Europe et la France. Dans tous les cas, eux, leurs femmes et leurs enfants sont spontanés et agréables à vivre, leur personnalité est si évidente que l'on peut penser que la nature les a placés près de l'Amérique du Nord pour les mettre à l'abri, par contraste, de toute velléité de ressemblance.

Rendre visite à l'ambassade des États-Unis, c'est en effet changer d'univers, c'est pénétrer dans une forteresse. Tout y est aseptisé, gardé militairement et mystérieux, même l'air que l'on respire semble importé des rives du Potomac. Ici, plus de passion, ni de fantaisie, pas de rires, ni d'éclats de voix, le chuchotement est de rigueur derrière les murs ripolinés. Il y a des ombres furtives de secrétaires qui passent dans les couloirs, des gardiens en uniforme qui dirigent, à n'en pas douter, un empire souterrain, des états-majors militaires, des techniciens de haut vol qui évaluent, soupèsent, drainent dans l'ombre par des voies inconnues les richesses présentes et futures du globe. Un monde inquiétant de conseillers planificateurs et dispensateurs d'aides calculées. On sent des oreilles tendues et des regards vigilants sur des chasses gardées. A La Paz, l'ambassade américaine n'échappait pas à la règle et je m'y rendis plein de révérence comme on va à Rome, à La Mecque ou à Benarès.

Par malchance, il n'existait pas d'ambassade soviétique pour faire le pendant et je dus me rabattre sur le Japon.

Là, il y avait à peine une résidence, une villa modeste louée dans un quartier anonyme. L'ambassadeur, tout en courbettes et en sourires, s'excusait presque d'occuper son poste. Il achetait, par-ci, par-là, quelques mines anciennes à rénover, vendait des voitures avec un crédit de sept ans, installait des colons riziculteurs dans les plaines orientales et étudiait, par violon d'Ingres, la langue aymara, où il avait découvert un nombre considérable de racines qui faisaient des Indiens des Andes des cousins lointains du Mikado.

Après ce ballet protocolaire que tous les intéressés me rendirent scrupuleusement, je sollicitai l'audience des principaux ministres du gouvernement et, à tout seigneur tout honneur, d'abord au ministre des Affaires étrangères, Eduardo Arze Quiroga. Ce juriste de formation était un compagnon de route du président Paz, un des fondateurs du parti au pouvoir, un des artisans de la révolution bolivienne.

Il m'interrogea sur la politique française en Algérie, passa en revue le contentieux de nos affaires et me souhaita de prendre conscience du bouleversement fondamental au milieu duquel j'allais vivre. Le raz de marée dont il parlait avait commencé dix ans auparavant et prenait un second souffle.

Jusqu'à la fin de la Seconde Guerre mondiale, la Bolivie avait été entraînée superficiellement dans le sillage des impérialismes occidentaux sans avoir introduit de modifications substantielles dans ses structures internes. La triste épreuve de la guerre du Chaco * avait ouvert simplement une plaie supplémentaire. Les mines s'épuisaient inexorablement et, dans leurs taupinières sous-équipées, les travailleurs indiens mouraient vers la trentaine de silicose et d'alcoolisme. Certes, la haute bourgeoisie brillait d'esprits distingués dans l'art et la littérature, et les joutes policiennes avaient plus que jamais la faveur des élites, mais tous les édredons anciens et les bonnes consciences du passé perdaient peu à peu leurs plumes dans les soubresauts du modernisme.

La classe ouvrière se mettait en grève, le syndicalisme s'organisait, les têtes les plus lucides s'interrogeaient devant les nuages qui s'amoncelaient sur l'horizon. Les idéologies internationales se répandaient et à Moscou, le Komintern jugeait que le continent sud-américain était mûr pour la soviétisation, Manouilski et Jules Humbert Droz y organisaient la révolution marxiste. Carlos Luis Prestes au Brésil, Arturo Codovilla en Argentine, Emilio Recabaren au Chili, Raúl Aya Della Torre au Pérou, Roberto Hinojosa en Bolivie et quelques autres

* Conflit qui opposa, de 1932 à 1935, la Bolivie au Paraguay et se termina par la défaite de celle-ci.

essayaient de tisser, sans grand succès d'ailleurs, les réseaux du communisme. Un climat de troubles sociaux, de remise en cause économique, de guérilla s'installait dans les cordillères et les universités.

A La Paz, après une dernière palinodie gouvernementale, une explosion populaire générale avait porté au pouvoir, le 9 avril 1952, le Mouvement national révolutionnaire (MNR) du docteur Paz Estenssoro. Pour la première fois depuis des siècles, le peuple bolivien, toutes classes majoritairement confondues, allait tenter, avec ses seules forces, de changer son destin. L'économiste Walter Guevara Arze et Víctor Paz avaient élaboré un programme fortement teinté de marxisme qui prévoyait notamment la nationalisation des mines et du pétrole et la réforme agraire.

Toucher aux mines qui représentaient 80 % des ressources en devises du pays était de la chirurgie à cœur ouvert, s'attaquer aux trois puissants barons de l'étain, Patiño, Hochschild et Aramayo, propriétaires de la quasi-totalité du patrimoine minier, c'était combattre de front le capitalisme international, braver les grandes puissances industrielles, mettre un terme à une fiscalité de complaisance, à la fuite des capitaux vers l'étranger, à l'exploitation abusive des travailleurs et au sous-équipement des gisements et des transports. L'expropriation pour cause d'utilité publique et la création de la Corporación Minera de Bolivia (COMIBOL), organisme d'État chargé de l'exploitation, de la commercialisation et de la politique minière, firent l'objet de plusieurs décrets s'étalant de mai à octobre 1952 et donnèrent lieu à des manifestations patriotiques passionnées et à des déclarations grandiloquentes.

Dans la foulée de cet élan révolutionnaire, la réforme agraire, considérée comme la suite logique de la lutte « antiféodale » et le fleuron du réformisme sud-américain, fut entreprise et menée à grand renfort de commissions spécialisées, d'études juridiques complexes, de slogans et de postulats idéologiques. « La terre appartient à celui qui la travaille », « le sol paysan est sacré », « laboureur, que devient ta peine »... Le décret-loi du 2 août 1953 consacré à une classification ébouriffante de la propriété agraire fut une des premières expériences à grande échelle du continent.

Huit ans s'étaient écoulés depuis ces bouleversement historiques, lorsque je tendis mes lettres de créance au président Paz Estenssoro. Le chef de l'État entamait un deuxième mandat. Le premier s'était achevé en 1954 avec l'élection de Hernán Siles Suazo, sorti des rangs du parti officiel mais porteur d'une nuance plus souple, le Mouvement nationaliste révolutionnaire authentique (MNRA). Les difficultés qui avaient surgi dans l'application des réformes au cours de cette pause doctrinale avaient été telles que les élections de juin 1960 avaient ramené au pouvoir le père du MNR original avec mission de sauver l'essentiel des acquis de la révolution. Je devais être témoin, durant mon séjour en Bolivie, de cette tentative de sauvetage.

Pour généreux que soient les rêves, pour séduisantes que semblent les formules, le poids des traditions, la condition humaine et la nature se chargent de rétablir les étiages réels. La nationalisation des mines et du pétrole était intervenue trop tardivement et les degrés de productivité avaient été mal appréciés. Trop de filons anciens étaient épuisés, l'équipement à bout de souffle et les techniques d'extraction dépassées. L'apparition de nouveaux concurrents (Malaisie, Afrique), la constitution de réserves stratégiques de métal chez les grandes puissances et la hausse des prix de revient avaient déprimé le marché. Enfin, la COMIBOL rongée par la bureaucratie, le syndicalisme triomphant et les erreurs de gestion avaient fait chuter les exportations de 50 % par rapport à 1952. De toute façon, et quelles qu'aient été les illusions et les responsabilités locales, il paraissait évident qu'il était impossible d'affronter impunément les lois draconiennes du marché international et les forteresses du capital. La baisse des ressources en devises avait provoqué une crise monétaire grave, le plus clair du revenu national était absorbé par l'achat, à l'extérieur, des articles de première nécessité. Une inflation galopante frappait la monnaie bolivienne qui ne cessait de s'effondrer devant le dollar. En 1952, il fallait 250 pesos boliviens pour un dollar et en 1956, 12 500. En une seule année, entre 1955 et 1956, le coût de la vie avait augmenté à La Paz de 474 %.

Parallèlement à ce désastre économique que les plans stabilisateurs successifs ne parvenaient pas à enrayer, la réforme agraire cafouillait. La Bolivie est un assemblage hétéroclite, qu'il s'agisse de conditions géographiques, de nature des sols, de types de cultures, de régime de la propriété, de structures paysannes. Près de 72 % de la population, soit deux millions et demi d'habitants, y vit sur vingt-trois millions d'hectares, théoriquement cultivables, mais dont seulement six cent cinquante mille sont effectivement exploités. En voulant réglementer cette nébuleuse, le législateur avait tellement multiplié les catégories que personne ne s'y retrouvait et qu'on passait davantage de temps chez l'avocat que dans les champs. Au terme de dix ans d'offices distributeurs, de commissions itinérantes, de procès, de dérogations et d'ajustements, 7 % seulement de la population rurale avait été touchée. Nombre de grands propriétaires, jouant des obscurités de la loi, de leurs attaches politiques, des possibilités de création de coopératives ou d'établissements industriels, étaient parvenus à conserver leurs biens.

En regard de ce remue-ménage, une constatation s'imposait. Entre 1952 et 1960, la production annuelle de blé était passée de quarante-six mille tonnes à onze mille et celle du maïs avait baissé de 40 %. Le nouveau gouvernement était donc confronté à une situation inextricable où, sans renier les grands principes de la révolution, il lui fallait contenir toutes les dérives, calmer le mécontentement populaire et trouver les remèdes dont il n'avait ni les ingrédients, ni les formules. D'autres difficultés l'entravaient à chaque pas, les problèmes du syndicalisme, de la formation et de l'éducation en général, enfin la renaissance des querelles politiques internes et l'apparition de partis d'opposition lui remettaient en mémoire les démons du passé.

Le président du MNR avait adopté une ligne mouvante entre le diable et le bon dieu. Il rappelait, dans tous ses discours, la continuité et le succès de sa politique. Il affirmait contre toutes apparences le bien-fondé des grands thèmes de sa doctrine : abattre le féodalisme dans les mines et dans les champs; chasser les méchants capitalistes exploiteurs du peuple; la Bolivie n'appartenait qu'aux Boliviens et les chemins du progrès lui étaient ouverts. L'ouvrier connaissait, disait-il, ses droits et jouissait d'une sécurité que beaucoup de pays lui enviaient. Certes la production avait baissé et les salaires étaient trop faibles, mais c'était la faute de certains gestionnaires, l'absence de capitaux, l'indiscipline des travailleurs et les machinations de l'étranger.

Dans le domaine agricole, il déclarait que la réforme agraire avait rendu la terre au paysan qui la travaillait et que le gouvernement se proposait d'augmenter la richesse nationale pour que la part de chacun fût meilleure. L'œuvre de la révolution était une transformation structurelle irréversible, un bond dans le présent d'un pays oublié dans le temps. Il fustigeait l'impérialisme nord-américain et les oligarchies *compradores*, mais, en même temps, il essayait, par tous les moyens, de colmater les brèches du système en signant une convention d'assistance économique extraordinaire avec les États-Unis. Il demandait leur aide pour l'importation de produits agricoles et manufacturés, l'extension du Point IV * au programme des grands travaux et au nivellement des déficits du budget national. Il négociait les accords avec le Fonds monétaire international, la Trésorerie américaine et la Banque mondiale pour stabiliser la monnaie et contenir l'inflation. Pis encore, il « assouplissait » le code pétrolier, réglait les dettes d'indemnisation à Patiño et appelait, avec discrétion, le réinvestissement du capital privé dans les mines.

Pour réussir ce périlleux exercice, Víctor Paz Estenssoro ne manquait ni d'intelligence ni de finesse politique ni d'habileté manœuvrière. Je n'avais donc, selon les vœux du ministre des Affaires étrangères, qu'à me comporter en observateur atten-

* Politique d'assistance des États-Unis.

tif et à compléter mon information en rendant visite aux principaux ministres du gouvernement et notamment à ceux de l'Intérieur, de l'Économie et des Finances. Ces deux derniers avaient, pour moi, une importance particulière, car la France avait un contentieux de quelques dizaines de millions de francs avec la Bolivie et notre balance commerciale était réduite à sa plus simple expression. Les bureaux parisiens m'avaient longuement parlé, à mon départ, des tribulations de notre créance, mais avaient omis de m'informer de la stagnation de nos affaires. Don Pancho s'en était heureusement chargé lors de sa seconde visite. « Deux cent soixante mille dollars, disait-il, est un chiffre ridicule pour la France et même si la Coface * ne veut rien garantir, nous devrions faire trois ou quatre fois plus. » L'attaché commercial était dubitatif mais les performances de nos concurrents lui donnaient tant de complexes qu'il dressa un tableau programme en forme de corne d'abondance.

A la première réunion que nous organisâmes pour faire le point de nos affaires, Paul Bazin, le premier secrétaire de l'ambassade, vint avec un banquier d'origine roumaine qui était marié à une Française. Le financier, Michel Romnicianu, venait de créer à La Paz une petite succursale d'un établissement bancaire de New York appartenant à un de ses riches compatriotes. L'arrivée de cet expert était inespérée pour compléter notre équipe, nous donner une bonne radiographie de la situation budgétaire du pays, des incidences de l'aide extérieure et des opérations possibles. Ses fréquents voyages aux États-Unis

* Sigle de la Compagnie française d'assurance pour le commerce extérieur.

nous permettaient d'avoir des éléments d'analyse que le gouvernement et la presse ne nous offraient guère.

Je me sentais, au bout de trois semaines, d'autant plus à l'aise que ma femme, deux de nos trois enfants et une jeune gouvernante annonçaient leur arrivée.

5

Mon fils aîné, âgé de quatorze ans, avait dû rester en France car il n'y avait pas de cours secondaire français à La Paz, pas plus d'ailleurs que d'école primaire, ce qui nous avait contraints à engager une institutrice pour diriger les cours par correspondance des plus jeunes. Il existait bien une Alliance française, mais elle était destinée à apprendre notre langue et notre culture aux Boliviens et non pas à instruire nos nationaux. Les nouveaux arrivants atterrirent un peu essoufflés par l'altitude et éblouis par la lumière éclatante des hautes cimes. Les volets de la misérable résidence claquèrent, le mobilier tourbillonna, les épaves de vaisselle trépidèrent dans les armoires, le personnel qui dormait paisiblement fut réveillé par des flots de cire et d'eau de Javel, le propriétaire lui-même, que nul n'avait vu depuis des années, vint sur place pour s'assurer que sa maison résistait. Bref, en deux semaines, grâce à l'utilisation judicieuse des possibilités locales, des prodiges de débrouillardise faute de crédits et de la bonne volonté de notre entourage, un drapeau tout neuf put enfin flotter sur la maison de France.

Au fur et à mesure de mes contacts officiels et privés et de mon apprentissage des lieux, j'avais pu bâtir un programme de travail. Tout d'abord, voyager le plus possible pour connaître les hommes et les choses, nouer des liens avec les notables régionaux, les cadres supérieurs civils et militaires, car on apprend plus sur la vie profonde de la capitale au cours d'un déjeuner à cinq cents kilomètres qu'à un cocktail du corps diplomatique dans un palais du gouvernement. La connaissance personnelle de la petite patrie de tel ou tel ministre est la meilleure clé pour gagner sa sympathie et sa confiance. Enfin, dans un pays où l'influence française était tragiquement affaiblie, il fallait battre le ban et l'arrière-ban de nos compatriotes et de nos sympathisants, réchauffer les souvenirs, fourbir la bonne image, associer en toute occasion notre pays au mouvement et à la vie. Il fallait également sortir de l'anonymat du corps diplomatique pour retenir l'attention du pouvoir. Il est essentiel, en effet, de bien connaître les dirigeants pour se faire entendre et ne pas déformer leurs pensées. Enfin, j'avais soif, pourquoi le cacher, d'admirer la nature et ses merveilles.

Je proposai donc à mon épouse de commencer par l'histoire et la culture : une visite à Tiahuanaco, un des berceaux de l'incaïsme, puis à Sucre, capitale constitutionnelle de la Bolivie et fleuron de la colonisation espagnole.

Tiahuanaco est un gros village sur l'Altiplano, à cinquante kilomètres à l'ouest de La Paz, au centre d'une plaine dénudée bordée par deux rangées de collines arides distantes d'une vingtaine de kilomètres. Sur cette platitude alluvionnaire laissée par le retrait des eaux du lac Titicaca, aucun accident n'accroche la vue. Ici pas de Phédriades *, pas d'Acropole, pas de pyramides, pas de Popocatépetl ni de Vésuve, le dépouillement total, un tumulus écrété, un quadrilatère de monolithes dressés vers le ciel, quelques statues massives grossièrement ébauchées et la porte du Soleil, une simple arche monolithe ouverte à tous les vents. A quelques kilomètres de là, un clocher épinglait la petite bourgade édifiée avec les dépouilles du site, car Tiahuanaco fut, il y a quelques millénaires, le grand centre d'une civilisation brillante dont les vestiges réapparaissent peu à peu sous la pioche des archéologues, une ville préincaïque, berceau de la tribu aymara, qui connut un développement artistique, technique et religieux comparable à celui des cités antiques du monde asiatique et méditerranéen.

Mais avant d'entrer dans le musée flambant neuf qui venait d'être construit pour abriter les dernières découvertes des fouilles en cours, nous gravîmes le tumulus de l'Apakana d'où la vue s'étend jusqu'aux rives du grand lac et à la cordillère.

L'air était sec, le soleil éclatant, le ciel d'un bleu profond et le vent y battait inlassablement comme la respiration de la Terre. Quatre dominantes qui attirèrent les hommes pour des considérations de santé d'abord, parce que l'altitude et les rayons ultraviolets aseptisent l'atmosphère, pour l'élévation de l'esprit que favorise la présence constante du soleil et de la voûte céleste, pour la soif d'entreprendre qu'engendrent les vastes horizons, pour la sécurité enfin que constituent les grandes plaines où l'ennemi ne

* Les montagnes de Delphes.

peut attaquer par surprise. Le sol était fertile, le lac poissonneux, les lamas abondants et de plus, la merveilleuse alternance diurne du gel et du soleil permettait la conservation efficace des produits alimentaires. Ainsi pourvue des biens les plus précieux du monde, Tiahuanaco développa une organisation et des techniques originales, une céramique exceptionnelle par sa qualité et son ornementation polychrome, une statuaire, des armes et un outillage de bronze élaborés. Son dieu fut le Soleil, son cosmos, la Lune et les étoiles, sa mère nourricière, la Terre.

J'éprouvai, devant ce paysage dépouillé dont je ne connaissais ni la civilisation ancienne, ni les avatars de l'histoire, une émotion comparable à celle que j'avais ressentie devant certains sites chargés de ruines monumentales et de réminiscences du passé. J'avais toujours attribué cet émoi à la culture que j'avais acquise sur ces lieux et aux phantasmes qu'elle m'inspirait. La preuve était faite, me semblait-il, qu'un dépôt impalpable d'âme et de pensée persistait dans tous les points où l'homme s'était épanoui et s'imposait au visiteur sensible comme les ondes au récepteur.

Le personnel du musée, alerté par Louis Giraud, nous attendait et l'hommage qu'il rendit à la France devant les collections nous parut un véritable baptême culturel. Le tour des chantiers fut rapide. Une volée de petits Indiens, vendeurs de débris de céramiques, d'amulettes porte-bonheur ou de statuettes dérobées au cours des fouilles, nous fit procession jusqu'au village.

Ce dernier était plein de sculptures et de pierres taillées, enlevées au temple du Kalasasaya dont il ne subsistait plus que quelques monolithes et un escalier aux marches de grès rouge larges de huit mètres. Pourquoi ce pillage des ruines? A quelle obscure motivation obéissaient les Aymaras en construisant le clocher de leur église avec les dépouilles de leur patrimoine et les Anglais du siècle passé qui concassèrent toutes les pierres accessibles pour faire le ballast de la voie ferrée de Guaqui?

Dieu merci, les dalles d'andésite, pesant plusieurs centaines de tonnes, du Puma Punku, ou temple des sept portes, et les murailles du petit sanctuaire souterrain du Templete leur échappèrent. Ce dernier monument est un réduit mystérieux de dix mètres de côté, fraîchement excavé, qui porte sur ses murs des dizaines de masques imberbes d'Indiens, saillant de la paroi. Parmi ces figurations se mêlent quelques personnages étranges aux grandes barbes, aux longs nez fins et droits, et aux paupières tombantes. Qui furent ces Blancs précolombiens? peut-être des Hymarites ou Phéniciens venus des lointaines Colonnes d'Hercule, par l'Amazonie, sur la route d'Ophir, le pays des émeraudes. Mais personne n'a encore décrypté les signes solaires dont celui de Tanit sur les rochers de la haute Madeira, ni expliqué la présence de girafes, de dromadaires ou d'unicornes parmi les figurines de Tiahuanaco.

Quand nous rejoignîmes nos voitures, le soleil d'un rouge incandescent se posait délicatement sur son trône au milieu du lac Titicaca dont la nappe brillait comme un fil d'argent tendu au bord de l'horizon. Sur le talus de la route, des Indiens agenouillés priaient en se prosternant, le bonnet à la main. « Père! reviens demain matin, sans toi le froid et les ténèbres engloutiraient le monde. »

Intiviracocha, le dieu de la lumière et de la force,

s'élevait un peu plus chaque jour au solstice d'été et, le 24 juin, ce furent les grandes *fogadas*. Dans la ville de La Paz transformée en mer de flammes, toutes les familles avaient allumé, au milieu de la rue, leurs feux individuels. Les flancs de la montagne rougeoyaient de lueurs d'incendie, la fumée envahissait peu à peu les bas-fonds, noyant les formes et fleurant l'eucalyptus et les bois résineux. La foule chantait et dansait, la flûte indienne et le tambour se mêlaient au bourdonnement de la ville. En haut, sur la puna déserte, la nuit était opaque, le vent gémissait sur l'arête des roches, les vigognes pleuraient le froid et les pierres éclataient sous le gel.

Au début de juillet, mon fils aîné vint en vacances et ma voiture, que j'attendais depuis trois mois, arriva au port de Mollendo, sur la côte du Pérou. Pour célébrer ces deux événements, je proposai au premier d'aller chercher la seconde avec l'aide d'un chauffeur expérimenté. La traversée du lac Titicaca et le voyage en train jusqu'à Arequipa avaient de quoi charmer un jeune adolescent. Le vieux bateau à vapeur, avec ses salons Victoria, ses lampes de cuivre, ses lambris d'acajou, semblait attendre un Jules Verne ou un Phileas Fogg. La foule de la gare de Juliaca ressemblait à celle d'une frairie du folklore indien : tous les ponchos du Haut-Pérou, tous les chapeaux de la cordillère, toutes les jupes des couturiers andins s'entremêlaient entre des monticules de légumes, des ballots de couvertures, des fourrures de vigogne, la ferblanterie habituelle des marchés du tiers monde et l'odeur tenace des fumées et des suints. La montée jusqu'au col de Crucero Alto, à 4 325 mètres, et la descente du convoi brinquebalant se déroulèrent dans un cadre grandiose de volcans, de vallées, de montagnes neigeuses et de bancs de brume fantasques. Le volcan Misti, réplique du Fuji-Yama, nous accueillit à Arequipa, la ville aux tremblements de terre quotidiens qui ébranlent les clochers des cathédrales et lézardent maisons et monuments. La nuit se passa sans frémissements telluriques et nous partîmes au petit matin en taxi pour Mollendo. La route, qui traversait un paysage de dunes sahariennes, plongeait ensuite vers le Pacifique en côtoyant des précipices vertigineux où des croix et des pancartes rappelaient ceux qui avaient basculé dans le vide. Le port du Sud-Pérou était lugubre. L'océan était d'un vert-de-gris funèbre, le ciel livide et la plage de sable volcanique couleur d'anthracite. La rouille mangeait les appontements métalliques. Notre hôtel, situé sur une petite place au centre de la ville, aurait pu figurer dans un western avec sa véranda de bois, son entrée à portillons battants, sa façade blanche et ses volets verts ; le cuisinier italien nous mitonna un minestrone à l'œuf savoureux et après avoir dédouané notre auto et passé une nuit frileuse, nous prîmes le chemin du retour.

La remontée de la route en lacet fut moins impressionnante que la descente et le séjour à l'hôtel, dépourvu de toute secousse sismique, fut pour nous d'autant plus décevant que la terre avait tremblé la veille et qu'elle s'ébroua légèrement le lendemain après notre départ. Le spectacle des grandes lagunes de Lagunilla et le défilé des roches ignées, des cendres et des laves qui bordaient notre mauvaise piste nous émerveilla. En arrivant sur l'Altiplano, le temps se gâta, la neige fondue, la pluie et le vent nous accompagnèrent après le poste d'essence d'El Solitario. La nuit nous surprit sur la route défoncée, la neige striait en oblique le faisceau de nos phares et, de-ci de-là, quelques silhouettes de lamas émergeaient des ténèbres. A une quarantaine de kilomètres de Puno, deux lanternes se balancèrent sur la chaussée et des capes verdâtres nous arrêtèrent.

C'était des carabiniers de la garde civile qui accomplissaient un contrôle nocturne. Ils se penchèrent sur nos passeports, et le sergent me demanda : « C'est vous l'ambassadeur, un vrai ambassadeur de France ? » et, comme j'acquiesçai, il se mit au garde-à-vous et me fit la déclaration suivante : « Je crois en Dieu, à la Vierge Marie et à tous les saints et je fais le serment que cet instant est un grand jour de ma vie car j'ai toujours rêvé de rencontrer un ambassadeur de France. Ma mère était française, elle s'appelait Bonnet et venait d'une province appelée Périgord. » Ce rappel de ma petite patrie, à onze heures de la nuit, au cœur des Andes, m'émut profondément et je serrai avec effusion la main de ce brave homme, ce demi-Périgourdin qu'une fille de ma tribu avait pondu un jour, à l'autre bout du monde.

De retour à La Paz, je dus me consacrer à la réception du 14 Juillet. Une fête mystique de la France républicaine où les citoyens se comptent et sacrifient par des libations à la Révolution triomphante. Pour le Quai d'Orsay, où la densité d'aristocrates fut longtemps dominante, on aurait pu penser que cette célébration présenterait toujours quelque indécence. En fait, c'est le contraire qui s'est produit et la prise de la Bastille est devenue l'alpha et l'oméga de la vie diplomatique. L'ambassadeur reste en poste jusqu'au 14 Juillet ou se rend assez tôt à sa nouvelle affectation pour être à même de bien présider les festivités.

Les listes d'invitation furent actualisées et étendues, un entrefilet fut glissé dans les deux journaux de la capitale et, au jour fatidique, une foule nombreuse s'entassa dans le jardinet de la résidence. Il y avait cinq ministres en exercice, des personnalités anciennes et modernes. Tout le corps diplomatique, deux ou trois militaires, quelques dames de la société, les écoles des « Sacrés-Cœurs » dirigées par des religieuses françaises et nos nationaux au grand complet. M. Barrande, leur doyen, prit la parole, m'assura de leur dévouement et je le remerciai en termes généraux où la France et la Bolivie, la main dans la main, avançaient à l'unisson sur les voies du progrès, de la liberté et de la fraternité. Nous bûmes nos réserves de champagne et de whisky et des mélanges dc *pisco* * aux jus de fruits qui entretinrent l'ambiance jusqu'à la fin de l'après-midi. Les jeunes filles boliviennes des sœurs de la Bienheureuse-Marie-de-la-Chevalerie entonnèrent une *Marseillaise* où le rugissement de nos soldats qui se mêlait au sang abreuvant nos sillons tirait aux professionnels des révolutions andines des « *¡Caramba, las monjas también!* » – Sapristi, les bonnes sœurs aussi! Le bouquet final fut donné par une montgolfière tricolore, lancée par les anciens boursiers boliviens des écoles d'ingénieurs de Paris, qui s'éleva sous les applau-

* Eau-de-vie bolivienne.

dissements dans le ciel de La Paz. En regardant s'écouler l'assistance, je songeais aux 14 Juillet d'Afrique où se pressait la foule de nos amis noirs. Ici, dans une république aux quatre millions d'Indiens, il m'était pratiquement impossible d'en inviter un seul.

En règle avec les usages et bien qu'en défaut avec l'idéal républicain de ma nation, je pouvais poursuivre mon pèlerinage politico-culturel et me rendis à Sucre.

La route directe par Oruro et Uncia fait un peu plus de quatre cents kilomètres et, n'étant pas encore bitumée, collectionne les nids-de-poule et s'empanache en permanence de longues écharpes de poussière. Les quatre mille mètres de l'Altiplano s'abaissent graduellement à deux mille huit cents mètres, l'air y devient plus doux et le soleil plus clément. Tout à coup, entre deux faux poivriers * et quelques cactus, apparaît Sucre, au pied de deux mamelons arrondis, brun-rosé, qui se détachent sur un ciel d'azur méditerranéen. La ville, d'un blanc éblouissant, est chapeautée de tuiles ocrées et des campaniles ouvragés de nombreuses églises. Les rues sont larges et bien tracées, la place centrale et les parcs boisés sont vastes et accueillants.

Capitale des Indiens Charcas, elle s'appela d'abord Chuquisaca, le « pont d'or », puis, après la conquête espagnole, elle devint La Plata, la ville d'argent. Redevenue Charcas avec la création en 1538 de l'*Audiencia* qui avait sous sa juridiction toute la

* Nom usuel du *Schinus molle.*

pointe de l'Amérique du Sud, elle se transforma de nouveau en Chuquisaca en 1624, quand les jésuites y fondèrent l'université majeure, royale et pontificale de Saint-François-Xavier, qui jouit toujours d'une grande réputation. Les tensions entre les grands propriétaires royalistes et les intellectuels fervents de la Révolution française aboutirent au début du XIXe siècle à une insurrection qui déboucha sur les guerres de libération. En 1825, le pays prit le nom de Bolivie et la ville adopta le nom de Sucre, compagnon de Bolívar.

Enrichie par les mineurs d'argent de Potosí qui y installaient leurs épouses et leurs familles, ville de professeurs et d'étudiants, Sucre est une des cités d'Amérique du Sud qui abrite le plus de monuments religieux anciens, San Domingo, San Felipe, La Merced, merveilles du baroque qui nous étonnent par leurs autels d'argent massif et leurs bois dorés. La cathédrale est somptueuse avec sa tour à balcons, sa nef unique, ses chapelles latérales et ses chandeliers d'argent pesant plus de quatre-vingts kilos chacun (il y en avait douze, il n'en reste que quatre). Son trésor est toujours éblouissant d'or, d'escarboucles, de gemmes précieuses, d'anneaux pastoraux, de calices et de reliquaires. Sous une cloche d'acier protectrice, la *Vierge aux bijoux*, peinte en 1618 par Diego de Ocaña sur une plaque d'or de deux mètres de haut, expose sur son vaste manteau triangulaire de Vierge de Guadalupe une impressionnante collection de diamants, d'émeraudes, de rubis, de perles, de montres, de fibules et de pièces d'or. Tout autour, des tableaux attribués à Van Dyck, à Melchior de Holguín, à Bitti et à Murillo font étinceler les murs dans leurs cadres de bois sculpté, recouverts de feuilles d'or collées au blanc d'œuf. Les plafonds des nefs d'église sont parfois à caissons lambrissés, de style mudéjar.

La ville compte plusieurs quartiers du XVIIe siècle où de vastes maisons de proportions harmonieuses laissent entrevoir, par leurs portes ornées, des balustrades sculptées entourant des patios de marbre au centre desquels jaillit une fontaine parmi les citronniers, les orangers, les bougainvillées, les chèvrefeuilles et les roses. Les vieilles familles y ont conservé des salons surannés à rideaux de velours, meublés de *bargueños* * et de cuirs d'autrefois. Une d'entre elles, la famille Guttierez del Val, a constitué une somptueuse collection de pièces uniques dans son hôtel particulier.

Le consul honoraire de France, Don Jorge Urioste, nous fit visiter sa résidence et sa grande bibliothèque riche de littérature française, allant des éditions de l'*Encyclopédie* aux œuvres complètes des grands écrivains, de la fin du XVIIIe à nos jours. Dans ses pièces de réception décorées avec un goût très sûr, Don Luis Urriolagoïtia – l'héritier d'une des plus anciennes familles d'origine basque du Haut-Pérou – nous offrit un banquet, suivi de café des Yungas, d'alcools rares et de cigares de La Havane. Il nous fit danser des quadrilles oubliés et cette charmante *cueca* bolivienne où les couples échangent des mouchoirs de dentelle; ma femme s'exerça au *huaino* et au *taquirari* ** que rythmait le son aigre du *charango* *** et la douce mélopée des *sicus* ****.

* Meubles à nombreux tiroirs.
** Danse ancienne d'origine ibérique.
*** Instrument de musique.
**** Flûtes de Pan.

Raffinement artistique, culture, mœurs policées se reflètent toujours dans l'intimité de la ville. Don Manuel Jiménez Carrazana, le « charmant Manolo », directeur du Musée national, et Mme de Medeiros nous avaient préparé un *acto* au théâtre municipal qui est une copie fidèle du Châtelet à Paris, construit au début du siècle par la princesse de La Gloriette. Cette manifestation, à laquelle assistait tout ce qui comptait parmi les sympathisants de la culture française, fut particulièrement originale et d'une qualité exceptionnelle. Sur la scène se trouvait un cadre doré de deux mètres sur trois dans lequel les jeunes femmes de la ville composèrent quelques tableaux fameux de nos peintres nationaux. En fouillant dans les malles de leurs grand-mères, elles avaient découvert les robes qui convenaient et quand celles-ci faisaient défaut, elles avaient taillé et cousu elles-mêmes leurs costumes de scène. Le tableau de Winterhalter, *L'Impératrice Eugénie de Montijo et ses dames d'honneur, La Leçon de danse* de Degas, *Madame Récamier* de David et une bonne dizaine d'autres toiles de renom, assortis de commentaires élaborés, émerveillèrent l'assistance. Les visites ultérieures du Musée national, où sont rassemblées les œuvres les plus notables de la peinture religieuse coloniale, et de la bibliothèque de l'université nous convainquirent de la prééminence culturelle de la capitale constitutionnelle de la Bolivie et nous éclairèrent sur les états d'âme de La Paz, siège du gouvernement.

La curiosité nous conduisit encore à une dizaine de kilomètres en aval de la ville où se trouvait le palais de La Gloriette, bâti à la fin du siècle dernier par Félix Argandoña. Ce riche bourgeois, propriétaire des mines d'argent de Colquechaca, avait obtenu du pape le titre de « prince de La Gloriette ». Il avait donc organisé de toute pièce sa principauté et embauché, pour cinq ans, une mission d'artistes français, stucateurs, plâtriers, peintres et décorateurs pour matérialiser ses rêves.

Les somptueuses grilles qui fermaient la propriété étaient la copie fidèle de celles de Jean Lamour sur la place Stanislas à Nancy. Dès l'entrée, la statue de bronze du prince, en houppelande à brandebourgs, moustache frisée au fer et raie médiane dans la chevelure bouclée, attendait le visiteur, la main posée sur le front d'un jeune enfant dépenaillé portant un écriteau sur lequel on pouvait lire « Orphelin ». A peu de distance, sur la gauche, dans un champ de pommes de terre, la princesse de La Gloriette, née Clotilde Urioste, en tenue d'amazone avec écharpe et chapeau haut de forme, chevauchait un palefroi de métal passé à la chaux.

Sur le côté droit de la cour, une rangée d'écuries en ruine portait, au-dessus de chaque stalle, une reproduction en terre cuite des *Chevaux du soleil* de l'hôtel de Rohan, à Paris. Au centre du parc, s'élevait le corps principal du château, une bâtisse d'un étage, de couleur rosâtre, conçue, peut-être, par Méliès. La façade était de style gothique flamboyant avec des vitraux qui semblaient sortis du burin de Gustave Doré. Aux quatre angles se trouvaient des tourelles dont l'une ressemblait à la Tour du Ciel à Pékin, une autre à un donjon anglais et la troisième à un minaret de Bassorah. Nous ne fûmes autorisés à visiter que le rez-de-chaussée qui s'ouvrait sur un grand hall d'entrée comportant un escalier monumental à rampe modern style orné d'angelots obèses de

Carrier Belleuse. Aux murs, quelques tableaux imposants de l'école de Bouguereau représentaient des nus féminins à chair d'ivoire, dans des positions théâtrales, sur le thème de l'agriculture et l'industrie honorant les sciences naturelles. La salle à manger avait un plafond à caissons profonds dont toutes les bordures portaient des guirlandes de chauves-souris en stuc doré. L'immense salon était entouré d'absidioles à coupoles décorées d'icônes byzantines à l'image de Sainte-Sophie de Constantinople. Un gigantesque piano à queue meublait à lui seul un bon quart de la pièce. Il restait la bibliothèque tapissée de livres sur les quatre faces. Des éditions cosmopolites qui donnaient l'impression d'avoir été achetées au mètre cube et déposées une fois pour toutes sur les rayons. Le maître des lieux, retombé en enfance, jouait sur le tapis avec un train électrique et ne nous accorda aucun regard.

Quand nous nous retrouvâmes, le soir, sur la place centrale de Sucre, le soleil se couchait et les lampes s'allumaient, une inexprimable douceur tombait du firmament. Les jeunes gens et les jeunes filles tournaient en sens inverse pour le *paseo* vespéral entre les arbres aux ramures denses, les palmiers aux troncs grêles, les fontaines fleuries et les statues de bronze sculptées par Barbedienne et fondues au val d'Aon. Le carillon de la cathédrale sonnait pour l'angélus, une guitare et une flûte mélancolique soupiraient dans une rue lointaine. Était-ce une sérénade au pied d'une fenêtre, un carnaval des âmes du passé qui revenaient hanter leur paradis terrestre, un banquet de noce finissant ou une mélopée indienne qui filtrait des collines ?

De retour à La Paz, après une longue remontée vers les hautes cimes qui faisait cliqueter le moteur de la voiture, nous retrouvâmes la froidure des nuits, la lumière éblouissante du jour, le souffle court et les mille rumeurs de la ville. Il n'était question que d'agitation dans les mines, de luttes syndicales et du désordre des campagnes. La puissante Corporation ouvrière de Bolivie (COB) menaçait de déclencher une grève générale dans les mines d'Oruro pour protester contre le retard de paiement des salaires par la COMIBOL.

Le mouvement risquait de s'étendre aux autres centres, aussi durement touchés par la carence de la corporation minière, impuissante à gérer le patrimoine minier. Le secrétaire exécutif de la confédération ouvrière, Juan Lechin Oquendo, bien qu'appartenant au MNR et vice-président de la République au côté de Víctor Paz, était contesté par ses troupes. Le pouvoir redoutait davantage les ouvriers des mines que les représentants paysans. A plusieurs reprises dans l'histoire récente, les mineurs, armés de leurs charges de dynamite, avaient fait trembler la capitale. Les partis politiques en profitaient pour entretenir une atmosphère de crise, d'abord au sein du parti dominant, entre légitimistes et authentiques, et en reprenant leurs rengaines idéologiques, de l'extrême droite conservatrice aux partis de la gauche révolutionnaire, trotskistes et communistes.

Alors que la presse et la radio débordaient de ces conflits, le jeune ministre du Travail, Franco Guatchalla, m'invita à l'accompagner dans une tournée qu'il se proposait d'effectuer dans la région minière.

La mine où il me conduisit s'ouvrait à quatre mille cinq cents mètres au flanc d'une montagne aride. Elle était précédée par un énorme éboulis où s'accumulaient les déblais des galeries et des travers-bancs. A l'abri de ce paravent artificiel se trouvait le village : un conglomérat de tôles rouillées et de murettes de terre et de pierres. Quelques cochons erraient parmi les immondices, des enfants s'entassaient dans les ruelles et les femmes en *polleras* * et chapeaux melon vaquaient à leurs occupations ménagères. A l'entrée de la galerie principale, des employés nous distribuèrent des casques et des lanternes de mineur allumées. Nous pénétrâmes sous la voûte humide où ferraillait un train de wagonnets Decauville et nous déposâmes une offrande de quelques feuilles de coca devant la statue du « Tío », le diable qui veillait à la porte de son domaine. Aucune femme n'était autorisée à franchir ce seuil et tout nouvel arrivant devait payer tribut d'une cigarette ou d'un petit objet personnel. Une lampe à pétrole éclairait faiblement l'image du Tío dont les yeux de verre brillaient dans la pénombre. Je frissonnai en pensant que le pauvre pécheur au Jugement dernier se présentait ainsi devant les grilles de l'Enfer avant d'être livré aux flammes éternelles. Je sentais remonter, du fond de ma conscience, mes phantasmes d'enfant et me reprochais amèrement d'avoir trop négligé ma contrition parfaite. Dans le fond de cette anti-

* Ensemble de nombreux jupons très amples que portent les femmes indiennes.

chambre brillait une aveuglante lumière d'acétylène. C'était le couloir central de la mine.

Nous marchâmes le long du petit ruisseau de drainage en suivant la voie Decauville où les convois de minerai se succédaient. Des projecteurs et des arcs électriques éclairaient, de place en place, d'étranges stalactites d'un bleu céruléen qui pendaient du plafond. Nous croisions des équipes de mineurs casqués qui descendaient ou remontaient vers les fronts de taille. La buée de leur respiration se mêlait au brouillard ténu qui flottait dans la mine. Le froid était si vif que des frottis de gel tavelaient les parois. Nos pas se faisaient plus lourds car nous gagnions en altitude et tout à coup un appel de corne nous arrêta annonçant un dynamitage. Un grondement profond ébranla le massif, une fumée épaisse s'échappa d'un boyau comme un cumulus d'orage et la conque résonna de nouveau ; les mineurs s'enfoncèrent dans les nuées et nous les suivîmes. L'atmosphère était suffocante et épaisse de silice vaporisée par l'explosion. Voilà pourquoi les mineurs meurent à trente ans, pensai-je. Déjà, les wagonniers poussaient leurs bennes et recevaient leur charge de minerai. Nous repartîmes précipitamment car l'air était irrespirable. « Le ventilateur est en panne, dit un ingénieur, mais les mineurs sont habitués », et se penchant à mon oreille, il ajouta : « Vous savez, ils refusent les masques. » A l'entrée de la mine, près du diable tutélaire, il y avait un dépôt de sacs de feuilles de coca et des touques de fer-blanc de vingt litres qui contenaient de l'alcool de canne dénaturé. De quoi étancher la faim et la soif des travailleurs probablement.

La visite se termina vers minuit et la cantine des cadres nous offrit une collation. Le ministre Franco

Guatchalla m'entretint alors des problèmes insurmontables auxquels se heurtait la nationalisation des mines : les filons surexploités, un matériel dérisoire, des mineurs sous-payés, des conditions de travail primitives, des rendements en baisse et des prix mondiaux non rémunérateurs fixés par les Bourses lointaines des civilisations triomphantes. Que faire ? Des penseurs aux mains blanches continuaient à discourir, les politiciens à dénoncer, les mineurs n'avaient, en définitive, qu'à piocher et mourir.

Certes, ils continuaient à mourir dans la force de l'âge comme l'avaient fait les quelque six à sept millions de leurs aïeux qui sont enfouis dans les galeries anciennes du Cerro de Potosí, et ils cherchaient leur capacité de survie, non pas dans les spéculations politico-économiques de leurs maîtres, mais dans les vertus inextinguibles de leur race.

Pour se convaincre de cette rage d'exister, il suffit d'assister, au temps du carême, aux diablades d'Oruro. Dans ce bastion des hauts plateaux battus par les vents de glace, tout le peuple des mines se libère de ses phantasmes. Groupés en trois compagnies de danseurs, ils ont fait le serment de danser, pendant trois jours d'affilée, en l'honneur de la Vierge du Socavón.

Pendant plusieurs mois, les membres des *comparsas* * se sont entraînés, ont économisé sol par sol sur leurs maigres ressources pour confectionner les tenues fantastiques qu'ils revêtiront pour la fête. L'imagination la plus débridée se donne alors libre

* Compagnies de danseurs.

cours, les *diableros* arborent des masques grimaçants qui rappellent les dragons de leur lointaine origine asiatique, avec des cornes, des verroteries bariolées, des yeux étincelants et des mâchoires énormes. Ils portent des capes orangées ou rouges, des corselets étincelants faits de pièces d'argent cousues, des collants serrés, des bottes à revers. Ils poussent des cris rauques en agitant des serpents vert et rouge en bois articulé, tandis qu'une musique obsédante retentit. Derrière eux s'étirent des files de véhicules chargés d'objets d'argent. Ils passent en dansant sous des arcs de triomphe, chargés de vaisselles et de plateaux précieux, et montent vers l'église pour rendre hommage à la Vierge. Puis viennent les *Morenos*, aux masques caricaturaux représentant des nègres, puis les *Tobas*, à coiffure de plumes, les Incas aux parures dorées, les Andalous en costumes d'Espagne. La foule aiguillonnée par une sorte d'ensorcellement se mêle à eux.

Pendant quatre jours et quatre nuits, la ville entière danse, chante, boit, s'enivre et virevolte sans relâche. Les orchestres se multiplient aux alentours de la grande place et le ballet des diables s'organise. Les danseurs se mettent sur deux colonnes et déroulent leurs figures sur le thème de la luxure et de la tentation. Cette dernière, aux gros yeux verts ou bleus, est poursuivie par un saint Michel archange ailé, vêtu de satin azur ou blanc, coiffé d'un casque d'argent à panache de plumes et armé d'un sabre courbe et d'un petit bouclier. La luxure se démène, prend des attitudes menaçantes, se montre obscène, mais saint Michel la pourfend avec une telle vigueur qu'elle finit par capituler entre les serres et les ailes d'un grand condor emplumé qui porte sur son bec jaune un serpent vert qui lui sort des narines. Le bien a gagné et les diables se rallient à l'archange. Cet étrange ballet remonte, dit-on, à la plus haute antiquité, malgré la présence de personnages chrétiens. C'est un rite d'exorcisme opposé aux forces souterraines maléfiques. Les mineurs, qui vivent dans l'empire du diable, cherchent l'atténuation de leurs malheurs de damnés dans la douceur et la mansuétude de la Vierge Mère. « Bénis-nous, pauvres mineurs », ne cessent-ils de psalmodier. A la fin des cérémonies, ils se dépouillent de leurs masques diaboliques devant la Sainte Mère et se prosternent à ses pieds, en lui offrant des feuilles de coca, des pièces de monnaie ou des figurines magiques, les mêmes offrandes qu'ils donneront d'ailleurs au Tío à l'entrée de la mine. Car c'est le triste destin des hommes d'avoir à se concilier, durant toute leur vie, les puissances capables de les détruire, de les protéger ou de les apaiser.

En rentrant à La Paz, je pensais à tous les boulangers de la Terre qui prétendent avoir les recettes pour faire lever la pâte humaine et à la tâche très modeste qui m'attendait pour faire avancer nos affaires. Mon attaché commercial, épaulé par Guy Nebot, un jeune expert financier venu de Buenos Aires, avait réussi à reprendre les fils des problèmes contentieux qui nous opposaient à certains créanciers boliviens. Don Pancho avait accepté la représentation de quelques sociétés françaises et la compagnie Fives-Lille Cail avait repris, malgré les réticences de notre assurance-crédit, l'extension de la grande sucrerie de Guabira. L'Alliance française avait reçu un couple de révolutionnaires messianiques et le professeur Jean Vellard poursuivait une correspondance avec l'Institut du sang de Toulouse, pour intéresser le professeur Ruffié à la création d'un centre de biologie d'altitude.

Louis Giraud étudiait la tribu des Callahuayas, les sorciers pharmaciens des Andes, et il me parla longuement de leur langage, de leur science botanique et de leur pouvoir magique. Cette tribu vit non loin de Sorata, au pied de l'Illampú, dans la vallée de Charazani. Presque tous les hommes s'y consacrent à la médecine populaire et transportent, dans toute l'Amérique andine y compris l'Argentine, le Paraguay et une grande partie de l'Amazonie, leurs herbes curatives, qui sont généralement des feuilles, des fleurs, des semences, des racines, des résines, mais également des graisses et des plumes d'oiseaux, des amulettes, des poils, avec lesquelles ils soignent les hémorragies, les maladies cardiaques, les fractures. Certains se livrent à la divination, d'autres à la sorcellerie. Ils portent un costume spécial et des chapeaux médiévaux à fond carré. Ils sont censés posséder le don de transmission de pensée et pratiquent l'envoûtement. Les crapauds, les papillons de nuit, certains oiseaux et les chauves-souris sont souvent les supports de leurs pratiques. Les réussites incroyables dont on les crédite leur attirent considération et crainte. Le professeur Vellard les tenait en grande estime et Louis Giraud avait déjà commencé la classification scientifique de leurs plantes et établissait leur concordance avec la pharmacopée moderne.

Un incident devait signaler ces apothicaires à mon attention.

Un jeune neveu du président de la République, Gonzalo Paz Campero, me proposa de visiter un site désert, dans la région de Sorata, la vallée du río Llica. Outre une mine d'or abandonnée, la mine María, des villages incaïques, à peine en ruine, se dressaient encore sur les pentes abruptes, nous avait indiqué un prospecteur ami de sa famille. Pour se rendre en ces lieux inhabités, il fallait emprunter une piste défoncée qui courait en bordure du plateau, à quatre mille mètres d'altitude. Il pleuvait et notre jeep, soigneusement bâchée, cahotait dans les fondrières. Tout à coup, un objet étrange m'apparut au milieu de la piste; je fis stopper la voiture et me dirigeai vers le phénomène.

C'était un oiseau noir de la grosseur d'un corbeau, avec un bec assez long et sinueux, toutes plumes ébouriffées, qui tournait sur lui-même à grande vitesse comme une toupie. Je saisis à deux mains cette boule insolite et dus crisper mes doigts pour ne pas desserrer mon étreinte car l'animal était parcouru de vibrations intenses comme si des milliers de picotements électriques l'avaient agité. Je l'apportai dans la voiture pour le montrer à mes compagnons de route, mais devant leurs visages inquiets, j'enfermai l'oiseau dans la boîte à gants. La jeep reprit sa marche et le prisonnier s'ébrouait de temps en temps dans son coffre. Au bout d'un moment, on n'entendit plus rien. « Il doit être mort », dit Gonzalo. J'entrouvris la boîte avec précaution : elle était vide, l'oiseau avait disparu. Mes voisins firent de grands signes de croix et me dirent, très émus : « *Señor, es un pájaro brujo* » – Monsieur, c'est un oiseau sorcier. Je vérifiai le vide-poche qui était absolument étanche, nous fouillâmes la voiture bien close, nous explorâmes le capot du moteur, les sièges, pas la moindre fissure, l'oiseau sorcier s'était bel et bien évaporé. Il n'était certainement pas de mauvais augure puisque la semaine se passa sans dommage mais je percevais l'inquiétude de mes deux compagnons, qui redoutaient, sans le laisser paraître, la sorcellerie des fameux Callahuayas dont nous foulions le domaine.

Il n'y eut, il est vrai, aucun comportement iconoclaste de notre part, au cours de cette exploration. La vallée, taillée d'un coup de sabre, avait deux mille huit cents mètres de profondeur; des sentiers en lignes brisées en parcouraient les pentes, la mine et les vestiges de villages étaient sur le versant opposé. Les rayons du soleil pénétraient en écharpe oblique dans la brume légère du canyon. Sur une butte témoin au fond de la vallée, de hautes murailles et des maisons d'habitation aux portes en trapèze semblaient encore intactes. Les plates-formes supérieures, où officiaient sans doute les prêtres du soleil, étaient parsemées de tombes et de débris de poteries brisées aux dessins géométriques polychromes. Je trébuchai littéralement sur une hache de bronze à tête de puma et mes compagnons remplirent leurs poches de petits galets de schiste percés de cupules pour mesurer la poudre d'or. Au pied d'une falaise voisine surgissait en grondant d'une brèche de la montagne le río Murumuntani où je me servis de ma batée africaine pour chercher quelques pépites.

A un kilomètre de là et mille mètres plus haut, sur le versant de la mine où nous avions établi notre campement, un deuxième hameau en ruine nous révéla une surprise. Sur un épaulement dont je relevais à la boussole la topographie, se trouvait une série de tombes disposées en quadrilatère. Nous basculâmes avec de gros efforts les dalles de schiste qui les recouvraient : elles étaient pleines d'ossements humains parfaitement triés, fémurs d'un côté, humérus de l'autre. Nous refermâmes précipitamment ces fosses, laissant aux *tumbarolis* de l'avenir le soin de les inventorier.

Nous retrouvions chaque soir, avec délices, l'abri de branchages et de plaques d'ardoise que nous avions dressé à l'entrée de la galerie abandonnée et, tandis que nous reposions nos jambes brisées de fatigue, nos deux guides indiens préparaient le repas fait du bouillon des pigeons que nous avions abattus à la carabine durant la journée, et chauffaient le lait qu'ils avaient dérobé je ne sais comment à des vaches sauvages qui paissaient dans la montagne. Devant le feu de broussailles qui nous réchauffait les membres avant le sommeil, j'interrogeai, en buvant du maté, nos précieux auxiliaires qui se révélèrent des hommes pleins de savoir et de sagesse.

Les veillées du Périgord, les longs palabres dans la brousse africaine me mettaient de plain-pied avec eux pour aborder les problèmes dont on ne parle qu'en confiance : le bien et le mal, Dieu et les diables, l'homme et son destin. Ils étaient fascinés par la voûte céleste, par le soleil, père universel de la chaleur et de la vie, par la lune qui rythme nos faits et gestes, qui fixe les dates des semences et des récoltes, disait l'un, qui règle la procréation et les éclosions, appuyait l'autre. Quand elle est pâle, c'est qu'il va pleuvoir, quand elle est rouge, c'est la sécheresse. Si elle a une éclipse, il faut se livrer à des rites expiatoires. Et je pensais à nos médias qui continuent à annoncer toutes les conjonctions célestes à des masses mécréantes. Il faut couper les cheveux à la lune montante, disait Quispe, pour leur donner de la vigueur et tailler les arbres à la lune descendante pour qu'ils ne périclitent pas. Il faut laver son linge entre deux lunes, sinon il jaunit et se déchire. La pleine lune donne mal à la tête mais en lui montrant une pièce d'or, on a toujours de la monnaie dans sa poche, ajoutait Pedro. Et l'arc-en-ciel du matin et du soir, qui indique avec précision le temps qu'il fera, il ne faut ni le regarder ni le montrer du doigt, car c'est une affaire privée entre le vent et la pluie. Et la foudre qu'on exorcise en dessinant une croix là où elle est tombée et en mettant un œuf au-dessus.

Quispe était le plus versé en sorcellerie. Il distinguait chez les hommes trois catégories d'initiés aux mystères de la vie : les sages, les devins et les *kholliris* (les médecins). Dans l'autre versant du monde, où se trouve tout ce qui nous protège ou nous menace, il y avait les bons et les mauvais diables et leur cohorte d'auxiliaires, les magiciens et les sorciers. Parmi les puissances bénéfiques, il y avait la terre mère, les plantes curatives et les animaux totémiques; parmi les mauvaises, figuraient les oiseaux de mauvais augure, les papillons de nuit, les serpents et les sorcières. Ces dernières étaient redoutables et exigeaient une grande vigilance, notamment pour le lait, car certaines de ces créatures ont les seins pleins de venin et rendent les enfants fous ou idiots, tandis que d'autres sucent le sang des cadavres pour empoisonner les vivants.

J'appris même que les Callahuayas vendaient toutes sortes d'amulettes dont l'une d'elles, le *huar-*

minunachus, permettait de conquérir le cœur des jeunes filles. Cette révélation n'était pas de nature à m'émouvoir car les Périgourdins, avec l'herbe de matago, et les Gabonais, avec l'iboga, en font autant depuis des siècles. Je notai toutefois que les Indiens associent à l'amulette une sonnette de serpent crotale et les gens de mon village, une queue de lézard gris. Je remarquai également que, dans les Andes, il existe un procédé identique pour les filles qui veulent faire succomber l'homme de leur choix alors que chez nous les mâles s'effondrent tout seuls devant les femmes mais ne veulent pas l'avouer.

Il me sembla que pour mes informateurs Dieu était assimilé à la toute-puissance de l'univers. Quant à la vie, elle était d'abord une récupération et ensuite une désintégration. L'esprit qui nous anime se délite peu à peu et l'âme s'exfolie, en laissant des lambeaux dans tous les endroits où elle fut heureuse ou malheureuse. Puis la mort réincorpore un jour le tout à l'univers où se réunissent les germes de la culture pour ouvrir un nouveau cycle à l'humanité. Il n'y a donc pas de Paradis statique, et la religion ne sert qu'en ce bas monde, pour se concilier les forces bonnes ou mauvaises qui nous assaillent quotidiennement. Les croyances primitives, les légendes, les rites chrétiens eux-mêmes forment, en s'amalgamant, une pratique religieuse suffisante pour nous défendre contre les blessures et les souffrances de la vie. Malgré l'insistance des missionnaires chrétiens, soucieux de doter ce monde du précieux Paradis indispensable pour faire impunément les promesses de félicité et de récompense éternelles qui maintiennent les peuples en obédience, l'Indien s'était dérobé. Il continuait à injurier les saints, avares de bienfaits, et à mettre en concurrence les Vierge Marie de ses comparsas.

En somme, ma grand-mère, qui avait si peu voyagé et qui se préoccupait tant des diables, aurait pu se recycler sans peine dans un ayllu callahuaya de la cordillère ou dans un tribu bantoue de l'Afrique centrale, sans se sentir dépaysée. Quant à moi, son petit-fils, je ne pouvais m'empêcher de penser que l'homme à l'état naturel, intégré dans la création, n'a jamais conquis son voisin pour lui imposer le culte du soleil, de la lune et de la terre mère, ses légendes, ses prêtres et sa poésie, sous prétexte de révélation transcendantale ou de prosélytisme. C'est l'homme abstrait créé par l'esprit humain, l'homme résultant des constructions cérébrales, des religions, des idéologies, des utopies dominatrices, qui a déclenché les intolérances, les massacres, les guerres et entretenu le mépris de l'autre.

Était-ce l'oiseau sorcier qui nous avait étroitement surveillés ou nos deux guides qui avaient témoigné de notre conduite irréprochable ? En tout cas, des forces bénéfiques nous avaient valu un temps idéal, des découvertes exceptionnelles, et même ces deux mules qu'un village lointain nous envoya pour faciliter notre retour. Il m'aurait été bien agréable de croire à tous ces signes, mais les nouvelles internationales étaient mauvaises et ma présence au poste était nécessaire, car les mécanismes de la vie diplomatique ne relèvent pas de la métaphysique ni des météores.

6

A cette époque, la tension entre les États-Unis et l'Union soviétique s'exacerbait. Après l'échec du débarquement à la baie des Cochons à Cuba, on ne parlait plus que des missiles russes installés dans la mer Caraïbe et l'on pressentait que Washington ne tarderait pas à réagir. Une véritable offensive nord-américaine se dessinait d'ailleurs sur la partie sud du continent. Le président Kennedy venait de créer l'Alliance pour le progrès et de renforcer l'assistance technique et économique. L'emprise du Fonds monétaire international se développait et le Point IV était doté de nouveaux moyens.

A l'occasion de la guerre de la langouste sur le plateau marin du Brésil, à Recife, où la pêche française était impliquée, l'ordre comminatoire des États-Unis d'avoir à défendre les intérêts des conserveurs américains avant ceux des Français avait été apporté au président Janio Quadros par le sénateur Robert Kennedy en personne. Cela nous attirait d'autant plus de sympathie à La Paz que la politique d'indépendance du général de Gaulle passionnait les Sud-Américains et me valait de fréquentes demandes d'explication de la part du président Paz et de ses ministres.

Le changement était notable car, depuis le début du conflit algérien, la Bolivie avait adopté une attitude très réservée à l'égard de la France. Elle avait même déclaré « persona non grata » mon prédécesseur qui n'avait pas su dissimuler un peu d'agacement devant l'attitude hostile des émancipateurs du cru. On aurait pu penser que les pieds-noirs algériens auraient mérité un peu plus de compréhension de la part de leurs presque frères, qui avaient réussi une affaire comparable un bon siècle auparavant. Chacun sait qu'il n'y a que les pires boiteux pour critiquer chez les autres quelque claudication et que l'homme est toujours partial quand le bât le blesse.

Bref, au fil des jours, l'interventionnisme des États-Unis et l'évolution de la crise algérienne me facilitaient la tâche. Le discours du général de Gaulle, en novembre 1960, définissant un nouveau destin pour l'Algérie, le putsch des généraux qui provoquait quelques frissons dans la mémoire bolivienne, le début des pourparlers d'Évian et le référendum d'autodétermination de juillet 1962 avaient de quoi satisfaire les héritiers purs et durs de la pensée bolivarienne. Je dirais même que les premiers conflits internes entre Ben Khedda et Ben Bella, les vents de révolte en Kabylie et la crise économique qui découlait de l'expulsion des Européens avaient ici des résonances si familières que l'admission du nouvel État aux Nations unies ne fit l'objet d'aucun commentaire.

Mes contacts fréquents avec le président, les membres du gouvernement et le personnel politique me donnaient l'avantage d'être mieux connu et me valaient quelques faveurs. La sympathie que me témoignait le ministre de l'Intérieur, José Antonio

Arze Murillo, marié à une Française, m'était précieuse pour rencontrer les autorités régionales. La cordialité de mes relations avec les ministres des Finances, de l'Agriculture, du Travail ou de la Santé facilitait les démarches propres à mes activités professionnelles. Enfin, le président Paz, lui-même, que mon passé colonial et mes réflexes d'homme de terrain intriguaient, m'appelait de temps en temps, au retour d'un voyage à l'intérieur, pour connaître mes réactions et avoir mon sentiment sur telle ou telle situation. C'est ainsi qu'à la suite d'un déplacement que je venais d'effectuer à Guabira, dans l'Oriente où Fives-Lille Cail construisait un complexe sucrier, il me suggéra de faire une longue tournée dans la région du Beni.

Ce département de plus de deux cent mille kilomètres carrés, couvrant le cinquième du pays, est une plaine immense qui s'étire le long de la frontière du Brésil, entre le piedmont des Andes et la rivière Guaporé, affluent de l'Amazone. C'est une des dernières réserves de terres vierges et fertiles du monde, au cœur de l'Amérique du Sud. La densité de sa population est inférieure à deux habitants par kilomètre carré. De climat tropical humide, il comprend d'immenses étendues herbeuses, des bocages à feuilles pérennes, un réseau hydrographique considérable, des lagunes et des grands fleuves navigables. Il ne dispose encore d'aucune infrastructure routière ou aérienne, sa flore et sa faune sont d'une variété stupéfiante, ses possibilités dans tous les domaines permettent tous les rêves, mais la Bolivie n'eut jamais les moyens en hommes et en matériel pour les mettre à exécution.

Je préparai donc un itinéraire significatif, traversant les zones essentielles, sans me tenir trop longtemps éloigné de mes obligations diplomatiques. Les services de la présidence me facilitèrent la tâche en organisant les relais.

Je pris l'avion un lundi matin pour me rendre à Trinidad de Mojos avec mon domestique Juan, un sac postal bourré de linge, de hamacs et de moustiquaires, une carabine 22 long rifle et une cantine métallique africaine. Cette dernière contenait les objets les plus insolites, à savoir une boussole Peigné, une alilade, une petite batée, un filtre spécial pour l'eau des fleuves, un filet à papillons avec un bocal arsenical préparé par M. Barrande, un scalpel pour dépouiller les oiseaux, des cartes, un carnet d'itinéraire, du papier à dessin, une boîte d'aquarelle et un petit appareil photographique. Juan portait de son côté un sac de montagne avec quelques bouteilles de champagne et de cognac destinées à des hôtes de marque.

La cordillère était dégagée et les sommets de l'Illimani et du Mururata étincelaient, mais notre DC-3 devait plonger dans les vallées tropicales encombrées de brume et, chaque fois, cet exercice m'angoissait car la route était sinueuse et l'avion naviguait sans aucun repère, dans un matelas de coton. Les pilotes se dirigeaient à la montre, à vitesse constante, ils changeaient de cap à tâtons, en fonction du temps qui était nécessaire pour parcourir les tronçons successifs du parcours. Parfois, une trouée dans le brouillard permettait d'entrevoir une haute paroi rocheuse, à trente mètres d'une aile. La précision de ces manœuvres était pourtant telle qu'il n'y eut jamais, durant tout mon séjour, aucun accident à déplorer.

Brusquement, la crasse se dissipa et la grande plaine se déroula sous un ciel diaphane, piqueté de quelques flocons nuageux. La ville parfaitement carrée de Trinidad apparut avec ses toits de tuiles roses. Un aéroport rustique se dessina et l'avion se posa sur une piste en herbe. Un envoyé de l'alcade me conduisit avec mon bagage à l'hôtel Magdalena, une auberge tapissée de plantes vertes et de bougainvillées.

Une invitation de la municipalité m'attendait, en ces lieux agrestes, me conviant pour le lendemain à une cérémonie au cours de laquelle je devais être nommé « hôte illustre » de la ville. Je mis à profit l'après-midi de liberté dont je disposais pour visiter l'agglomération qui était d'une banalité affligeante. Les rues, bordées de maisons basses à arcades, se coupaient à angle droit. Le centre était heureusement occupé par une grande église blanche à deux tours coiffées de balustrades et par la place José-Ballivián, qui, avec ses massifs de fleurs, ses hauts palmiers grêles, ses orangers et ses pelouses vertes, apportait une note de gaieté dans cet univers déprimant.

A mon retour de promenade, le gérant de l'hôtel me présenta deux voyageurs anglais qui venaient d'arriver. C'était deux ingénieurs spécialistes du jute prospectant le Beni pour rechercher des terres propices à cette culture que le déclin menaçait depuis l'indépendance de l'Inde et du Bangladesh. Le plus âgé se nommait George Mackenzie et était agronome ; le second, Coulter, était pédologue. Nous découvrîmes rapidement que nous étions de vieilles connaissances. Mackenzie avait été directeur de la station expérimentale de Rocküper, en Sierra Leone, et m'avait fourni quelques années auparavant des semences birmanes de riz flottant, pour le développement des casiers rizicoles du Logone, au Cameroun. Ils s'apprêtaient à descendre le Mamoré jusqu'à Santa Ana du Yacuma, pour atteindre ensuite Moré sur le Guaporé où je me proposai de les rejoindre, quelques jours plus tard.

En attendant, je devais répondre aux invitations de l'alcade et d'un riche *estanciero* des environs qui nous offrait de visiter son ranch, à l'occasion du marquage de son bétail. La cérémonie de l'hôtel de ville fut originale quand on songe à l'isolement de Trinidad qu'aucune route ne reliait encore au reste du monde. Dans le salon au plafond caissonné se trouvait une vaste table autour de laquelle se tenait la trentaine de conseillers du *cabildo.* L'alcade présidait, dans un fauteuil doré monumental d'un rococo si flamboyant qu'il semblait une synthèse désespérée d'un menuisier surréaliste. Sur les murs, quarante-trois portraits des principaux dignitaires de la République nous surveillaient. Parmi eux figuraient, de façon inattendue, deux Français de renom, le naturaliste Alcide d'Orbigny et l'ethnologue Créqui Montfort, à moins que ce ne fût Georges de Curières de Castelnau qui étudia, au siècle passé, les Indiens de Rurrenabaque; faute d'étiquette sous les tableaux, je ne pus résoudre cette énigme. La lecture solennelle de l'acte d'intronisation du *huésped ilustre de la ciudad de Trinidad de Mojos* me plongea dans un embarras confus dont je ne me sortis qu'en prononçant un discours improvisé, d'un lyrisme à la fois sincère et laborieux.

La *ferrada* du lendemain fut d'une autre tonalité.

Des dizaines de bouvillons étaient parqués dans un enclos de branchages et de barbelés à l'ombre de grandes mimosées. Des gauchos à cheval faisaient le va-et-vient entre le troupeau et le corral où nous nous tenions. Les jeunes animaux étaient capturés au lasso et traînés devant les braseros où rougissaient les marques de la ferrade. D'un tour de main, ils étaient saisis par les cornes et renversés sur l'arène. Un manadier leur appliquait sur l'épaule le fer incandescent qui grésillait en dégageant une épaisse fumée bleue et une odeur de cuir brûlé épouvantable. L'animal se relevait en bramant de douleur et s'enfuyait vers le troupeau.

Pendant ce temps, dans la cour de la maison, le maître s'affairait autour de grandes bassines où l'on avait recueilli le sang d'un bœuf que l'on venait d'abattre. Les aides-cuisiniers préparaient des *rellenos*, sortes de gros boudins de sang que l'on jetait pour les cuire dans des marmites d'eau bouillante. D'autres auxiliaires découpaient, dans des quartiers de viande rouge, des cubes de huit à dix centimètres de côté qu'ils enfilaient sur des baguettes de bois dur. Ces brochettes étaient posées au-dessus d'un lit de braise contenu dans une petite tranchée bordée de pierres creusée à même le sol. De temps en temps, un gaucho en tablier de cuir retournait les viandes grillées et les arrosait d'une sauce grassement assaisonnée et pimentée, avec une louche à long manche. Quelques giclées de bière versées en cours de cuisson donnaient à la *parrillada* sa saveur inimitable. Chaque convive, armé d'un grand couteau soigneusement aiguisé, prélevait alors sur les cubes de viande qu'on lui tendait une mince pellicule rôtie, et remettait en place la brochette pour renouveler l'opération. Sur une longue table avaient été déposées les grosses racines de manioc cuites qui servent à la fois de pain et de légume. Des régimes de bananes, des corbeilles de fruits exotiques et des bouteilles de vin de Camargo rafraîchissaient dans un abreuvoir. En cours de repas, l'agronome anglais, qui s'était étonné de voir tant de viande et si peu de verdure, s'attira, dans les éclats de rire, la remarque unanime que les hommes n'étaient pas des lapins.

A peine revenu de ces agapes, un propagandiste politique du MNR, qui logeait à l'hôtel, me proposa de m'emmener en avion dans le hameau lointain de Casarabe, chez les Indiens Sirionos, où il avait affaire. J'acceptai immédiatement cette offre. L'appareil, un Piper Cub, pouvait utiliser les terrains les plus courts et nous déposa sur la place du village, au milieu des cases de paille et d'une volée d'enfants qui s'enfuyaient à tous les vents. Le type humain et les costumes de bayette * des Indiens étaient très différents de ceux de la montagne; leurs traits étaient moins anguleux et leur teint d'un jaune ambré qui rappelait le vieil ivoire. Ils nous firent un accueil chaleureux sans se départir de l'impassibilité digne et attentive de leur race. A l'école de terre et de bambous où nous nous rendîmes, le maître nous présenta une trentaine d'élèves qui récitèrent d'une façon tout à fait improvisée, en mon honneur et en espagnol, un poème de Victor Hugo.

Comme je n'avais pas à me mêler aux exhortations politiques du délégué, je demandai un jeune guide pour aller explorer les bois voisins. Le garçonnet, d'une douzaine d'années, était inépuisable sur les richesses en oiseaux et en fleurs du *charque de su*

* Étoffe grossière de coton dont se vêtent les Indiens.

papá – le champ de son père. A l'entendre, c'était une volière fabuleuse peuplée de créatures et de plantes féeriques et quand j'abattis d'un coup de carabine une tourterelle inca, il s'en empara et, comme elle n'était pas morte, il la caressa en gémissant : « *Palomita mía, palomita mía* » – ma petite colombe. Malgré sa réprobation, il me conduisit dans un sous-bois épais où je fis la connaissance d'une étrange colonie d'oiseaux.

Sur une énorme branche basse, étaient perchées, côte à côte, une vingtaine de volailles de la taille d'un jeune dindon mais de forme plus allongée, avec une queue aux longues rectrices à bout havane et un cou très dégagé. Des rémiges bordées de blanc ressortaient sur le plumage châtaigne. Leur poitrail était fauve et le dos portait des lunules claires. La tête était fine avec des joues bleu vif et un bec court et puissant. Enfin, une aigrette mordorée de grande taille couronnait l'occiput. Au risque de bouleverser mon guide, je tirai un de ces volatiles qui tomba lourdement à mes pieds. Ses compagnons ne bougèrent pas et se contentèrent de pousser quelques gloussements. J'entrepris une inspection de mon gibier qui dégageait une odeur désagréable. « *No se come, señor* » – Ça ne se mange pas, monsieur –, me dit tristement le jeune garçon. Je m'aperçus rapidement qu'il s'agissait d'un gallinacé très primitif qui portait des griffes puissantes à l'articulation de l'aile comme l'archéoptéryx. Sur les branches des arbres, autour du troupeau, on voyait d'ailleurs des oisillons absolument nus, qui étaient suspendus aux ramilles par ces crochets insolites. Je fis un croquis rapide de l'animal et abandonnai la dépouille. Ce n'est que plus tard que j'appris qu'il s'agissait d'un hoatzin (*Opistho-*

comus hoazin), une sorte de grand-père des faisans, qui avait toujours intrigué les naturalistes et était devenu très rare.

Je revins de ma partie de chasse avec une pointe de mélancolie en me demandant pourquoi mon jeune Indien aimait tant les oiseaux et, surtout, si j'avais raison d'en prélever de temps en temps quelques-uns pour la taxidermie. Je fis un cadeau princier à mon guide au grand cœur, qui détacha à son tour de son poignet un petit bracelet de plumes qu'il me donna. « C'est pour que le gros oiseau ne te porte pas malheur », me dit-il.

L'avion nous ramena à Trinidad.

Le lendemain, je terminai mes visites protocolaires et m'enquis d'une embarcation pour descendre le fleuve. Un batelier se présenta et j'acceptai ses propositions. A la pointe du jour, notre nef leva l'ancre. C'était une petite *lancha* de six mètres, munie dans sa partie centrale d'un toit métallique pouvant abriter deux hamacs côte à côte. A l'arrière, le nautonier tenait la barre et la commande d'un petit moteur que l'on n'utilisait que pour la remontée des rivières. Un fût métallique, juché sur le toit de tôle, tenait lieu de réchaud pour la cuisine. Nous organisâmes notre vie à bord de la façon la plus rustique mais la plus commode pour observer les plages de la rivière et la foule d'oiseaux qui s'y pressait. Juan se préoccupa de la nourriture dont nous avions fait ample provision et s'entraîna à maintenir le feu pour la cuisson des mets. Le batelier avait installé une ligne flottante et guettait les tortues qui dérivaient au fil de l'eau, sur les troncs d'arbre ou les branchages arrachés par les crues. Il en captura d'ailleurs quelques-unes dont nous fîmes un bouillon pour assaisonner le riz. Les berges du Mamoré défilaient silencieusement avec leurs hautes rives d'argile rouge ou noire au pied desquelles se vautraient des *capibaras*, ces énormes rongeurs qui font plus de soixante-quinze centimètres au garrot, et quelques alligators qui se coulaient dans l'eau à notre approche. Ces sauriens me parurent beaucoup plus indolents que ceux d'Afrique et leur rareté m'étonna. J'appris quelques jours plus tard qu'ils étaient l'objet d'une chasse intensive de la part des trappeurs argentins et on me montra, dans un bras mort du fleuve, des dizaines de milliers de peaux abandonnées par les trafiquants parce qu'elles avaient été salées avec du sel rougeâtre, ce qui les dépréciait commercialement. Massacre barbare et inutile qui s'ajoutait à celui des aigrettes ou *garzas* dont la mode européenne avait failli faire disparaître l'espèce au début du siècle. La cupidité des hommes n'a d'égale que le mépris qu'ils éprouvent pour la nature entière destinée par leur suffisance à l'assouvissement de leur bon plaisir.

A l'approche du soir, le batelier s'arrêtait dans une anse tranquille pour passer la nuit car le fleuve est dangereux avec ses bancs de sable à fleur d'eau et ses épaves flottantes; nous nous roulions dans nos hamacs pour échapper aux moustiques et autres insectes piqueurs. Nous repartions à l'aube, à l'heure où le cours d'eau s'anime dans la plongée des cormorans, des *aninghas*, des pélicans et des aigles de toute espèce. Des vols de perroquets, de toucans et de hérons se posaient sur les frondaisons du rivage, dès les premiers rayons du soleil. Quelques pécaris s'ébrouaient sur les grèves, une troupe de nandous tendait le cou au-dessus des hautes herbes et regardait sans bouger les trois humains qui glissaient sur les flots.

Le quatrième jour, l'eau se mit à bouillonner autour de la barque, un dos rose, un ventre blanc, deux seins au joli galbe puis une tête informe apparurent et replongèrent, d'autres surgirent, frôlant notre bordage. Un troupeau de sirènes (*Intia boliviensis*) s'ébattait dans l'eau trouble du fleuve.

« Nous sommes au confluent du Yacuma », dit le nautonier sans s'émouvoir du spectacle et, croyant sans doute répondre à notre curiosité, il ajouta : « Ce n'est pas bon à manger. » Il alluma son moteur qui se mit à tousser, tourna son gouvernail et s'engagea dans le lit de la rivière qui venait d'apparaître à bâbord.

La remontée du Yacuma fut rapide et après quelques heures de route, nous atteignîmes le débarcadère de Santa Ana. Un chaland de grande taille y embarquait des ballots malodorants de *tasajo*, viande de bœuf salée et séchée au soleil dont les Brésiliens sont friands. Un *capataz* en chapeau de paille me demanda si j'étais l'invité de Don Nicomedo Suárez et me fit gravir la haute berge. Mon hôte, qui avait été prévenu par l'alcade de Trinidad, ne tarda pas à apparaître et m'accueillit avec toute l'urbanité des propriétaires d'haciendas du Nouveau Monde. Le « Saladero », c'était le nom de sa maison, m'ouvrit ses vérandas, ses salons et ses chambres comme si j'en étais le maître depuis toujours. Le bâtiment comprenait une cour centrale autour de laquelle s'ordonnaient les pièces de réception, d'habitation et les servitudes. A bonne distance, on apercevait les écuries, les greniers, les parcs à bestiaux et les aires de séchage.

L'estancia de Don Nicomedo était située à quatre kilomètres du bourg de Santa Ana et l'un des jeunes fils de la maison, Roberto, m'y conduisit en calèche à guide à deux, une calèche historique signée Wertheimer * qui avait appartenu à la princesse de La Gloriette, apparentée aux Suárez. Comment cette voiture, toujours confortable sur ses ressorts graciles, cette étoile des drags de Longchamp, était-elle parvenue au cœur des pampas, c'est une aventure que j'aurais bien aimé connaître, mais Roberto n'en savait rien et s'en moquait.

Je passai huit jours dans cette famille réputée pour sa distinction et son hospitalité, une semaine de découvertes dont je n'aurais jamais soupçonné la richesse et le pittoresque.

Ma première surprise fut de rencontrer un personnage hors du commun, le professeur José Chavez-Suárez, un étrange professeur à vrai dire, qui habitait une maison à étage dont le rez-de-chaussée était un bazar pour gauchos où il vendait tout ce qui est nécessaire dans la pampa : bottes et éperons, tabliers de cuir et lassos, fers à marquer, selles et *rejons* **, et le premier étage, une magnifique bibliothèque, riche de plusieurs milliers de volumes. José Chavez avait été, en 1942, consul honoraire de la France libre et conservait précieusement l'écu au faisceau de licteur et le drapeau. On l'appelait toujours monsieur le consul. Il parlait couramment le français qu'il avait appris avec un Libanais de passage et son érudition était exceptionnelle. D'esprit très libéral, il avait hébergé chez lui, quelques années auparavant, le chef du parti communiste brésilien, Carlos Luis Prestes, et le fameux Che Guevara, qui avait fui sa patrie argentine et devait devenir plus tard ministre

* Carrossier de l'impératrice Eugénie de Montijo.
** Pique de cavalier dans les corridas.

de Fidel Castro. Il faut dire que Santa Ana du Yacuma était si difficile à atteindre que le gouvernement bolivien y exilait volontiers ses opposants et ceux des pays voisins.

C'est ainsi que le professeur me présenta un ancien sénateur communiste assigné à résidence, Alfredo Lima. Ce parlementaire avait subi tant de sévices de la part de ses ennemis politiques qu'il avait présenté des lésions graves de l'oreille interne compromettant son sens de l'équilibre. L'Union soviétique avait négocié son extradition pour lui faire subir un traitement dans un hôpital spécialisé des bords de la mer Noire. Le gouvernement du MNR avait accordé l'autorisation et le malheureux s'était envolé, sans se douter que la pressurisation et l'altitude allaient aggraver ses maux. Il eut une crise si grave au cours d'une escale à Orly qu'il fut jugé intransportable et hospitalisé dans un établissement parisien. Son cas intéressa les médecins qui lui appliquèrent les traitements les plus sophistiqués et le remirent sur pied. Un an après, il fut renvoyé en Bolivie, complètement guéri. Quand il me rendit visite, il me baisa la main avec une expression de soumission qui me laissa tout interdit. Il me congratula en ces termes : « Señor, je n'aurai pas assez de ma vie pour remercier votre pays. Cette France qui ne me devait rien, qui ne me connaissait pas, moi! pauvre petit Indiancito communiste, cette grande nation capitaliste qui m'a recueilli, soigné pour rien, guéri, traité comme Patiño et qui m'a payé le passage de retour. Je serais le plus heureux des hommes si vous acceptiez de venir déjeuner à ma maison. »

Devant de telles effusions, je ne pouvais qu'accepter. Le lendemain, je me rendis à sa villa, qui était située un peu à l'écart du bourg, au bord d'une lagune. Elle était entièrement construite en bambous et portait, à son fronton, un écriteau soigneusement calligraphié : « Villa Fidel ». A l'intérieur, la table était mise à deux couverts. Le mobilier rudimentaire, la lampe à pétrole, les chaises de mauvais bois, une vue du Kremlin et un portrait de Fidel Castro suintaient la misère et l'exil. L'épouse du sénateur, une pure Indienne, et sa fille, vêtues de rouge de pied en cap, nous servaient à table. Comme il est de coutume chez les humbles, elles avaient cuisiné pour une escouade, il y avait une soupe au piment, un hachis de viande, des bananes à cuire, du riz et du poisson qu'il pêchait, me dit-il, chaque jour, dans la rivière. Il me fit même goûter deux ou trois piranhas en friture qui étaient si pleins d'arêtes que je ne saurais dire le goût qu'ils avaient.

Il parlait avec prudence devant l'étranger de sa condition de relégué et de son engagement politique, mais il ne dissimulait pas ses convictions. Comme la plupart des progressistes de l'époque en Amérique du Sud, il était fasciné par l'image de la révolution cubaine et de Fidel Castro, il en parlait avec dévotion et en termes simples sans référence au marxisme et sans langue de bois. Il laissait s'exprimer son cœur d'homme et sa sensibilité naturelle. Il disait qu'il était communiste parce que l'homme isolé ne peut rien et que le dévouement à la famille et au groupe est la seule source des vertus indispensables à la vie en société : le respect de l'autre, la loyauté, la solidarité et l'honnêteté. Il était clair que son communisme se confondait avec le communautarisme de l'ayllu et qu'il n'avait rien à faire des dévergondages intellectuels du christianisme allemand confronté à l'usine tels que Engels les avait révélés à Karl Marx. Il souhaitait la fin du mépris, de l'exploitation de l'homme et des injustices. Il condamnait l'accaparement du profit par les individus car, disait-il, l'argent est la marque du diable et la source de toutes les perversions, il doit rester entre les mains de la société qui l'a produit pour le bonheur de tous. L'incarnation du mal était pour lui le « capitalisme américain » et il accusait Paz Estenssoro de lui avoir vendu la révolution bolivienne alors que Nikita Khrouchtchev avait offert cent cinquante millions de dollars à des conditions très avantageuses pour l'économie et la souveraineté nationale, afin que le pays s'équipe en usines de concentration de minerai et en fonderies d'étain. Il dénonçait les pressions des États-Unis sur le gouvernement du MNR pour qu'il rompe avec la révolution cubaine. « D'ailleurs, il finira par rompre, concluait-il, car ceux qui sont au pouvoir sont de même origine et de même civilisation que les Américains, leur tradition est d'exterminer ceux qui menacent leurs intérêts ; alors comme d'habitude, ils nous tueront. » Je tentai honnêtement de lui rendre un peu d'optimisme et je pris congé de ce fantassin méritoire des aspirations éternelles des hommes à plus de dignité et de liberté.

Sur le chemin du retour, je me demandai si la noosphère chère à Teilhard de Chardin ne coagulait pas parfois comme les nébuleuses en noyaux plus ou moins épars. N'y avait-il pas, dans ce Beni si lointain qu'il échappait au reste du monde, une de ces concentrations mystérieuses qui était favorable au communisme ? Santa Ana du Yacuma comme les *pueblos* voisins de Magdalena, Santa Rosa, Exaltación, Concepción et tant d'autres, avaient fait partie aux XVIe et XVIIe siècles des « réductions » des jésuites qui regroupaient les tribus indiennes dispersées. Ces enclaves vivaient dans un communisme total, à l'abri de la société coloniale espagnole et du mercantilisme corrupteur. Tous les penseurs, les sociologues, les doctrinaires de l'Occident ont disserté sur cette expérience exceptionnelle. Lénine lui-même médita longuement sur l'ouvrage de Nicolas du Toict, *Histoire de la province du Paraguay.*

L'historien Charles-André Julien m'a confié un jour que son père, natif de Carmaux et compagnon de Jean Jaurès, avait dû héberger dans son modeste appartement d'ouvrier à Paris le transfuge Vladimir Oulianov, momentanément réfugié en France. Ce dernier, en dehors de quelques escapades mystérieuses, vivait enfermé dans sa chambre et consacrait son temps à lire et à prendre des notes. Deux livres étaient en permanence sur sa table : le traité de Clausewitz, *De la guerre*, qu'il surchargeait de notes au crayon, et *Les Jésuites du Paraguay* de Mathias Anglésy Gortari.

Enfin, était-ce vraiment le hasard qui avait fait choisir Santa Ana à Carlos Luis Prestes, secrétaire général du parti communiste brésilien, et à Che Guevara comme escale sur le chemin de l'exil ? Et le hasard encore qui fit mourir, quelques années plus tard, le prestigieux Cubain à Camiri, dans la province de Santa Cruz, sous les balles du gouvernement d'Ovando et de ses alliés, les rangers de Panama ?

L'après-midi, en rentrant chez José Chavez, je trouvai un petit mot de mes deux Anglais de Trinidad qui étaient arrivés à Santa Ana et logeaient dans une *posada* près de l'allée centrale. Je les rejoignis et ils me contèrent, dans cet anglais mâchonné et laconique coupé de courtes ruminations qui fait le charme des Britanniques, leurs escales de Porto Leigue et de San Antonio de Rivera, sur le fleuve où la richesse des sols avait, comment dirais-je... retenu leur attention. Nous projetâmes, pour le lendemain, une excursion dans l'arrière-pays au contact des argiles rouges arenacées et des sols profonds bruns argilo-siliceux et faiblement acides, me précisa Coulter. Je profitai de l'aubaine pour herboriser, tirer quelques oiseaux, capturer des papillons et écouter Mackenzie, qui avait une grande connaissance des écosystèmes tropicaux. Le soir, nous empruntâmes une pirogue pour explorer un méandre mort du fleuve où nichaient des centaines de grandes aigrettes. Sous les frondaisons de ces *garzeros*, on rencontre souvent de grands serpents anacondas friands d'œufs et d'oisillons qui tombent du nid. La surface des eaux était recouverte d'immenses nénuphars Victoria Regina, aux énormes fleurs roses et aux revers hérissés d'épines. Parmi eux, dérivaient de petites protubérances rougeâtres qui étaient les yeux des alligators naviguant sans bruit et sans sillage entre deux eaux. Les moustiques féroces dits *marihuis*, qui laissent leur dard planté dans la peau, nous assaillaient en nuages si épais que nous battîmes en retraite sans avoir vu l'anaconda, que l'on appelle *sicuri* dans le Beni.

L'alcade de Santa Ana ayant offert un dîner en l'honneur des visiteurs, le professeur Chavez, qui était près de moi, me raconta une histoire édifiante qui remontait à l'époque de son consulat.

« Avez-vous rendu visite, dans le cimetière de la ville, à la tombe d'un de vos illustres compatriotes ? me demanda-t-il.

– Ma foi! non, répondis-je, j'ignorais que des Français s'étaient distingués chez les Mojos et de qui s'agit-il ?

– Du comte Jean Hernan de La Jaille, originaire de Bretagne, qui mourut ici en 1942, me répondit-il. Ce gentilhomme, issu d'une vieille famille du pays de Vannes, était officier de cavalerie et membre, disait-il, du Cadre noir de Saumur ; il faisait partie d'une mission militaire française que le général Pando, un des présidents les plus éminents et les plus actifs de la Bolivie, avait fait venir au tout début de ce siècle pour entraîner l'armée nationale. Il est probable que le jeune cavalier s'acquitta honorablement de sa tâche, bien que les hautes Andes ne soient pas terre d'élection pour le cheval. En tout cas, il s'attacha au pays et surtout à une métisse d'Indien des Mojos, du nom de Rochas, qu'il finit par rejoindre du côté de Magdalena où elle était propriétaire d'une estancia et d'un troupeau de plusieurs milliers de têtes de bétail. Il démissionna de l'armée, rompit définitivement ses liens familiaux et ne quitta plus sa bien-aimée. Ils vécurent ensemble pendant quarante-deux ans, eurent six enfants et menèrent une vie paisible et exemplaire jusqu'à la fin de leurs jours. »

Au dire de mon voisin, l'ancien officier avait gardé une passion pour le cheval, il en avait en permanence deux ou trois qu'il montait et dressait selon les principes du Cadre noir. Il partait dès l'aube dans la pampa et travaillait méthodiquement ses figures, ruades, croupades, pas espagnol. Il s'intéressait de très près à la remonte et donnait des conseils à ses propres gauchos et à ceux du voisinage qui l'admiraient. Quand un joli poulain voyait le jour, il lui donnait le nom de quelques montures fameuses de l'école de Saumur, Belphégor, Tripolin ou carrément le nom d'un grand écuyer. C'est ainsi que le colonel Danloup, qui dirigea le Cadre noir à la fin du siècle dernier, devint synonyme de cheval de race. « *Señor, este caballo es un verdadero Danloup* » – Monsieur, ce cheval est un véritable Danloup – disaient les cavaliers de la grande plaine.

Quand le comte de La Jaille avait terminé ses exercices équestres, il rentrait au bercail, faisait son pansage et terminait sa matinée en donnant des leçons de piano aux demoiselles des Mojos. A midi, il s'asseyait à l'extrémité d'une longue table où prenaient place non seulement les membres de sa famille, mais tout le personnel de l'estancia, jusqu'au dernier péon. Il récitait le bénédicité et rompait le pain. A l'issue du repas, il prenait une bouteille de *cachaza*, s'étendait dans son hamac et s'enfonçait dans l'ivresse jusqu'au lendemain matin. La légende prétend qu'il n'avait jamais bien appris l'espagnol, ni enseigné convenablement le français à ses enfants. Il était d'une grande courtoisie, très attentionné pour sa femme et sa famille, mais le plus souvent taciturne et lointain.

A quoi pouvait rêver ce Celte de Bretagne devant les horizons sans fin des Mojos, sous les châteaux de nuages de la saison des pluies ou les bourrasques des changements de temps, quand soufflent les vents glacés du sud, le *surazo* et le *pampero* ? Revoyait-il les landes de Lanvaux ou les lointains de la Grande Brière fouaillés par les tourmentes d'automne ? Quel refus ou quels phantasmes avaient provoqué cette rupture ?

Le lendemain, j'allai visiter sa tombe monumentale et je devais retrouver, par la suite, quelques-uns de ses descendants, un cadet de l'École militaire de La Paz qui ressemblait à un Arawak * et trois petites filles de La Jaille, à l'école des rédemptoristes de Rurrenabaque, qui avaient des yeux couleur de myosotis, des cheveux blonds tirant sur le roux et des petits nez tavelés de taches de rousseur.

La fin de mon séjour approchait, mais j'avais des difficultés avec mon programme. La descente du fleuve jusqu'à Guayaramerín risquait de me prendre trop de temps et de manquer d'intérêt, je cherchai donc une occasion aérienne, pour abréger les distances. Il existait quelques transports de viande occasionnels qui prenaient la direction du nord. Il s'agissait donc d'être vigilant, mais rien n'échappait à Don Nicomedo dans le ciel du Beni.

Rien n'échappait ? Disons en principe, car ce matin-là, tout le monde avait le nez pointé sur le ponant, non pas à la recherche d'un aéronef mais d'un vol d'oiseaux de proie qui tournoyait au loin, vers les grandes lagunes. Déjà quelques gauchos étaient en selle, le fusil à l'épaule. « Il y a eu un *matadero* vers San Pedro », me dit l'un d'eux. Un matadero ? Don Nicomedo, qui donnait des ordres, ne tarda pas à m'expliquer de quoi il s'agissait. Les Brésiliens, qui construisaient la route transbrésilienne à travers l'Amazonie, avaient besoin de viande fraîche pour leurs chantiers de l'Acre. Des bandits plus ou moins à leur solde organisaient des coups de main sur les troupeaux boliviens, dans les solitudes bénianes. Les opérations se passaient ainsi : un avion bimoteur, en général un Bristol-Beaufort ou un Douglas DC-3, survolait la région, repérait une

* Tribu indienne qui s'étend des Caraïbes aux forêts équatoriales de l'Amazonie.

manade et un espace dégagé. Il parachutait une petite jeep et deux ou trois hommes de main, qui avaient pour mission de préparer une piste d'atterrissage. La jeep et son équipage partaient à la recherche des bœufs qui étaient abattus à la mitraillette, traînés par la queue jusqu'à l'appareil, décapités à la scie tronçonneuse, éventrés et démembrés puis jetés dans la soute. Quand l'avion avait fait son plein, on repliait la voiture et, à Dieu vat!, on décollait pour Rio Branco ou Humaita. En quelques semaines, Don Nicomedo avait perdu deux cents têtes de bétail, mais il n'y avait rien à faire, le pays et le ciel étaient trop vastes à surveiller et les autorités fermaient les yeux sur ce trafic.

Ce n'était pas des cadavres de bœufs qui m'accompagnaient dans le vieux Douglas DC-3 qui m'emportait à Guayaramerín, mais des carcasses bien découpées, sagement rangées sur quatre files, dans une carlingue opaque. L'odeur fade de la viande et le froid entretenu par des baquets pleins de blocs de glace nous tenaient, Juan et moi, au bord de la nausée. Heureusement le voyage ne dura que deux heures et quelques minutes et nos estomacs résistèrent. Par les hublots sales de la carlingue apparut le confluent du Mamoré et du Guaporé, dont l'un est jaune clair et l'autre presque noir. Leurs eaux mettent longtemps avant de se mélanger et coulent sagement côte à côte dans le même lit. La grande forêt gagne de plus en plus sur la savane, et Guayaramerín, que le grand fleuve coupe en deux, apparaît comme les deux battants de la porte d'Amazonie.

L'aéroport se trouve sur la rive brésilienne. Je m'enquis d'un hôtel et me rendis, pour ma première visite, à l'évêché qui était situé sur une grande place entourée de manguiers, à une centaine de mètres de là. Je savais, par une lettre de l'ambassadeur de France à Rio de Janeiro, que l'évêque des Amazones, Mgr Rey, originaire d'Albi, était malade. Si j'avais l'occasion de passer par ce pays lointain, je ne devais pas manquer d'aller le saluer. Effectivement, je fus reçu par un prêtre séculier à l'accent provençal qui me conduisit au chevet du prélat. Il était très amaigri et s'excusa de sa faiblesse : une dernière tournée pastorale à travers un territoire plus grand que l'Europe l'avait exténué. Et pourtant il avait acheté un canot à moteur, disait-il, qui lui raccourcissait de moitié les distances. Autrefois, il lui fallait une pirogue à six rameurs pour remonter en un mois les mille cinq cents kilomètres de rivière qu'il avait à desservir. Son diocèse s'étendait sur un domaine inexploré de je ne sais combien de milliers de kilomètres carrés, peuplé de tribus indiennes d'une rare férocité à l'égard des Blancs qui les massacraient ou leur apportaient leurs maladies contre lesquelles ils étaient sans défense. Je laissai quelques bouteilles de champagne et de cognac à son office pour accompagner sa convalescence.

Son coadjuteur, le révérend père Petit, me parla longuement des tribus de l'État de Rondônia qu'il visitait régulièrement et me décrivit l'agonie des Indiens contaminés par la lie de l'humanité promue au rang de vecteur de la civilisation. Il me fit cadeau d'un hamac en cordelettes de palmier chonta, une merveille de tissage qui ne m'a plus quitté au cours de mes voyages.

Après l'évêché, je me rendis à la préfecture où le responsable me fit un accueil chaleureux. « Monsieur, me dit-il, vous êtes ici chez vous, car cette ville a été faite entièrement de la main de votre compatriote. » Et il me vanta l'apostolat, les mérites et l'habileté technique de Mgr Rey. Il m'annonça également que nous étions invités à déjeuner par le commandant de la garnison des frontières, le capitaine Godoy. Cet officier, un athlète noir de Bahia, avait gardé le sens de l'hospitalité et le rire communicatif de l'Afrique. Il m'adressa un discours étonnant où il évoqua un séjour d'une semaine qu'il avait effectué à Paris – un voyage édénique où la tour Eiffel, le champagne Mumm Cordon rouge et Madame Arthur, une proxénète de Pigalle, résumaient l'inimitable civilisation française.

Je traversai le fleuve le lendemain matin pour me rendre à Porto Sucre, le port bolivien. Deux soldats m'attendaient à l'embarcadère côté brésilien pour me remettre, de la part du capitaine, une peau d'anaconda, qui faisait bien plusieurs mètres et une petite antilope vivante dans une cage, cadeaux touchants dont je ne savais que faire et que je laissai chez l'hôtelier pour enrichir ses collections et son parc zoologique.

Je quittai Guayaramerín dans une jeep de louage pour atteindre la rivière Yata où un véhicule militaire m'attendait pour me conduire à Cachuela Esperanza. La piste, défoncée par les pluies, s'enfonçait dans une forêt claire dont les frondaisons laissaient passer des rais de soleil qui constellaient la chaussée d'ocelles de lumière. Autour des mares datant de la dernière ondée, des millions de papillons aux couleurs éclatantes formaient des couronnes frémissantes qui explosaient comme un feu d'artifice à notre approche. Après deux heures de cahots dans cet éclaboussement féerique, la rivière m'apparut comme un serpent jaune au fond de sa tranchée. Elle était large d'une centaine de mètres et ses berges noires étaient très élevées. Quelques pirogues se balançaient au bout du plan incliné qui servait d'embarcadère.

Je réglai mon transporteur, négociai un esquif et débarquai sur l'autre rive. Deux ou trois Indiens m'attendaient et me conduisirent sans autre explication, dans un rassemblement de *seringueiros* * qui fêtaient je ne sais quel événement. Une trentaine de personnes étaient assises en rond autour de bouteille d'alcool et de touques de cachaza, l'eau-de-vie de canne. D'anciennes boîtes de conserve emplies d'un liquide rougeâtre circulaient de main en main. La beuverie allait bon train depuis longtemps car les sourires édentés et l'œil atone de mes voisins étaient déjà figés par l'ivresse.

On se poussa pour me faire place, on me tendit ma ration de bienvenue que je fis semblant de boire et un quidam se leva pour me faire un discours. C'était un métis en chapeau de feutre et poncho rayé de l'Altiplano qui devait servir de contremaître à ce troupeau de malheureux à peine échappés de la forêt. « *¡Excelencia!* me dit-il, nous sommes très honorés de votre visite, la France est un grand pays où abonde le caoutchouc et le général de Gaulle est un grand militaire qui a battu les Anglais et les Américains. Nous buvons à sa santé et à la vôtre! » Je levai ma boîte de petits pois et la renversai discrètement en la reposant. Je lui répondis en termes chaleureux qui soulevèrent des grognements de politesse, sans rectifier, bien entendu, les allégations osées de son discours.

* Cueilleurs de caoutchouc sylvestre.

Une jeune femme, tout aussi édentée que le reste de l'assistance et qui se disait institutrice, vint me prendre par la main et me guida vers un bâtiment devant lequel stationnait un camion. « Le colonel vous attend », me dit-elle avec le plus avenant des sourires. De fait, un officier supérieur d'énorme corpulence ne tarda pas à apparaître. Il avait été prévenu de mon passage par l'état-major de La Paz, me dit-il, mais il venait tout juste d'arriver car il avait dû refaire un pont sur la piste et charger des colis. Comme le soir s'annonçait, nous reprîmes immédiatement la route. Il occupait à lui seul les trois quarts de la cabine et je me partageais le reste avec le chauffeur, tandis que mon serviteur, Juan, se prélassait librement à l'arrière, sur des ballots de cotonnades. Le trajet fut interminable et disloquant, la nuit nous rattrapa à mi-chemin, le gros colonel s'endormit et s'effondra sur moi. J'étais si oppressé et moulu que je souhaitais que la portière s'ouvrît brusquement pour nous déverser dans la nature. Enfin, après quelques heures de supplice, les phares de notre camion éclairèrent les premiers baraquements de Cachuela Esperanza. Le colonel, enfin réveillé, me laissa devant l'un d'eux où veillait un soldat.

Cette immense construction de bois était déserte et sentait l'abandon, une chandelle brûlait auprès d'un lit de camp, une chaise de fer et un meuble bancal complétaient le décor. Juan entreprit une longue conversation avec le militaire et obtint une natte pour dormir et un seau d'eau. Le plancher était disjoint et la poussière épaisse; j'explorai les alentours avec ma lampe de poche, dérangeant quelques énormes araignées noires et velues à l'affût et provoquant l'envol silencieux de petites chauves-souris que Juan, effrayé, me dit être les *vampiros*. Nous tendîmes nos moustiquaires de voyage et passâmes une nuit sans alerte. Au petit matin, le soldat reparut avec un bouteillon de café, des pâtisseries et un carton d'invitation du colonel qui me conviait à prendre un apéritif chez lui, vers les onze heures.

En attendant les mondanités, nous partîmes à la découverte de la ville, une version exotique de la Belle au Bois dormant. L'ancienne capitale du caoutchouc sylvestre, le royaume de Don Nicolás Suárez, monarque de l'or blanc, était lentement déglutie par la forêt ; les lianes et les branches pénétraient par les toitures, les racines soulevaient la chaussée, un philodendron géant traversait la cabine de projection du cinéma et s'enroulait autour du vieil appareil rouillé. L'hôpital n'avait plus de fenêtres, les sanitaires brisés jonchaient le sol, l'hôtel était en ruine et les entrepôts délabrés. La vie n'était plus représentée que par une compagnie de soldats qui récoltait la *castaña* du Brésil, une énorme cabosse remplie d'amandes comestibles qui choit très dangereusement du sommet d'un arbre géant et que l'on ne peut cueillir qu'avec un casque d'acier. Le grondement de la rivière voisine, le Beni, qui abordait les premiers rapides, se fragmentait en mille échos sous les frondaisons. Un entassement de rails et de wagonnets rouillés marquait sur le rivage l'ancienne voie qui doublait les cataractes.

Le colonel m'attendait dans une maison encore indemne devant un assortiment de whiskies de contrebande, de boîtes de *maracuja* * brésilien et des fruits de la forêt. Parmi les quelques invités, se trou-

* Boisson nationale du Brésil faite avec le fruit de la Passion (*Coula edulis*).

vait un jeune lieutenant, frère du recteur Felipe Iniguez de l'université d'Oruro. Il commandait le poste de Villa Bella, au confluent du Beni et du Mamoré qui forment la Madeira, à trente-cinq kilomètres en aval. Il devait parcourir cette distance à pied à cause des rapides du fleuve et de la disparition du petit chemin de fer. Il me proposa de l'accompagner et me vanta l'intérêt du parcours en forêt, la magnificence de la flore et de l'avifaune. Il fallait une semaine pour l'aller et le retour. J'aurais bien fait cette excursion si la rotation bimensuelle du bateau de Riberalta me l'avait permis; malheureusement, le prochain départ était, en principe, dans quatre jours et j'avais un programme tendu à respecter. J'allai, par acquit de conscience, vérifier au débarcadère s'il n'y avait pas de changement dans les horaires. Le préposé ne fut pas très affirmatif mais il me confirma que si ce n'était pas dans quatre jours, ce serait dans cinq au plus tard.

En revenant pensivement le long du fleuve, je refis tous mes calculs de temps, sans dégager de solution. Les eaux étaient basses et de nombreux rochers émergeaient au niveau des rapides. L'idée me vint de sauter de l'un à l'autre pour atteindre deux énormes blocs de gneiss qui se dressaient à cinquante mètres du rivage. Quelle ne fut pas ma surprise, en parvenant à leur aplomb, de voir, perché sur le premier, un oiseau noir qui me contemplait sans bouger. Il avait la taille d'une corneille, une queue courte, un plumage d'ébène et un bec assez gros à la base mais long et sinueux. Il était bien campé sur ses pattes, le plastron bombé et penchait légèrement la tête de mon côté comme le font les freux. Son œil sombre et brillant me regardait. Je pensai aussitôt à l'oiseau sorcier des Callahuayas et à l'émoi qu'il avait provoqué chez les deux amis qui m'accompagnaient. Pourquoi était-il là et que me voulait-il ? Nous restâmes face à face, sans bouger, pendant cinq à six minutes, puis il s'envola vers la forêt. Quand je portai mon regard sur les deux pierres, je découvris que de nombreux signes solaires étaient gravés sur leurs parois et que l'un d'eux ressemblait étrangement au signe de Tanit. Le soir même, je fis dire au lieutenant Iniguez que je renonçais avec regret à mon voyage. Je ne sais pourquoi, je ressentais au fond de moi un inexplicable soulagement.

Le vieux bateau à aubes qui remontait le Beni étant arrivé dans le délai prévu, je m'embarquai avec Juan pour un voyage de trois jours. L'aménagement intérieur comprenait dans l'entrepont un vieux fourneau à bois couvert de marmites qui voisinait avec la machine du navire, le reste étant occupé par l'arche de Noé, les charges de vivres et les passagers de troisième classe qui somnolaient dans leur hamac ou leur poncho. Le pont supérieur, couvert d'un toit en zinc, abritait une collection de moustiquaires, une cabine de luxe, une douche, un lavabo et un w.-c. à claire-voie. La cabine de luxe me fut dévolue à cause de mon titre d'ambassadeur, qui impressionnait le capitaine, peu habitué, semblait-il, à transporter le corps diplomatique.

En fait de confort, les cloisons étaient disjointes, la fenêtre sans rideau, une grande peau de serpent anaconda faisait le tour de la pièce, quelques araignées hideuses avec un ventre blanc, gros comme un œuf de pigeon, se promenaient sur leurs longues pattes et les moustiques menaient des sarabandes à tous les vents du jour et de la nuit. Notre « steamer aux aubes cliquetantes » s'arrêtait fréquemment à des appontements de fortune pour s'approvisionner en bois. Les riverains apportaient du poisson séché, fort odorant, des oranges douces et des perroquets criards qu'ils tentaient de vendre aux passagers. Le spectacle le plus saisissant était celui du lever du jour. Le bateau s'ébrouait littéralement, les gens s'interpellaient et riaient fort en faisant leurs besoins en équilibre sur le bastingage, les grands aras poussaient leurs cris rauques, des vols d'oiseaux rasaient la surface du fleuve, le ciel se moirait de mille couleurs.

La haute berge de Riberalta nous apparut enfin au détour du fleuve, le bateau ralentit son allure et manœuvra pour accoster les quelques madriers mal équarris qui tenaient lieu de débarcadère. Tous les passagers sautèrent à terre en se bousculant comme s'ils échappaient à un naufrage. Ma petite cantine métallique et mon sac postal arrimés sur la tête de Juan dérivaient au-dessus de la foule et je me laissai emporter par le flot humain qui escaladait déjà la terrasse fluviale.

L'agglomération, dont on me dit qu'elle dépassait trois mille cinq cents habitants, était tracée comme une ville militaire avec un quadrillage de rues se coupant à angle droit. Les constructions de torchis ou de boue séchée étaient recouvertes de nattes de palmier ou de tôles peu galvanisées que la rouille dévorait. Les rues avaient l'aspect de plates-bandes de gazon où serpentaient les sentiers filiformes des piétons et des cavaliers. Les magasins eux-mêmes semblaient surgir de la prairie. Des animaux, bœufs, chevaux, cochons, volailles, y pâturaient ou s'ébattaient en liberté aux abords. Les maisons et les échoppes étaient entourées de barrières de bois pour empêcher probablement les bêtes d'entrer. Devant les portes, une claie, faite d'une poutre de bonne taille fixée sur deux robustes potelets, servait à attacher les montures des visiteurs. Les quelques véhicules automobiles, amenés sans doute par avion, par bateau ou en pièces détachées, étaient parqués sur la place centrale fait de terre de termitière grise et d'argile battue. Quelques bâtiments, construits en briques cuites ou en agglomérés de ciment, abritaient les boutiques européennes et les services publics.

Une mission catholique américaine imposante, dirigée par les pères de Maryknolles, servait à la fois d'hôpital et d'établissement religieux. La population semblait très mélangée, comme il est de règle dans les marches de l'Amazonie brésilienne. Tous les types s'y superposaient depuis les Syriens et les Libanais, les Italiens, les ressortissants d'Europe centrale, les Suisses, les Tchèques, les Polonais et les Indiens aux morphologies variées venant de l'Acre, du Rondônia ou du Madre de Dios.

Je n'étais attendu par personne mais Don Nicomedo Suárez m'avait donné l'adresse d'un posada appartenant à une de ses cousines. Je m'enquis donc, auprès d'un factionnaire en tenue militaire qui surveillait le troupeau d'arrivants, de l'emplacement de cette hostellerie. « La posada Blanchi sans doute ? me dit-il. Remontez la rue principale et tournez à gauche quand vous serez au poste de police. » Comme Juan s'était renseigné de son côté, nous arrivâmes sans encombre à l'auberge. C'était un baraquement en planches comportant une vaste salle parsemée de tables, de chaises, de bacs à fleurs emplis d'héliotropes et de jasmins odorants. La gérante, une chola plantureuse aux cheveux gris, nous accueillit avec un air lassé et nous désigna un couloir sombre où se trouvaient les chambres. La pièce qui me fut dévolue comportait un lit métallique à moustiquaire et un fauteuil défoncé. Elle donnait directement sur la rue d'où montait un brouhaha de voix. Une lampe à pétrole sur un guéridon bancal et un pot de chambre de grande dimension complétaient l'ameublement. Par la porte-fenêtre entrebâillée, j'aperçus un groupe d'adolescents, filles et garçons confondus, qui s'agitaient sur la chaussée. Juan partit aux nouvelles et revint aussitôt. « Ce sont des étudiants qui veulent vous saluer, dit-il. Ils réclament l'ambassadeur de France. » Des étudiants ? « Mais comment savent-ils que je suis là ? » Je m'avançai sur le pas de la porte. « Bonjour, monsieur l'ambassadeur », dirent en chœur et en français les visiteurs.

Deux jeunes filles s'approchèrent et me remirent une brassée de fleurs d'hibiscus. « Nous sommes les élèves de Don Andrés, du collège Kramer », expliquèrent-elles. Je les embrassai pour les remercier et, aussitôt, tous les timbres de voix réunis me précisèrent qu'ils suivaient le cours de français, et qu'ayant appris mon passage, ils étaient heureux de m'accueillir au nom de leur professeur et du principal du collège.

Le jour suivant, dès la première heure, je me mis en quête de ce mystérieux établissement si admiratif de notre culture. Le collège Kramer m'était inconnu et je savais par ailleurs, pour l'avoir vérifié à mon départ sur les registres consulaires, qu'il n'existait aucun ressortissant français à Riberalta. Je découvris sans trop de peine cette Sorbonne amazonienne qui se présentait comme un énorme entassement de cases de terre et de toits de paille. La porte était gardée par un concierge indien, armé d'une lance, qui me pria d'attendre le directeur. Celui-ci, un métis très corpulent, apparut sur-le-champ, se jeta dans mes bras, m'étourdit d'*abrazos* et de souhaits de bienvenue et me conduisit à son bureau. Il me dit, après avoir évoqué un certain nombre de saints et de bienheureux du Paradis, combien il était honoré de ma visite et s'excusa de la rusticité de son accueil. Il savait que j'avais reçu ses élèves la veille au soir, « de bons petits » qui parlaient à merveille le français, grâce au dévouement d'un de mes compatriotes, Don Andrés, qui était la providence du collège. Je m'enquis de l'équipement pédagogique de l'établissement, afin de le compléter par l'envoi de quelques dictionnaires et ouvrages spécialisés. Je lui demandai enfin de faire part à Don Andrés de mon désir de le rencontrer le lendemain à midi, à la posada Blanchi. Le señor Rochas, c'est ainsi qu'il s'était présenté, m'adressa encore un flot de civilités et appela la bénédiction du ciel sur la France et son représentant. Je profitai de la matinée pour effectuer les visites de rigueur, à l'alcade, au commandant militaire, à la maison suisse Ecker et aux autorités civiles et religieuses.

Le lendemain à midi, je m'installai dans la salle de l'auberge devant une bière détestable pour attendre mon invité, dans un concert de perroquets, de toucans et de loris piailleurs. A midi et quelques minutes, une haute silhouette s'encadra dans la porte, chercha quelques instants du regard dans la pénombre, et se dirigea vers moi.

C'était un personnage grand et mince, aux environs de la soixantaine, vêtu d'un bleu de chauffe et coiffé d'un chapeau de paille. Ses cheveux blancs encadraient un beau visage buriné aux traits fins qui me rappelèrent tout à coup quelques masques célèbres d'acteurs américains comme Gary Cooper ou Henry Fonda. Ses yeux, à l'iris d'un bleu si pâle que la pupille y semblait plantée comme une épine, donnaient à son expression quelque chose d'étrange et d'attirant.

« C'est vous l'ambassadeur français ? me demanda-t-il. On n'en voit pas souvent par ici, alors vous comprenez !... »

Je n'avais rien à comprendre sinon qu'il fallait l'inviter à s'asseoir. Je lui offris à boire, un demi de bière qu'il considéra d'un air apitoyé.

« Ça ne vaut rien, cette cochonnerie », me dit-il.

Il était d'un laconisme rare et ne s'exprimait qu'en espagnol. J'entrepris de le dégeler.

« Comment dois-je vous appeler ? Don Andrés ou autre chose ? On m'a dit que vous étiez français.

– Bof ! je me demande ce que je suis et même ce que je fais, répondit-il, d'ailleurs, ça n'a aucune importance. »

Quelque chose m'intriguait dans son castillan : sa langue était correcte mais il avait une intonation étrangère, des *r* peu appuyés et un peu grasseyants, des *o* trop fermés et des élisions de voyelles finales qui me rappelaient, à moi occitan, les parlers du nord de la Loire.

Oui, les écoliers qui m'avaient salué étaient « des bons p'tits gars ». Voilà le français qui apparaissait, suivi par « on se débrouille » qui ne venait pas du Guadalquivir. Je lui proposai de partager mon déjeuner pour avoir le plaisir de trinquer avec lui. J'avais, dans mes bagages, un cognac Voltner de bonne cuvée. Il sembla intéressé mais il n'avait pas prévenu sa « bourgeoise » et il préférait venir le lendemain. Nous abordâmes incidemment ses occupations d'enseignant et l'aide que je pouvais lui apporter. Il s'était un peu réchauffé, mais on percevait toujours, au fond de lui, des froideurs de marbre et des réticences de principe.

7

Le jour suivant, il fut exact au rendez-vous et me parut plus confiant. Il se mit à parler français en trébuchant sur certains mots et son accent se fit plus faubourien. Je ne le brusquai pas et lui versai une bonne rasade de cognac. Il la savoura longuement et, sans détourner l'œil du liquide ambré, il dit tout à coup :

« C'était le plaisir de mon père. Le pauvre homme, tous les dimanches, il mettait son meilleur costume et allait chez Petit Jean, le bistrot qui se trouvait en face de notre garage à Nogent, il commandait un cognac et fumait un cigare demi-londrès. C'était sa façon à lui de se décrasser de toutes les saletés de la semaine et des tracas que lui donnait son affaire. » Il fit une longue pause. « Ce n'était pas facile, vous savez, pour un petit ouvrier de s'établir comme garagiste à une époque où l'on ne savait pas encore qui gagnerait, du fiacre ou de l'automobile. Si je vous dis tout ça, fit-il en relevant le nez, c'est parce que je vous trouve une gueule sympathique, j'ai connu tellement de salauds dans ma carne de vie que je reconnais tout de suite les braves gens. Vous, par exemple, vous êtes un honnête homme et ça se voit, ce n'est pas parce que vous êtes ambassadeur que je dis ça, de toute façon, moi vous savez les ambassadeurs... vous êtes le premier que je rencontre. Et puis qu'importe, je sais que je peux avoir confiance en vous. Alors, même si c'est un peu long, je vais vous raconter mon histoire. »

Il reprit son souffle comme s'il cherchait ses mots et se lança.

« Je suis né en 1900 à Nogent-sur-Marne, dans une famille d'ouvriers mécaniciens. A force de travail, mon père avait acheté une ancienne remise et on vivait juste au-dessus, dans trois pièces, avec ma mère et mes deux sœurs. Un à un, les tilburys et les phaétons avaient fait place aux de Dion-Bouton et aux Renault. L'argent rentrait difficilement, mais on était suffisamment à l'aise pour m'envoyer au collège. La guerre de 1914 a éclaté à nos portes et le général Gallieni a réquisitionné tous les véhicules pour porter les soldats au front. Mon père a suivi les troupes car il n'avait plus rien dans son garage et les mécaniciens étaient indispensables aux armées. Ma mère m'a retiré du collège à quatorze ans pour me faire bricoler à l'atelier, j'avais vu travailler mon père et les ouvriers et je savais faire un dépannage et tourner une pièce. Les quelques sous que je gagnais aidaient à faire bouillir la marmite. En 1917, mon père, gazé au Chemin des Dames, est revenu à la maison en crachant ses poumons et en se traînant comme une épave entre son lit et son établi. L'armistice de 1918 est arrivé avec mes dix-huit ans et mon appel sous les drapeaux. J'ai été affecté à Sedan pour le déminage des champs de bataille, le ramassage des morts et la cueillette des millions d'obus perdus dans les fondrières.

« Pauvre classe 1918-1919. Aucune gloire pour elle. On était marqués à vie comme “ bleusaille ”, comme esclaves de la pelle et des cercueils, les récits héroïques étaient pour les autres, les bleu horizon, la liste de toutes les batailles résonnait à nos oreilles comme un rappel. Comment sortirions-nous jamais de notre adolescence ? De plus, on nous avait oubliés. 1919-1920-1921, trois années de service, presque quatre, tant la tâche était immense. Enfin, au début de 1922, la quille s'est annoncée et chez tous les Parisiens, les plus rouspéteurs et les moins dociles, ç'a été une sacrée nouvelle.

« Allez les gars, c'est la quille, ça s'arrose ! Et nous voilà partis dans les bistrots, sans nous soucier de démobilisation, de permissions. De verre en verre, la tension a monté et un nommé Pierret, de La Ferté-sous-Jouarre, a proposé d'aller à Mézières... Il paraît qu'il y a un bordel formidable avec des filles, je vous dis que ça ! On a sauté, à moitié saouls, dans le premier train et nous voilà dans les Ardennes. Je ne sais plus ce qu'on a fabriqué mais le soir suivant, on s'est retrouvés dans un café du centre ville, un peu dégrisés et sans un sou en poche.

« Dites les gars ! il serait temps de rentrer à Sedan, on est en uniforme, sans papiers, sans permission, si on se fait ramasser par une patrouille, on va nous traiter de déserteurs. Mais voilà, il faut prendre les billets et : Tu as des sous, toi ? Non ! pas un ! Alors qu'est-ce qu'on fait ?

« Écoutez ! on va piquer cent balles dans la caisse du café. La caissière était devant nous, tilt, tilt, le tiroir allait et venait. Toi tu feras le guet et quand tout le monde sera sorti, tu donneras le signal, on lui sautera dessus quand elle fera ses comptes, on prendra une poignée de billets et on disparaîtra dans la ville. Rendez-vous à la gare!

« J'ai été désigné comme guetteur et la veillée a commencé. La pendule n'avançait pas. A dix heures et demie toutefois, la salle m'a semblé vide. La caissière comptait son argent. Allez-y, les gars! Mes quatre copains lui sont tombés dessus, et elle s'est mise à hurler. Du coup, des clients que je n'avais pas vus, qui comptaient leurs points de belote dans un coin de la salle, se sont levés et la bagarre a commencé, coups de bouteilles, glaces cassées, un charivari de tous les diables et voilà qu'une patrouille militaire qui passait par là est entrée dans la salle. Les soldats voulaient la tuer et lui voler la caisse, ont hurlé les témoins.

« Les soldats! quels soldats? qu'est-ce que c'est que ces numéros? c'est pas un régiment d'ici! Vos permissions, vos livrets? Rien! C'est une bande de déserteurs qui font les mauvais coups dans la région. Arrêtez-moi tout ça! Et je me suis retrouvé pieds nus et sans capote avec une belle estafilade sur le front, au fond d'un cachot, à la caserne.

« A partir de là, tout a basculé. Cette aiguille verticale de dix heures trente, qui me faisait face, avait donné le départ d'une autre destinée. On nous a appris qu'à Sedan, la démobilisation était intervenue dans les heures qui avaient suivi notre départ, c'était donc comme civils que nous avions fait notre coup. Bref, trop heureux de se débarrasser de nous, les militaires nous ont transférés dans la prison civile et on a été inculpés d'attaque à main armée, d'association de malfaiteurs, de coups et blessures, que sais-je encore. On nous a oubliés pendant longtemps, des mois, une année, peut-être? et quand on nous a traduits devant les assises des Ardennes, on nous a désigné d'office un jeune avocat débutant qui s'est emmêlé les pieds, et le jury, composé de petits boutiquiers pour qui la caisse était le Saint-Sacrement, nous a condamnés à dix ans de travaux forcés. Je n'avais eu aucune nouvelle de ma famille sinon que mon père était mort. Et puis qui pouvait s'occuper d'un condamné au bagne ? Je suis donc parti avec mes copains pour Saint-Martin-de-Ré, avec mon sac, mon bonnet de forçat et mes chaînes, puis j'ai été embarqué sur le *La Martinière* et transféré au bagne de Cayenne, à Saint-Laurent-du-Maroni.

« Ce qu'a été ma vie dans cet enfer n'a pas beaucoup d'importance et je vous ferais perdre votre temps. On a écrit beaucoup de livres là-dessus. J'ai mis plusieurs années à comprendre ma déchéance et, au bout de cinq ans, l'idée de m'évader m'a habité tout entier. Ma santé était si robuste que je n'avais aucune chance d'être transféré à l'île Royale dont on disait que les évasions auraient été faciles si les taulards qu'on y transférait n'avaient été moribonds. Je résolus d'être malade pour mériter ce paradis. Je me suis porté volontaire pour la construction de la route coloniale numéro un dans l'Inini et comme il fallait un mécanicien pour conduire le rouleau à vapeur, j'ai été choisi sans difficulté. Une fois à pied d'œuvre, j'ai mangé le moins possible et jeté mes comprimés de quinine pour aggraver mes crises de paludisme. Je n'ai pas tardé à être secoué par la fièvre et, en pleine transpiration, je me plongeais dans l'eau froide de la rivière pour m'affaiblir encore. Au bout de quelques mois, je suis devenu d'une maigreur effrayante et on m'a trouvé si faible qu'on a décidé de m'hospitaliser. C'était une chance car la décision était souvent prise de précipiter votre mort pour faire de la place. Bref, un médecin plus compréhensif a obtenu mon transfert à l'île Royale où ma santé s'est rétablie rapidement.

« Quelques mois plus tard, j'ai même réussi à me faire affecter au service des cuisines. Là, j'ai préparé discrètement mon évasion. Il me fallait d'abord trouver de l'argent, des armes et un ou deux amis de confiance pour tenter l'aventure. Le premier que j'ai informé de mes projets était un bagnard d'origine italienne, Carlo, préposé à l'achat des boîtes de lait condensé pour la consommation de l'hôpital. En mouillant la ration quotidienne, il mettait de côté une boîte sur trois et la recomptait dans les écritures du bagne pour empocher la différence. Il m'a associé à son trafic et bientôt, on a eu une cagnotte rebondie. Comme il était très organisé, il avait aménagé une cachette en ville où il dissimulait deux fusils et deux revolvers qu'il avait soit subtilisés au magasin des prises ou volés à des contrebandiers. Notre plan était de fuir par la mer et de nous diriger au sud vers le Brésil. Le bagne utilisait un petit bateau pour pêcher au large du port. Il était monté par quatre vieux prisonniers de confiance qui passaient tous les soirs à la même heure devant le musoir de la jetée et lançaient au douanier de service un signal de routine auquel celui-ci répondait par un signe de la main. Or deux des bateliers étaient tombés malades et deux candidats à l'évasion étaient parvenus à se faire désigner à leur place. Ils avaient préparé soigneusement leur départ mais se sont aperçus que les deux autres étaient trop vieux et peu fiables. C'est alors qu'ils nous ont proposé, à Carlo et à moi, de nous dissimuler à bord, pour les aider, une fois au large, à les neutraliser et à filer cap au sud. J'étais très inquiet car je ne connaissais pas la mer et mon camarade se sentait trop désarmé pour une telle aventure. On a partagé la cagnotte, dissimulé les billets dans un pan de nos casaques, rassemblé quelques hardes et trouvé un prétexte pour aller en corvée sur le port. On a réussi, sans trop de peine, à atteindre la barque de pêche qui était prête à partir. Nos deux amis étaient déjà à bord. En un clin d'œil, on s'est cachés, avec nos petits sacs, sous les filets à l'arrière et quand les deux anciens sont arrivés, le bateau a déhalé et hissé sa voile. En passant devant le musoir, l'un d'eux, selon la coutume, a lancé son appel au douanier, mais celui-ci avait été remplacé par un jeune Corse arrivé la veille, à qui on avait oublié de passer la consigne. La nouvelle recrue a braqué son fusil et nous a fait signe de stopper. Le bateau était emporté par le courant de jusant et n'abattait pas sa voile. Le douanier a tiré un coup de feu et déclenché l'alerte. Aussitôt la vedette de la gendarmerie s'est mise à notre poursuite. Instinctivement, on a glissé dans l'eau, plongé pour nous dégager et rejoint à la nage le rivage qui n'était pas encore trop éloigné. La police a arraisonné le bateau et découvert la réserve d'eau, les provisions et la boussole qui établissaient la tentative d'évasion. On l'avait échappé belle. On a regagné nos baraquements à la faveur du crépuscule, et personne n'a appris notre escapade. De nouvelles mesures de sécurité ont été établies et notre évasion devenait de plus en plus hasardeuse.

« Carlo est revenu un matin fort excité de son marché et m'a dit : “ La lune se lèvera à onze heures, ce sera pour ce soir. J'ai loué une barque à deux nègres, tout est prêt, l'eau et les vivres sont à bord. Ils nous conduiront jusqu'aux parages de l'Oyapock et de là, on avisera. Ça fait dans les quarante-deux milles et si les vents du nord-est se maintiennent, c'est l'affaire de la nuit. "

« A la tombée du jour, on est sortis du bagne par l'égout des cuisines. On connaissait bien les lieux mais on a perdu beaucoup de temps, d'autant plus qu'on avait dû refaire notre sac et récupérer les armes déposées en lieu sûr. Finalement, il faisait nuit noire quand on a atteint le village des pêcheurs. Un bateau nous y attendait avec les deux Noirs, mais on distinguait mal les contours de la coque. Les deux pêcheurs ont insisté pour recevoir une nouvelle avance d'argent, ce qui a paru suspect à Carlo. " Reste à terre avec le sac et les flingues, me dit-il, je vais voir si tout est en ordre. " A peine avait-il franchi le bordage que le bateau est parti comme une flèche, tiré à force de rames par quatre robustes nègres qui s'étaient dissimulés dans l'ombre. Il a filé droit sur les récifs et s'est brisé sur le premier rocher. J'ai entendu le fracas et me suis demandé ce qu'il était advenu de mon ami. Je n'osais pas bouger de place et comme tout le monde avait disparu, j'ai passé la nuit aux aguets. A l'aube, Carlo s'est présenté, ruisselant, transi de froid et d'une humeur de dogue. " Cache-toi dans ce petit carré de canne à sucre et attends-moi, il nous reste quand même le sac et les armes. " Il a pris les deux revolvers et disparu comme il était venu. J'ai passé ma journée à épier le moindre mouvement, par crainte des patrouilles, car notre fuite avait été certainement découverte et l'alerte donnée. Non loin de moi se balançait une chaloupe bien gréée, avec sa charge de filets, prête, semblait-il, à prendre la mer pour la pêche de nuit.

Comme par magie, Carlo, poussant deux nègres au bout de ses pistolets, se dirigeait vers le bateau. On avait eu la même idée. J'ai sauté sur ses traces avec mon fourniment et, en un clin d'œil, on était à bord.

« Sortir à la tombée du jour, avec une chaloupe de pêcheur immatriculée à Cayenne et deux Noirs bien apparents, était un jeu d'enfant. Les deux laptots terrorisés ont hissé la voile sous la menace de nos armes et, le jusant aidant, on était bientôt au large. Carlo a mis la barre cap au sud. Il m'a raconté alors que, fou de rage, il avait fait irruption, revolver au poing, chez nos deux passeurs qui comptaient paisiblement leur prime en riant du bon tour qu'ils avaient joué aux Blancs. Il les avait menacés de leur faire sauter la cervelle et les avait conduits directement jusqu'à cette barque qu'il avait repérée.

« Les îles Rimire ont été doublées, l'embarcation tenait bien au vent et, au petit jour, on a vu la montagne d'Argent par tribord. On appelait ainsi cet escarpement qui domine la baie de l'Oyapock. Les vents du large retroussant les feuilles des caféiers plantés sur ses pentes lui donnaient un éclat argenté que les navigateurs connaissaient bien. En face, de l'autre côté de l'estuaire, apparaissait le cap Orange et la côte brésilienne. “ Ce bateau ne vaut pas cher, a dit Carlo, mais nos deux marins connaissent la voile, il y a un peu d'eau à bord et un sac de riz. *Avanti* pour la liberté ! ”

« Les deux jours suivants ont été sans histoire mais, le troisième, une sorte de grand caïque à deux mâts et aux voiles rapiécées est venu se placer en travers de notre route. A la vue, sans doute, des tenues de forçat que nous avions conservées, on nous a intimé l'ordre de stopper. “ Nous savons que vous êtes des forçats évadés de Cayenne, nous dirent-ils au porte-voix, nous avons l'ordre de vous ramener. " On a brandi nos armes en criant : " Dans ce cas, il faudra venir nous chercher ", et on a tiré deux balles dans le fanal de proue. L'équipage n'a pas répondu. Il s'agissait sans doute de contrebandiers, faiblement armés pour ne pas risquer la saisie de leur bâtiment en cas de visite des gardes-côtes. Le porte-voix a repris : " Si vous avez de l'argent, nous vous conduirons où vous voudrez, vous pourrez garder vos armes. " L'affaire méritait réflexion. La mer avait grossi, Belém était encore à quelque trois cents milles, soit plus d'une semaine par bon vent, notre chaloupe et nos provisions ne tiendraient pas jusque-là. Ce caïque était plus rapide, mais le danger était grand de nous faire dépouiller, de nous voir débarquer sur un banc de sable mouvant où périssaient engloutis la plupart des bagnards capturés sur les côtes brésiliennes. Tant pis, il valait mieux prendre un risque que mourir affamé sur la mer. On a négocié, pour une poignée de monnaie, et finalement, laissant notre barque et nos nègres à leur destin, on est montés à bord, le fusil à la main, prêts à vendre chèrement notre peau. On nous a désigné un petit coin sur le gaillard d'avant, le dos au bordage et après avoir reçu l'argent, le capitaine nous a envoyé une cruche d'eau. La première nuit, on a veillé à tour de rôle pour éviter tout coup de main. Le lendemain, on n'a eu ni eau, ni nourriture. Le second jour, on a acheté à prix d'or un peu d'eau et une écuelle de haricots rouges. Le troisième jour, on a bu notre urine, mais le quatrième, un miracle s'est produit.

« Depuis le matin, la mer était devenue plus trouble et des rides jaunes d'écume s'effilaient sur les vagues. Il n'y avait pas de doute, on approchait des bouches de l'Amazone. L'équipage semblait d'ailleurs joyeux. Le caïque a mis le cap à l'ouest et bientôt, une île verte est apparue, puis une deuxième, puis un dédale de canaux et enfin, on a abordé à une petite estacade perdue dans la verdure; c'était la base des contrebandiers. Ils nous ont laissés sous la garde de deux *caboclos* armés de vieux fusils et sont partis vers la terre d'où montaient des fumées bleues et des odeurs de viande grillée. Deux autres caïques se balançaient près de nous, aussi vides que le nôtre. Il n'y avait pas de doute, un grand " boucan " se préparait en l'honneur de la flibuste ou de quelque saint inconnu.

« Le miracle s'est produit sous la forme d'une petite goélette qui est venue se ranger sur notre flanc. Quand la grand-voile s'est abattue, on a découvert quatre bagnards en casaque, attachés au pied du mât et, sur les crânes des malheureux, les chapeaux de paille de Saint-Laurent-du-Maroni. Les pauvres chiens, ligotés, étaient sous la garde de deux grands escogriffes armés de Winchester. Quand l'équipage a débarqué, j'ai sifflé doucement la sonnerie du réveil et me suis dressé, le fusil à la main, sur le bastingage. Tous les regards des captifs se sont tournés vers moi et je leur ai lancé mon couteau de cuisine que je dissimulais depuis si longtemps dans la jambe de mon pantalon. En un clin d'œil, ils ont tranché leurs liens et bondi sur leurs gardiens pris de court, qu'ils ont assommés et désarmés. On en a fait autant avec les nôtres et en un éclair, six hommes, armés jusqu'aux dents, se sont trouvés au coude à coude sur le pont du caïque. Affolés, les équipages, qui étaient à terre, ont accouru pour prendre leurs armes. On en a abattu quelques-uns au passage. La fusillade a été rude mais n'a pas duré et bientôt, comme on a été plus féroces que des tigres, on s'est rendus maîtres des lieux. Une trentaine d'hommes qui s'étaient rendus furent solidement attachés aux arbres. On a incendié les deux caïques par mesure de sécurité et les viandes nous semblant cuites à point, on s'est jetés dans un festin démoniaque qui nous vengeait de toutes les privations du passé. Au petit jour, alors que les vapeurs de la nuit se dissipaient, on a choisi parmi nos prisonniers de quoi faire un équipage pour la goélette qui nous semblait la plus sûre et la plus rapide. Elle était gréée en foc et trinquette et sa grand-voile était en bon état. Sous la menace de nos armes, les manœuvres ont été rapides et on s'est retrouvés, quelques heures plus tard, dans le lit majeur de l'Amazone, en face de Marajo ; une sorte de mascaret nous a poussés vers Belém où on est arrivés à la nuit. Profitant de l'obscurité, on a glissé notre embarcation dans le port et on l'a abandonnée à son équipage avec nos fusils pour tout salaire.

« Une fois à terre, chacun pour soi et Dieu pour tous. Je me suis retrouvé avec Carlo dans une maison close du quartier des prostituées. Ces dames étaient généreuses, elles nous ont procuré des habits sommaires et des chapeaux de paille mais après deux jours, il a fallu veiller sur nos économies et chercher à nous tirer d'affaire. Comme d'habitude, Carlo a été le plus malin. Il a trouvé un poste d'aide-comptable dans une fabrique de chaussures italiennes. Je ne parlais pas le portugais et je ne savais où m'adresser. Tandis que je traînais dans la rue à la merci de la première patrouille de police, deux sœurs de charité en cornette sont passées à ma hauteur : elles parlaient français. Je les ai accostées avec humilité et dans mon langage le plus choisi : “ Pourriez-vous me conduire chez votre supérieure ? Je suis un Français de passage complètement perdu. ” Les deux braves filles m’ont considéré avec sympathie et m’ont accompagné jusqu’à leur couvent. Devant la mère supérieure, j’ai pris le parti de la sincérité et je lui ai dit qui j’étais et quel était mon problème ; elle m’a cru et m’a proposé de rester quelques jours comme aide-jardinier de la maison. J’ai fait un brin de toilette et me suis aperçu que ma prestance plaisait à la communauté.

« Je ne voyais plus autour de moi que sourire et indulgence et je m’apprêtais à couler quelques jours heureux lorsque ma protectrice, inquiète, m’a convoqué. “ Mon enfant, dit-elle, la police est à la recherche des bagnards français récemment débarqués. L’un d’eux, qui avait été engagé comme comptable dans une fabrique italienne, s’est enfui en emportant la caisse. Si nous étions dénoncées et convaincues de vous avoir hébergé, le scandale rejaillirait sur notre maison, ce que je ne peux permettre. ” Toutefois, devant mon embarras, elle a ajouté : “ J’ai parlé de votre affaire à notre bienfaitrice, la femme du consul de France. Peut-être pourra-t-elle faire quelque chose ! ” Pauvre consulesse ! Quand elle en a parlé à son mari, celui-ci a poussé les hauts cris : “ Un bagnard évadé ? Mais je dois le faire arrêter immédiatement par la police brésilienne. ” Sans doute a-t-elle plaidé ma cause avec conviction, car elle m’a apporté la réponse suivante : “ Mon mari ne peut rien pour vous mais un de ses collègues, qui a acheté une mine d’or sur un affluent du rio Tapajós, est prêt à délivrer un passeport suisse à quiconque voudra devenir gérant de son affaire. ”

« Chercheur d'or ? Pourquoi pas! J'en avais connu quelques-uns dans l'Inini; ce n'était pas la fortune mais, tout de même, un passeport suisse méritait réflexion. J'ai accepté et c'est ainsi qu'après avoir recueilli de confuses consignes et un maigre pécule de mon commanditaire, je me suis embarqué pour l'Amazonie.

« Je devais débarquer à Itacoatiara, prendre la Madeira jusqu'à Nueva Olinda et de là, remonter par le rio Canuna jusqu'à Terra Preta. »

Je me perdais corps et bien dans sa géographie, mais on aurait cru qu'il naviguait encore sur sa pirogue dans les dédales de la selve. Je lui versai une deuxième rasade de cognac et sans se soucier de moi ni de l'heure, il continua d'écouler, comme une fontaine, son trop-plein de souvenirs. Son regard si clair semblait avoir déserté son orbite, ses deux mains ouvertes étaient posées sagement sur la table, de part et d'autre du verre d'eau-de-vie. Il poursuivit, inlassable :

« Je devais trouver, au débarcadère, un péon nommé Mateo qui m'aiguillerait dans ces méandres, mais comment le découvrir dans le bourbier humain des bords du fleuve. Je suis entré dans tous les débits de cachaza et je criais à pleine voix : " Mateo ". De nombreux grognements me répondaient mais ce n'étaient jamais les bons. Finalement, je l'ai déniché comme toujours, dans le dernier tripot. C'était un caboclo du Ceara, borgne et dépenaillé, ivre au dernier degré, qui m'a demandé en bredouillant de lui donner de l'argent. Je ne parlais pas le portugais, ni l'espagnol, mais avec quelques mots de français et d'italien, je suis parvenu à comprendre qu'il était le gérant du placer de Terra Preta. Il m'a remis une liste d'achats à faire et m'a entraîné dans un bouge où il passait ses nuits. On a acheté du sel, du pétrole, des allumettes, de la viande séchée, de l'huile et deux sacs de farine qu'on a logés tant bien que mal dans sa *curari* au débarcadère. Le troisième jour, il a amené un péon qu'il venait d'embaucher et on est partis. Le voyage a duré une semaine et a été épouvantable; il pleuvait et les eaux ne cessaient de monter, la forêt déversait sur nous des nuées de moustiques et des paquets de sangsues, on mangeait quelques fruits et du poisson frais acheté dans les villages de pêcheurs. A tour de rôle, on dormait dans le canot sous une bâche enduite de lait de caoutchouc.

« Terra Preta était un hameau de quelques cases désertes bâties sur une langue de vase noire. Une d'elles portait un écriteau sur lequel on déchiffrait : " *Central amazonian placer* ". C'était le bureau de notre affaire, une sorte de hangar sur pilotis qui servait de remise au matériel, de magasin d'approvisionnement et de maison d'habitation. Le chantier était situé à un bon kilomètre de là, dans une clairière d'alluvions; un arroyo qui permettait le lavage des terres traversait le placer. La production d'or était faible, m'a dit Mateo : deux grammes par mètre cube et comme le sluice était délabré, il fallait concentrer les graviers à la batée. Tout semblait abandonné. Dans la hutte ruisselante qui servait d'abri, deux péons fiévreux venaient de se réveiller pour nous accueillir. Trois années de ma vie, j'ai pourri dans ce nouveau bagne, trois années d'enfer, dit mon conteur en relevant la tête pour avaler d'un geste sec son verre de cognac.

« La galère de l'or, vous connaissez? Quelques grammes tous les jours et le soir, une pépite un peu plus grosse pour nourrir l'espoir du lendemain. La hantise du petit sac de cuir où l'on met la récolte et qu'il faut garder autour du cou pour que personne ne le dérobe, le problème de savoir ce que trafiquent vos compagnons et surtout celui qui veille sur vous pendant votre sommeil. Il y a également la promiscuité et la désespérance dans les soirs étouffants au bord des marécages et les odeurs de la forêt, ces mille senteurs qui se mêlent entre elles, au gré des rares brises et qui vous oppressent et vous entêtent. Certains jours, venait de la rivière un étrange parfum qui me rappelait l'odeur des tilleuls de Nogent, dans les soirées de juin, quand s'éclairent les guinguettes tout le long de la Marne. Un immense chagrin montait alors dans ma poitrine, le souvenir des miens qui avaient disparu depuis si longtemps, le visage oublié d'un copain et les groupes de jeunes filles qui passaient en riant sur la place de l'église, quand j'avais dix-huit ans. Elles me brûlaient la chair, ces filles, moi qui avais connu si peu de femmes et qui vivais dans un univers de loques humaines puant le suint et la misère. Parfois, il me venait à l'esprit d'en finir avec la vie, quand l'aiguille de la pendule, fixée sur dix heures trente, venait me visiter. Cette aiguille de malheur qui avait décidé, sans raison, de mon destin. Je me disais que si j'étais resté à Cayenne, j'aurais bientôt fini ma peine et retrouvé la liberté. Mais quelle liberté ? Quel emploi ? Un bagnard reste toujours marqué au fer. Aux premières lueurs de l'aube, les cauchemars de la nuit disparaissaient et je repartais comme une bête de somme sur le chantier.

« Au terme des trois ans, je suis retourné à Belém avec trois kilos d'or. Je croyais détenir une fortune, mais les salaires des ouvriers, les fournitures de matériel et les frais divers avaient dévoré par avance tout le produit de la vente. En fait, je devais encore de l'argent à mon patron, mais s'il était canaille et s'il m'avait volé, il n'allait pas sans une pépite de bon cœur. Il me dit : “ Tout ce que je peux faire pour toi, mon garçon, c'est renouveler ton passeport. ” »

L'après-midi avançait et le récit glissait comme un long fleuve, sans hâte et sans repos. Je suivis le conteur sur un grand lac de l'intérieur où une place de mécanicien lui était offerte, à bord d'une barcasse vétuste qui trafiquait de tout, des marchandises de contrebande, des boules de caoutchouc volées, des ballots d'étoffe, des hydrocarbures, du ciment et de la ferraille.

« Un jour, reprit-il, je suis remonté jusqu'à Manaus et j'ai été fasciné par la majesté et l'étrangeté des lieux. Le grand théâtre Amazonas avec ses colonnes surmontées d'une coupole recouverte de mosaïques bleues ou dorées, les résidences construites par les plus grands architectes, le luxe des hôtels, la dimension des places et des fontaines. Mais l'âge d'or était déjà passé et la ville se repliait sur elle-même sous l'effet de la crise et du bas prix des latex malaisiens. L'herbe poussait au bord des rues, les façades s'effritaient, les grilles étaient fermées. Seul le port, dans un site incroyable, restait un éclaboussement de vie. La berge de l'Amazone étant très haute et très abrupte à cause des crues annuelles, il était difficile et trop coûteux de construire en pierre ou sur pilotis, alors l'habitat était flottant. Avec quelques troncs d'arbres reliés par des planches, les usagers du fleuve assemblaient une plate-forme sur laquelle ils élevaient leurs demeures. Dans cette ville aquatique, parcourue par les pirogues, les magasins clandestins, les bouges, les tripots pullulaient. C'était là que se rassemblaient tous les trafiquants et contrebandiers. J'ai bientôt été contraint de vivre parmi eux, dit mon pénitent.

« A cette époque, une véritable traite des Blancs faisait fureur dans le dédale amazonien. Après avoir épuisé la main-d'œuvre indienne, en razziant les tribus, les seigneurs du caoutchouc s'étaient aperçus qu'un esclave blanc rendait plus que dix indigènes, qu'il tardait plus à mourir et qu'il n'avait aucune chance de s'échapper en forêt. Mais où pouvait-on se les procurer ? On leur offrait des contrats alléchants pour deux ans de travail, par exemple, on les conduisait le plus loin possible et on ne les laissait jamais revenir ; ou bien on leur prêtait de l'argent qu'ils ne parviendraient jamais à rembourser. Ils avaient pour seul choix d'être poursuivis pour dettes ou de payer en travail. Naturellement le premier réflexe des Blancs, des Noirs ou des Rouges était de s'échapper. Les patrons transformèrent donc l'immense Amazonie en une vaste prison en établissant aux points cruciaux des fleuves, rivières et ruisseaux, des postes de nervis qui capturaient les fugitifs et les renvoyaient à leurs propriétaires. Les bateaux de cabotage étaient particulièrement surveillés soit parce qu'ils apportaient de nouvelles recrues, que l'on se disputait, soit parce qu'ils permettaient, moyennant finances, à des déserteurs de s'échapper. Mon rafiot était de ceux-là et sa vitesse, que j'avais réussi à doubler en bricolant les machines, en faisait une proie difficile à atteindre.

« Mon armateur gagnait beaucoup d'argent et me payait bien car il savait que j'étais le seul à pouvoir tirer le maximum de sa barcasse. Il m'établit une base dans le port de Manaus où les fuyards se donnaient rendez-vous. Comme je disposais désormais de quelques économies, je commis l'imprudence de me mettre en ménage avec une jeune Colombienne, accorte et travailleuse qui, pour la première fois, mettait un peu de douceur dans mon existence. Innocent que j'étais, j'ai bientôt été repéré et dénoncé au cartel des patrons qui chargea ses hommes de main de me faire disparaître. Un soir, au retour d'un voyage, j'ai été assailli dans ma case, battu à mort et attaché au poteau central de l'abri. Ma pauvre Conchita, terrorisée, a été saisie par quatre matons, dénudée et violée sauvagement sous mes yeux. Les cris de la malheureuse ont attiré aussitôt la pègre du voisinage qui s'est ruée comme une meute de loups à la curée. Ils bavaient de désir et se défiaient les uns les autres en tenant leur sexe à la main. A chaque assaut, la pauvre créature poussait un cri strident, un cri de bête égorgée qui s'étranglait progressivement et devenait un râle plus bouleversant que les hurlements du début. Quelque chose comme l'agonie d'un animal que l'on martyriserait sans lui permettre de mourir pour de bon. Quand le dernier de ces fauves eut accompli son forfait, il a pris son couteau de caoutchoutier et l'a éventrée comme un porc à l'étal. Je m'attendais à être égorgé à mon tour, lorsqu'une patrouille de police, alertée par le vacarme, a fait irruption dans la pièce provoquant une fuite éperdue. J'ai été détaché et je me suis évanoui. Un de mes amis m'a recueilli et m'a embarqué clandestinement sur un vapeur qui descendait à Santarém.

« En cours de route, la chaudière surchauffée a éclaté et le bateau est parti à la dérive. Le capitaine qui me connaissait de réputation m'a appelé au secours. Je suis parvenu à colmater la brèche, à souder quelques tubes et à remettre la machine en marche. Ce tour de force m'a valu une proposition d'embauche à 150 dollars par mois, mais j'étais dans une si grande détresse que je ne songeais plus qu'à m'enfuir de cet enfer. Un rêve fou d'ailleurs, car où aller ? Mon passeport suisse était périmé et un bagnard évadé ne peut rien attendre de personne. Il me fallait survivre.

« Cependant, l'offre était alléchante et je l'ai acceptée. A partir de ce jour, mon existence s'est aiguillée sur un autre chemin : la voie royale de la Madeira. De Santarém à Pôrto Velho, ce fleuve n'est pas le plus puissant, mais il est le plus navigable et le mieux fréquenté. Son grand frère, le Tapajós, ne traverse qu'un désert humain tandis que lui est le débouché naturel de la Bolivie, des terres andines du Beni, du Matto Grosso et des forêts de l'Acre. Le caoutchouc, le bois, la viande, les produits agricoles convergent par là vers le Brésil et la mer. Les grands navires remontent son cours sur trois mille deux cents kilomètres, et les riches escales en jalonnent la route. Après avoir bourlingué sur les bateaux de la " Booth-Line ", j'ai été affecté à la ligne de paquebots de luxe qui prolongeait les grands itinéraires des compagnies européennes, Cunard, Transatlantique, et qui remontait au-delà de Santarém, vers le cœur du continent. J'occupais les fonctions de chef mécanicien adjoint, j'avais une cabine princière, la cuisine de Ramponeau et un salaire de contremaître. Le travail était difficile car la main-d'œuvre ne valait rien et je passais mon temps à aboyer derrière les tire-au-flanc.

« Un soir où j'avais découvert un oubli prolongé de

graissage sur les treuils et où je n'avais plus d'injures brésiliennes à ma disposition, j'ai fait appel au vocabulaire français. " Holà, me dit un voyageur qui prenait le frais sur le pont supérieur, mais vous êtes un vrai Français, mon ami ! " J'ai levé les yeux et j'ai vu un monsieur d'un certain âge, coiffé d'un panama, portant pantalon pied-de-poule, veston noir et lavallière, qui me saluait de la main. Je ne sais pas ce que je lui ai répondu, mais il m'a demandé de monter le voir. C'était Don Nicolás Suárez, le roi du caoutchouc bolivien, une des grandes fortunes du bassin amazonien, qui revenait de passer ses vacances en France et en Angleterre et regagnait son domaine au-delà des rapides. Il était de bon ton à l'époque, pour les milliardaires de l'or blanc, de faire laver leur linge à Paris, à Londres et d'avoir une villa à Biarritz ou à Nice.

« Don Nicolás a retroussé sa moustache frisée et m'a demandé : " Combien gagnes-tu sur ce bateau ? " Je lui ai dit le chiffre. " Veux-tu venir avec moi à Cachuela Esperanza ? Je double ton salaire et tu seras mon chef mécanicien. " Pourquoi me faisait-il cette proposition ? Je ne l'ai jamais su. Il y a, comme ça, des courants de sympathie qu'on ne parvient pas à expliquer. Il a réglé mes affaires auprès de la compagnie et on a débarqué à Pôrto Velho pour prendre le train Madeira-Mamoré jusqu'à Guajará Mirim et de là, par un petit train Decauville jusqu'à Cachuela Esperanza.

« Vous y avez passé quelques jours, je crois. Il n'en reste pas grand-chose. J'y ai vécu plus de dix ans jusqu'à la mort de Don Nico et la ruine du caoutchouc sylvestre, dix ans de gros travail mais de tranquillité. Pour plus de commodités, il m'avait fait obtenir la nationalité bolivienne; je gagnais pas mal d'argent de surcroît en faisant du petit commerce et un matin, j'ai rencontré une Espagnole de Santa Cruz qui m'a guéri de la panique des femmes que m'avait laissée le drame de Manaus. Quand elle m'a dit qu'elle était enceinte, on a cherché un maire et un curé et je l'ai épousée. Elle m'a donné un beau garçon, et nous vieillissons paisiblement ensemble. Enfin, paisiblement dans notre ménage, je veux dire, mais pas dans ma mémoire. Je n'ai jamais rien dit de mon passé à personne, ni à elle, ni à d'autres, vous êtes le premier à qui je fais ces confidences, je ne sais pas pourquoi, peut-être parce que vous n'êtes que de passage, que vous représentez mon pays, que vous êtes un honnête homme et que vous m'oublierez. Je ne suis rien, voyez-vous, qu'un forçat de Cayenne, une vie entière gâchée, j'ai perdu les miens que j'aimais, mon pays à qui je ne dois que des misères, mais vous savez ce que c'est un pays. Je sais maintenant que je ne reverrai jamais les tilleuls de Nogent, que je mourrai ici à Riberalta où j'ai bâti ma maison, où les gens m'estiment au point de me confier les caisses de leurs associations. S'ils savaient, les malheureux, le motif de ma condamnation. Enfin! J'ai quand même fait quelque chose de bien, c'est mon fils, qui est aujourd'hui dans une école d'ingénieurs à Cochabamba, mais je ne peux pas l'envoyer en France où est sa vraie place, parce qu'un salaud lui dira un jour : « Tais-toi, tu n'es qu'un fils de bagnard », et il m'en voudra d'avoir gardé le silence et en s'imaginant mille choses. Je perdrai peut-être son estime, et celle de sa mère, ce sont les deux seuls êtres à qui je tiens au monde. Comme si j'avais une dette d'honneur à l'égard des braves gens dont je descends, je meuble mes loisirs en apprenant le français aux enfants des écoles. Le collège Kramer est pauvre et nous n'avons pas de livres, mais je me suis débrouillé. Un ami m'a rapporté de Santarém un gros paquet de vieux journaux dont la revue *Marie Claire* qui est très amusante, il y a de la couture et de la cuisine pour les filles, des travaux pour les garçons, c'est vivant et bien écrit. Ça date d'une dizaine d'années, fit-il en riant, mais qu'est-ce que ça peut faire ? »

Je lui expliquai que sa peine était éteinte depuis longtemps, que je plaiderais pour sa réhabilitation. Il ne me croyait pas, pourquoi me serais-je occupé de lui, d'ailleurs. « Venez plutôt manger à la maison ce soir, ma femme a préparé quelque chose. » Je fus exact au rendez-vous.

Il habitait un chalet en bois, spacieux, fait avec art et peint avec soin. Une barrière blanche entourait un jardin plein de fleurs comme à Nogent. Dans le salon-salle à manger, la nappe de dentelle et le couvert avaient été mis, l'apéritif m'attendait sur un plateau où trônait une bouteille de Pernod. Un buffet Henri II exposait quelques vieilleries qui entouraient la photo de son fils : un superbe jeune homme. Quelques clichés jaunis de son mariage et d'un groupe d'amis, quelques reliques dérisoires d'une existence comme tant d'autres. Au mur, une Vierge de Guadalupe faisait face à l'inévitable lac suisse bordé de sapins et de montagnes bleues. Au fond de la salle, sur un établi de bois verni, des pièces de radios, des machines à écrire, des pinces et des ciseaux, disaient les passe-temps du maître de maison.

Son épouse, un peu forcie par l'âge, avait conservé

son visage fin d'Andalouse dont une résille de dentelle noire, posée sur la chevelure, soulignait la pâleur. Elle était gaie et vive et s'excusait de son français qu'elle parlait pourtant très couramment. Ma dernière bouteille de cognac fut à peine entamée et rangée avec soin dans l'armoire, avec un geste précautionneux qui me rappelait ma grand-mère. En quittant ce brave homme, deux jours plus tard, dans l'odeur pénétrante des héliotropes de la posada, je lui demandai, par boutade, s'il était toujours aussi sensible aux odeurs de la selve et s'il pensait encore aux tilleuls de Nogent. « Oh ! oui, me dit-il, on ne peut jamais oublier les parfums de miel des printemps de notre jeunesse. »

J'ajouterai que cette longue histoire devait avoir un épilogue. De retour à Paris, je rendis visite au garde des Sceaux, l'aimable Jean Foyer, que je connaissais depuis quelques années, et je lui racontai cette affaire : « Votre brave homme, me dit-il, avait sans doute tué père et mère, pillé et volé, ce qui lui avait valu le bagne, mais je vais faire une enquête ! » Plus de six mois s'écoulèrent et je reçus du ministre une lettre où il me disait en substance, après une de ces formules latines qu'il affectionnait : « Cayatte a bien raison * ! Votre récit était hélas exact, il n'y avait rien dans le dossier, si ce n'est un délit qui aurait valu deux ans de prison avec sursis à La Ferté-sous-Jouarre. Mais voilà, les assises, la qualification du crime, un jury de braves épiciers pour qui le tiroir-caisse est l'Arche d'alliance, et vous brisez une existence. Votre protégé sera réhabilité. » Il le fut, juste à temps pour

* Allusion au film d'André Cayatte, *Nous sommes tous des assassins.*

permettre à cet homme incurablement honnête d'acheter un cheval, de prendre sa femme en croupe et de faire huit cents kilomètres pour aller saluer, dans la foule, le général de Gaulle qui était en visite à Cochabamba, en octobre 1964.

8

Au début de la matinée, alors que je mettais à jour quelques renseignements économiques que j'avais relevés depuis le début de mon voyage, Juan vint se dandiner devant moi, selon son habitude, et me dit qu'il venait de lire dans un journal que le lieutenant Iniguez avait été trouvé mort dans une mare, sur la route de Villa Bella. La nouvelle m'ébranla car j'aurais dû être avec lui si le bateau de Riberalta avait eu d'autres horaires. L'article de presse était très laconique : il semblerait, disait l'auteur, qu'il pourrait s'agir d'un assassinat; la police enquête. Je n'ai jamais su comment était mort cet aimable jeune homme. Avait-il été attaqué par les Chacobos ou par un administré vindicatif? Était-il tombé dans une embuscade de rôdeurs?

Quand on m'apprit que le Massachusetts Institute of Technology avait une station avancée entre Riberalta et le rio Negro au contact des Chacobos, je demandai à la mission des pères de Maryknolles de m'y conduire. Les chercheurs de l'Institut déployaient des prodiges de ruse pour approcher quelques Indiens. Les quatre ou cinq Chacobos ou Pacahucaras qui avaient consenti à se montrer portaient des cache-sexes de fibres végétales et étaient armés de grands arcs de deux mètres de long et de flèches. Ils vivaient cachés dans la forêt et élevaient de nombreux chiens pour donner l'alerte lorsque les intrus blancs se présentaient ; des messagers vertueux de progrès et de science naturellement, mais également des porteurs de microbes inconnus, d'instincts de rapine et de cruauté.

Je consacrai ma dernière journée à Riberalta à faire une enquête commerciale auprès des entreprises suisses, italiennes et allemandes qui détenaient le monopole des activités essentielles. En dehors de l'importation des vieux bouillons de *Marie Claire* et des *Feuilles mortes* de Prévert et Kosma que me rabâchait à longueur de journée le gramophone de la posada, la France n'était ici qu'un ectoplasme lointain.

Je pris presque à regret le chemin du retour. Une vieille forteresse volante B-17 qui faisait le transport de viande entre Riberalta et Cochabamba voulut bien me rajouter à sa cargaison. L'appareil était un long fuseau d'acier muni de quatre moteurs à hélice. Comme sa carlingue était dépourvue de hublots, je m'installai dans le cockpit avec Juan et les trois membres d'équipage. Le bruit était infernal et ma position acrobatique. Je devais occuper la place d'un mitrailleur ou d'un observateur car j'étais juché sur une sorte de plate-forme d'où je ne pouvais voir que le ciel à travers la verrière qui recouvrait la cabine. De temps en temps, le pilote me faisait passer un papier sur lequel il avait griffonné le nom d'un point remarquable ou d'un accident géographique que nous survolions. Par gentillesse, il faisait décrire à son monstre volant un virage serré de trois cent soixante degrés en l'inclinant au maximum sur l'aile gauche pour me permettre de contempler le paysage. Comme nous volions à quelques centaines de mètres d'altitude et que nous étions surchargés de carcasses de viande, mes observations n'allaient pas sans frisson. Juan, pelotonné derrière le fauteuil de l'aide-pilote, se cramponnait aux membrures du siège et récitait ses prières.

« N'ayez pas peur, me disait le copilote qui, à cause du vacarme, m'avait coiffé d'un casque pour pouvoir me parler avec son microphone. Nous n'allons pas faire comme notre compagnon Leandro qui se planta là, il y a une dizaine d'années. Regardez bien cette jolie prairie au-dessous de nous, on aurait presque envie de s'y poser. » En effet, une longue bande gazonnée, sans la moindre broussaille, s'étirait dans une pampa reverdie par les premières pluies. « Je vous raconterai ça à Cochabamba », me dit-il dans les hoquets de son micro. Les moteurs se mirent à rugir et l'avion prit de la hauteur. La grande plaine du Beni se terminait et la barrière des Andes se dressait devant nous comme un mur infranchissable. La carlingue vibrait, mes oreilles se bouchaient et mon souffle se raccourcissait : « Cinq mille mètres », m'écrivit le pilote. Il n'y avait pas de pressurisation à bord et l'équipage semblait pourtant parfaitement à l'aise. Heureusement, je ne voyais plus que le ciel en retenant mon souffle. Peu à peu, le rythme de mes poumons se rétablit et nous nous posâmes à Cochabamba.

« Et votre histoire d'atterrissage en brousse », demandai-je au copilote. « Ah ! oui, me dit-il, c'est une aventure authentique qui a défrayé longtemps les popotes d'escale. D'ailleurs, le pilote est toujours vivant et pourrait vous la confirmer. »

C'étaient dans les premiers temps des transports de viande entre le Beni et l'Altiplano : on utilisait des Douglas DC-3. Un jour de mauvais temps sur la cordillère, l'avion, qui plafonnait à quatre mille cinq cents mètres, avait vainement tenté de trouver le passage et avait brûlé toute son essence. L'équipage décida de retourner en arrière et de faire un atterrissage de fortune dans une clairière dégagée. Ils découvrirent finalement un emplacement d'autant plus favorable qu'il était prolongé par une magnifique pelouse. Ils se posèrent sur un sol ferme et terminèrent en roulant à bonne allure sur la prairie où ils s'engloutirent, car c'était une lagune recouverte de jacinthes d'eau et de nénuphars. La radio fonctionnait encore et ils lancèrent un SOS, puis ils ouvrirent la trappe de visite et montèrent sur la carlingue que les ailes maintenaient hors d'eau. Il faisait une chaleur épouvantable et la cargaison de viande commençait à fermenter. Tout à coup, plusieurs grattements bizarres se produisirent et ils virent une armée de crocodiles qui montait à l'assaut de l'appareil. Croyant calmer la faim des assaillants, ils détachèrent quelques carcasses et les leur jetèrent, ce qui déclencha une bataille furieuse et attira tous les reptiles du coin. Les plus hardis montèrent sur les ailes et sous leur poids, l'avion se mit à fléchir. La situation semblait désespérée, lorsqu'un appareil de secours les repéra, passa en rase-mottes, découvrit le drame et alla chercher des renforts pour dégager à coup de fusil et de fusées de détresse les malheureux assiégés. L'épave que l'on voit encore, paraît-il, fut abandonnée aux méchants sauriens qui se gobergèrent de charognes putrides; un festin de gastronome crocodilien dont les alligators du Beni doivent se souvenir encore.

De Cochabamba, il me fallait atteindre La Paz, ce qui nécessitait un autre vol d'une heure sur un appareil des lignes régulières, qui, malgré sa rusticité, me parut un pullman.

Au terme de ces vingt-cinq jours d'absence, ma famille m'attendait avec soulagement et mes collaborateurs avec un peu d'impatience. Mon épouse, habituée à mes longs déplacements africains, avait heureusement acquis une résignation de femme de marin, et avait veillé sur nos problèmes domestiques avec une sérénité et une efficacité exemplaires.

Aucun événement notable n'avait troublé la routine du poste et nos affaires avaient suivi leur cours. Mes collègues étrangers, à l'exception de l'Anglais, de l'Allemand et de la représentante des Nations unies, la charmante Margaret Anstee, qui avaient le goût et l'expérience des voyages, s'interrogeaient avec perplexité sur la véritable nature de mes déplacements. Le gouvernement, cela va de soi, n'en ignorait rien et le président Paz me demanda, à son habitude, de venir bavarder avec lui pour connaître mon opinion de gouverneur...

J'avais fait une ample moisson de renseignements économiques et politiques, de croquis d'oiseaux et de fleurs, de notations diverses et surtout de relations humaines.

Le président s'intéressait de très près à cette vaste région du Beni où il ne savait que faire. Il aurait voulu l'ouvrir à la colonisation, mettre en valeur ces terres riches, trouver un nouveau souffle pour sa réforme agraire, mais sans infrastructure routière, sans population disponible et sans argent, il devait se borner à rester le gardien impuissant et lointain de cette réserve de la nature.

Il avait, me dit-il, au cours d'un mandat aux Nations unies, visité quelques-unes des colonies françaises d'Afrique et en conservait une impression très favorable. Il comparait avec humour nos réalisations d'outre-mer avec les sentiers à lamas, les mines épuisées, les palais et les cathédrales de la colonisation espagnole. Il regrettait que les Français ne s'intéressent pas davantage à la Bolivie, car il leur aurait confié la mise en valeur d'une partie de l'Oriente comme il l'avait fait pour les Japonais à Roboré. Je ne pouvais pas lui dire que mes compatriotes, faute de bras et de cerveaux à exporter en quantité suffisante, ne pouvaient guère, malgré leurs belles paroles, faire autre chose que des coups éphémères et dispersés à travers le monde, vendre ponctuellement du matériel trop courant ou trop sophistiqué pour nos capacités de suivi, remporter laborieusement à la loterie internationale des appels d'offre pour des opérations sans lendemain. Le tout avec une grande pénurie de moyens financiers qui transformait souvent nos conseillers du commerce extérieur en huissiers besogneux de la récupération des queues de créance. Alors, j'inventai des raisons grandioses pour expliquer notre carence et je retournai devant mon équipe qui me rappelait les « niet » de l'assurance-crédit la Coface, le vide des enveloppes budgétaires, les risques de ceci et de cela, voire la mauvaise foi de nos interlocuteurs et nos mauvais payeurs. Alors, leur demandai-je, que faisons-nous là ? Nul n'avait l'audace de me répondre : « De la figuration ! »

Puisque les ventes à crédit à l'État nous étaient interdites et qu'un nouvel attaché commercial plein d'ardeur, Max Leport, venait d'arriver, nous n'avions plus qu'à tenter notre chance dans le secteur privé, au comptant. François Peyré et sa société Fomerbol acceptèrent de nous servir de point d'appui pour la prospection et la diversification des produits manufacturés. Il participa, avec son gendre, son fils et le banquier Romnicianu, à la création et à l'animation d'une Chambre de commerce franco-bolivienne et rechercha la représentation d'un certain nombre de marques connues pour étoffer notre portefeuille.

Dès lors, la gamme de nos exportations augmenta et le chiffre d'affaires passa, en trois ans, de 1 562 000 dollars US en 1961 à 3 246 000 à fin 1963.

Pour sensibiliser à cet effort les quelques antennes dont nous pouvions disposer en province, nous entreprîmes de rendre visite, à tour de rôle, aux cinq consuls honoraires de France qui résidaient dans les grandes villes. J'avais déjà rencontré ceux d'Oruro et de Sucre, il nous restait ceux de Cochabamba et de Potosí. Celui de Santa Cruz viendrait plus tard. Les consuls honoraires sont, comme l'on sait, choisis parmi les notables sympathisants de notre pays, leur fonction est bénévole, mais ils reçoivent l'écu et le drapeau et délivrent certains documents aux citoyens. Ils sont, la plupart du temps, des défenseurs actifs de nos intérêts.

Avec le premier secrétaire et nos épouses, nous prîmes le train pour Potosí, une des plus hautes stations ferroviaires du monde.

A partir de l'Alto de La Paz, le tracé de la voie traverse le haut plateau à quatre mille mètres d'altitude et atteint un défluent du lac Titicaca, nommé le

Desaguadero, qui maintient l'équilibre des eaux entre le lac et la grande lagune salée du Poopó. Selon le rythme des pluies, ce courant naturel coule dans un sens ou dans l'autre et déborde largement sur ses rives. Ce jour-là, la crue était si haute que les rails avaient disparu sous les eaux mais le train roulait quand même et offrait le spectacle insolite d'un convoi glissant à la surface des eaux. Les gares ressemblaient à des îlots et les employés recueillaient les passagers en barque au pied des wagons. Le coucher du soleil fut splendide sur ce miroir étincelant de pourpre et d'or et nous regagnâmes nos couchettes dans un clapotis aquatique surprenant.

A l'aube, notre convoi se détacha de la ligne de Buenos Aires pour gagner Potosí à travers la montagne et je garde le souvenir de quelques vigognes détalant le long de la voie, sur la pente abrupte de la tranchée. A la station d'El Condor à quatre mille neuf cents mètres d'altitude, le convoi s'arrêta pour des raisons inconnues. Des petits Indiens pêchaient dans le torrent voisin avec des épingles retournées en crochet et capturaient des jeunes truites frétillantes.

Au bout d'une heure, le train repartit après que les mécaniciens eurent pris leur petit déjeuner car les cheminots andins obéissent à des rites sacrés qu'il ne faut pas contrarier. C'est ainsi que la direction des chemins de fer ayant demandé à la SNCF un moyen d'éviter le tartre dans les tubulures des chaudières, nos ingénieurs lui envoyèrent un liquide dissolvant qu'il s'agissait de verser dans l'eau de chauffe. Un an après, le tartre obstruait de plus belle les canalisations et nos techniciens s'inquiétèrent de la composition du produit. En fait, c'étaient les mécaniciens qui avaient refusé de verser le détartrant, car il donnait mauvais goût à l'eau de la chaudière qu'ils prélevaient bouillante pour faire leur café.

A la station suivante, le convoi s'arrêta encore pour permettre aux passagers de se restaurer à leur tour. De volumineuses Indiennes, portant de grands chapeaux à calotte cylindrique noire, distribuaient à la louche un bouillon gras rougeâtre dans des bols émaillés. Les passagers de qualité furent conduits dans un réfectoire rustique où on leur servit un ragoût de mouton aux haricots et du lait en boîte.

Quand tout le monde eut réintégré son compartiment, une fanfare de coups de sifflet annonça la dernière étape. Au bout d'un nombre considérable de courbes, de huit et d'ellipsoïdes dans un paysage tourmenté, le sifflet se déchaîna à nouveau et le Cerro de Potosí nous apparut, pyramide majestueuse, précédée d'un petit mamelon portant une église qui domine la ville prosternée à ses pieds. Haut de 5 183 mètres, le cône parfait de la montagne est une merveille géologique, surgie à l'ère primaire du socle granitique de la cordillère. Sa masse intérieure peut être considérée comme entièrement métallique avec des filons d'argent, de plomb, d'étain, de cuivre et de fer. Plus de cinq cent cinquante bouches de mine criblent ses flancs sur plus de vingt niveaux. Proclamé solennellement propriété de Sa Majesté Charles Quint, empereur d'Allemagne, d'Espagne et du Pérou, au nom du Père, du Fils et du Saint-Esprit, par le capitaine Don Diego de Zenteno, le 1er avril 1545, le Cerro Rico devait fournir à la monarchie espagnole, pendant quatre siècles, la moitié de l'argent du monde. Sa réputation de richesse se répandit si rapidement que toute l'avidité de l'Europe prit le chemin des Andes. A quatre mille mètres d'altitude, nobles, hidalgos, aventuriers, pirates et usuriers firent surgir, dans un site désert battu par les vents froids et les tempêtes, une ville impériale qui comptait déjà plus de cent soixante mille habitants en 1658. Cette cité n'avait rien à envier à Séville, à Rome ou à Paris. Castillans, Génois, Basques et Catalans s'y disputaient la richesse et le pouvoir. Elle semblait, comme le phénix, pouvoir toujours renaître de ses cendres; quand la production s'abaissait, de nouvelles techniques relançaient les rendements. Quand les plus riches filons furent épuisés, le mercure vint à leur secours. Ce vif-argent que l'on venait de découvrir à Huancavelica, dans la province d'Ayacucho au Pérou, donna des ailes à tous les mineurs potentiels du monde et assura à nouveau des profits fabuleux aux chevaliers de l'aventure.

Les chroniqueurs anciens estimèrent que, de 1545 à 1704, la montagne magique rapporta à l'Espagne plus de dix milliards cinq cents millions de pesos, soit plus ou moins l'équivalent de vingt milliards six cent soixante-treize millions de dollars d'aujourd'hui. Dans la seule année 1682, les galions transportèrent à Cadix pour 51 320 250 dollars d'argent dont cinq millions passèrent en France, cinq millions en Angleterre, sept millions en Hollande, dix millions en Italie et vingt millions en Espagne *.

Avec un tel afflux de richesse, la ville impériale construisit trente-deux églises somptueuses et dix monastères dont le couvent San Francisco et l'église San Lorenzo attestent encore la magnificence. La monarchie espagnole dota la cité d'un monument exceptionnel de sept mille cinq cent soixante-dix

* *Potosí : patrimoine de l'humanité*, de W. Mendieta-Pacheco.

mètres carrés, bâti de pierre de taille et de briques, la Casa de la Moneda, qui abrite aujourd'hui un musée colonial d'une grande richesse et les vestiges des machines antiques qui battaient la monnaie. Les maisons d'habitation, d'un type tolédan classique avec leurs toits plats de tuiles romaines ocrées, ne sont que des résidences de travail même si elles sont souvent précédées de portails sculptés portant armoiries, écus et inscriptions flatteuses. Les rues escaladent en ligne droite les dénivellations du terrain, les façades s'égayent souvent de couleurs vives sans parvenir à effacer la froide austérité des lieux.

Potosí, une pure création des hommes, est profondément inhumaine, il y règne une atmosphère de remords et de désespérance, un sentiment de péché, une appréhension de Jugement dernier. Cette cité appartient au diable et je m'imagine que le soir, appuyé sur ses avant-bras comme la gargouille veillant sur Paris, il doit contempler du haut de la montagne ce symbole de son triste royaume. *Huacajchi Potojsi*, comme l'appellent les Indiens Quechuas, « la montagne de tonnerre et de tourment qui a pleuré », a retenti du chagrin de la terre, des larmes des mineurs, des angoisses des hommes et de l'orgueil. *Plus ultra*, dit son blason, à l'aigle à deux têtes tranchées sous la couronne impériale. Le pouvoir de l'empereur et la prudence du roi, comme cette éminente montagne d'argent, suffisent pour dominer le monde et l'univers.

Toutes les richesses s'offraient dans cette ville. Les toiles les plus précieuses, les brocarts les plus somptueux, les tapis de l'Orient, le mobilier d'Europe, les perles de Chine, les cristaux et les bijoux. Telle courtisane, disent les chroniqueurs, arborait des robes à dix mille pesos. Telle autre ornait sa mule de perles de plus de cinq cents pesos. Les maîtres de maison portaient des vêtements de soie, des chapeaux de castor et des armes précieuses. Les charges civiles se trafiquaient pour des fortunes. L'usure prospérait. Chaque année, pour la fête du Christ-Roi, on dépavait la rue principale entre la cathédrale et le couvent San Francisco et on la repavait de barres et de plaques d'argent pur. La licence, le stupre et la violence se donnaient libre cours; des guérillas inexpiables divisaient les communautés et les familles. Les *vicuñas*, les créoles, les Andalous et les *Vascongadas*, les émigrés basques, s'affrontaient avec leurs milices; les assassinats étaient monnaie courante. Le clergé essayait vainement de tempérer les mœurs et bâtissait des églises aux retables d'or et d'argent pour exorciser le Malin.

Pendant ce temps, les Indiens subissaient la malédiction de leur propre richesse et le mépris d'une société malade d'ostentation et de gaspillage, qui ne devait laisser derrière elle qu'un vague souvenir de sa splendeur, les ruines de ses temples et de ses palais et huit millions de cadavres de mineurs qui colmatent les galeries abandonnées, dans les entrailles du Cerro. L'extraction de l'argent exigeait une telle abondance de main-d'œuvre que le vice-roi, Francisco de Toledo, créa un système simple et efficace s'inspirant de l'ancienne mita, mais, aux termes de la nouvelle formule, chaque Indien entre dix-huit et soixante ans devait travailler quatre mois par an dans les mines. En réalité, le travail effectif quotidien était doublé du fait des horaires, de telle façon que les mitayos, qui gagnaient une moyenne de dix-huit pesos par an sur lesquels étaient prélevés huit pesos pour le fisc et le tribut de captage, deux pesos un quart pour le remboursement des habits et les sept restants pour la nourriture et la dîme du clergé, avaient travaillé pour rien. En fin de compte, les mitayos restaient débiteurs de leurs maîtres, et leurs dettes, qui se transmettaient de père en fils, constituaient en fait un esclavage pour la vie entière.

L'historien national Gabriel René Moreno a décrit d'une façon poignante le départ des Indiens pour les mines : « Chacun savait qu'en quittant son ayllu, il n'y reviendrait probablement jamais. Et ce n'est pas le curé, qui les bénissait revêtu de ses ornements à la porte de l'église pour que le Tout-Puissant leur soit clément, qui pouvait leur apporter consolation. Sur la place du village, leurs pères, leurs mères, leurs parents et leurs amis les embrassaient en pleurant, leurs femmes et leurs enfants sanglotaient et se lamentaient. Les cloches sonnaient le glas et les petits tambours battaient lugubrement comme à l'office funèbre. »

Le frère Bartolomé de Las Casas, l'évêque Cruz de Santa Marta et jusqu'au marquis de Mancera, vice-roi du Pérou, avaient beau demander que les Indiens soient traités humainement, les banquiers de San Carlos, les exploitants, les producteurs de mercure s'alarmaient de voir qu'il y avait trente-trois mines arrêtées et quatre grandes firmes en déconfiture. Ils exigeaient un peu moins de laisser-aller et plus de poigne. *Auri sacra fames.*

Nous restâmes trois jours dans la ville impériale pour nous imprégner de ses grâces et toucher ses stigmates. Nous visitâmes une dizaine d'églises, le palais de la Monnaie, quelques monastères, nous admirâmes les belles toiles de Melchior de Holguín, les retables d'argent massif, les plafonds mudéjars, les sculptures ornementales de San Lorenzo et les prouesses du baroque jésuite.

Malgré notre accoutumance à l'altitude, nos poumons s'essoufflaient dans ces marches ascendantes et descendantes et le froid glacial du soir nous alourdissait les jambes. Nous rendîmes visite au consul honoraire de France, Augusto Soux, dont le grand-père, un ingénieur ariégeois des mines, était venu exercer son art en Bolivie. Il avait épousé la fille d'un riche propriétaire de plusieurs mines d'argent dans le Cerro et avait succédé à son beau-père qui ne se consolait pas de l'épuisement des filons nobles. Il ne restait plus que de l'étain, cet affreux métal du diable dont il ne voulait pas entendre parler. Il laissa à son gendre le soin de lancer cette production de pauvre et celui-ci, qui avait inventé un procédé de fusion, gagna beaucoup d'argent en exploitant quatre siècles de déblais et de rejets des laveries. Le petit-fils avait hérité de quelques biens du grand-père et notamment d'une maison et d'un grand jardin. Il nous expliqua que, voulant marier sa fille, il avait bâti un hangar au bout de la pelouse pour donner à danser, et qu'avec le minerai d'étain sorti des fondations, il avait payé amplement la noce et le bâtiment.

Une autre visite fut pour le couvent des rédemptoristes, qui s'étaient installés dans une ruine célèbre et la restauraient peu à peu. Leur évêque, Mgr Fey, originaire de Lorraine, nous invita à un cocktail monastique au cours duquel nous pûmes apprécier un vin blanc, délicieux, fait avec des raisins du valle de Camargo, des saucisses et du jambon fumé élaborés par le frère Conrad, un Rhénan industrieux, des pâtisseries maison et un café des Yungas. La chaleur conviviale de ces moines français était émouvante. Ils riaient, racontaient des histoires et chantaient avec une fraîcheur d'âme et cette gaillardise teintée de pudeur que ces vieux garçons gardent toujours de leur chaste jeunesse et de leur service militaire.

Après la visite des lieux, Mgr Fey proposa de nous conduire au sommet du Cerro Rico. La vieille voiture, dont le moteur était réglé pour l'altitude, ne pouvait malheureusement contenir que trois personnes. Il prit le volant et emprunta un itinéraire qu'il était probablement le seul à connaître. La piste défoncée par les camions de minerai s'emmêlait avec un écheveau d'autres passages dépourvus du moindre écriteau. Il passait d'un versant à l'autre, descendant parfois pour mieux remonter et inversement, croisait de justesse une guimbarde chargée d'Indiens, sautait d'ornières en nids-de-poule et, finalement, s'arrêta à une centaine de mètres du sommet, l'eau bouillant dans le radiateur. « Cinq mille quatre cents mètres, annonça-t-il, c'est tout ce qu'elle peut faire ! » Nous montâmes à pied jusqu'à un belvédère d'où l'on découvrait un panorama grandiose sur la ville et les lagunes de stockage des eaux à l'ouest de la cité.

Le soleil était encore assez haut pour éclairer obliquement le flanc de la montagne. Sur les différents niveaux, les sorties de mines débouchaient sur les rocades et l'on distinguait, de-ci de-là, quelques processions religieuses, bannières en tête qui sortaient des profondeurs du Cerro ; la sonorité voilée de la flûte indienne et le battement des tambourins montaient jusqu'à nous. « Ce sont des comparsas qui fêtent leur Vierge et leurs saints, me dit l'évêque. Le mont est une grande église, chacun peut y témoigner sa dévotion », ajouta-t-il. Une risée de vent glacial sifflota sur l'arête des pierres. Je ne pus distinguer si cette protestation venait du ciel ou de la terre, de quelque diable ricaneur ou des millions de pauvres hères enfouis sous nos pieds. « Partons, dit Mgr Fey, la nuit va tomber et il est malsain de rester sur la montagne. » Nous dévidâmes à l'envers l'écheveau de pistes de la montée et les lumières commençaient à clignoter dans les rues quand nous atteignîmes la ville silencieuse. Je ne sais pourquoi, je pensai aux paroles de Quispe chez les Callahuayas : « L'esprit se détériore peu à peu et l'âme s'exfolie, laissant des lambeaux d'elle-même dans tous les endroits où elle fut heureuse ou malheureuse ! » A Potosí, nous étions submergés par les âmes du passé.

Il me restait encore quelques visites à faire à des correspondants de l'ambassade de France et notamment au préfet du département, pour un marché de matériel urbain qui était en suspens depuis quelques semaines. La matinée me suffit pour ces démarches et nous décidâmes de terminer notre séjour par un après-midi à la lagune de Tarapaya. Dans la montagne bolivienne abondent ces sources naturelles d'eau chaude, un délice pour les baignades. La température y dépasse vingt-cinq degrés et l'eau, chargée de sels et de sulfures, y est étonnamment porteuse. Tarapaya a été aménagée en piscine aux dimensions olympiques et les abords ont fait l'objet de quelques embellissements. Il faut s'arracher à la baignade tant la natation est agréable ; les vingt degrés d'écart avec l'air ambiant procurent une agréable sensation de volupté. Quelques Indiens nous regardaient avec curiosité, car les lieux sont souvent déserts et les naturels du pays, blancs ou rouges, sont peu enclins, me dit-on, aux ébats aquatiques. Une autre mare naturelle dans les parages immédiats, appelée « le bain de l'Inca », servait plutôt à la préparation du feutre des chapeaux et au lavage des toisons de laine.

Le temps étant splendide, nous décidâmes de faire escale, sur le chemin du retour, dans le valle de Cochabamba, un des lieux les plus réputés de Bolivie pour sa richesse agricole, ses grands hommes et son bon climat. Le courrier quotidien du Lloyd Aereo Boliviano nous enleva à la première heure de la prairie naturelle qui tenait lieu d'aérodrome à la ville impériale et nous porta dans la terre promise dont la piste était bitumée.

Autant Sucre est le purgatoire huppé de l'enfer de Potosí, autant Cochabamba en constitue le paradis. Une vaste plaine intérieure à deux mille sept cents mètres, bordée de montagnes enneigées et parcourue par de nombreux ruisseaux aux eaux vives, des champs, des prairies et des rangées de peupliers et de saules, des fermes bien entretenues, un soleil vif et tempéré, une atmosphère de paix et de richesse.

La ville est claire et bien construite, les jardins débordent de fleurs, les places publiques sont spacieuses et tracées avec un savoir tout ibérique. C'est là que naquit Simón Patiño, le fils d'une métisse indienne qui devint un des grands magnats de l'étain. La chronique rapporte qu'ayant hérité d'une petite mine abandonnée, il sut, avec l'aide d'un savant géologue américain, y découvrir des filons insoupçonnés. Il amassa une fortune considérable que son fils Antenor fit fructifier sur les grandes places financières du monde. Il y bâtit un palais monumental, « le Retiro », qu'il habita peu et qui fut acheté par la ville de Cochabamba pour y recevoir les hôtes de marque. Cette étrange bâtisse rappelle, par son éclectisme loufoque, le fameux palais de La Gloriette de Félix Argandoña. Le grand salon, orné d'une cheminée monumentale en granit gris flanquée de statues allégoriques en bronze, rappelle le faste des grands industriels de la Ruhr. Une galerie pompéienne couronne le plafond à plus de huit mètres de hauteur. La salle à manger, toute de pourpre et d'or, est la copie fidèle de la cour des Lions à l'Alhambra de Grenade. Imagination, délire et paranoïa des pauvres devenus riches!

Cochabamba, siège de grandes familles patriciennes enrichies dans les mines et les grandes propriétés foncières, a donné le jour à une élite intellectuelle de grand renom. L'université est une des meilleures de Bolivie. Le recteur Ricardo Anaya voulut bien me recevoir et me fit l'éloge de la culture française, de sa coopération avec l'Alliance et le service culturel de l'ambassade. Il me parla même d'un poste de lecteur de français dont il avait obtenu la création. C'est d'ailleurs à cet emploi que devait être nommé, un an plus tard, Régis Debray, qui ne put l'occuper à cause de ses activités révolutionnaires. Ricardo Anaya, comme son collègue de l'université d'Oruro Felipe Iniguez, avait la réputation d'être un des doctrinaires du communisme bolivien. Il m'entretint abondamment de la « trahison du MNR » et du fiasco de la nationalisation des mines et de la réforme agraire. Sujets qu'il connaissait bien parce que le valle fertile de Cochabamba était l'un des plus touchés par la redistribution des terres et que la bourgeoisie locale pâtissait de l'effondrement économique du secteur minier.

Beaucoup de familles étaient contraintes de vendre leur argenterie ou leurs meubles anciens pour faire face à leurs besoins. Certaines de ces pièces de grande valeur étaient achetées à vil prix par les antiquaires argentins et américains. Un climat de rancune et de morosité se dégageait de toutes les conversations. La paysannerie indienne s'agitait et se repliait sur ses jardins traditionnels en laissant en friche les champs de ses anciens maîtres qu'elle venait de recevoir, au titre de la réforme agraire. Le marché de Cochabamba regorgeait de légumes et de fruits multicolores, mais cette opulence était trompeuse car tous les produits manufacturés étaient importés de l'extérieur et trahissaient la nouvelle dépendance du pays. Le consul honoraire de France, le docteur Trigo, marié à une Montpelliéraine, nous fit découvrir la ville et les environs avec l'aisance d'un enfant du pays. Il nous conduisit jusqu'à Tarata, la patrie de Melgarejo, à une vingtaine de kilomètres au sud, en bordure d'une deuxième plaine intérieure, le valle de Cliza. Ce gros village célébrait une fiesta de printemps à laquelle participaient de nombreuses comparsas des environs.

La variété des costumes était étonnante et les types humains très différenciés. Il y avait des Quechuas de petite taille, au teint clair et aux visages ronds, hommes et femmes portant de longues tresses noires et vêtus d'un costume identique de bayette de coton. Des Aymaras de l'Altiplano, aux pommettes saillantes brûlées de soleil, arborant le *lluchu*, ou bonnet des Andes, et des ponchos rouge vif. Enfin, un groupe de plus haute taille portait des pantalons collants, des mantelets bleus et rouges très courts et de curieuses coiffures de cuir bouilli à crête et à bords relevés, copies fidèles du morion espagnol de la conquête au XVIe siècle. C'était, nous dit notre guide, un groupe de danseurs venus de Tarabuco, près de Sucre. Ils jouaient du charango, une petite guitare faite d'une carapace de tatou, et de la *samponã*, une grande flûte de Pan. La foule dansait, riait et buvait, les enfants tiraient des pétards, les femmes en grands chapeaux blancs vendaient des pâtisseries et de la bière de maïs. Une joie rustique et spontanée semblait mener le bal. Pourtant, on sentait que les dieux n'étaient pas apaisés et que les augures du parti au pouvoir n'arrivaient plus à lire dans les astres.

Nos voitures étant venues à notre rencontre, nous repartîmes par la route de l'Altiplano. A mi-chemin, un violent orage de montagne nous surprit, la force du vent, les bourrasques de pluie et la fulgurance des éclairs nous coupèrent le souffle. Je pensai aux conseils de M. Barrande : quand on entend un murmure d'abeille dans la haute cordillère, c'est que la tourmente est proche, la tension électrique est telle qu'il faut jeter tout ce qui est métallique, couteau, fusil, chaussures cloutées et se coucher sur le sol pour que la foudre vous épargne. Heureusement, le déchaînement du tonnerre et la cage de Faraday que constituaient nos voitures nous épargnèrent le bruissement des abeilles. En arrivant à La Paz, la silice de la route avait dépoli les pare-brise et abrasé nos calandres.

9

Chaque retour de voyage provoquait quelques jours d'inventaire et accélérait la préparation de la valise diplomatique qui constitue le rituel le plus sacré des ambassades. Rapports, télégrammes, dépêches et bulletin périodique de bonne santé s'envolèrent donc vers le Quai d'Orsay, ce véritable sphinx de l'administration française, dont on ne sait jamais comment il accueille vos envois et les conclusions qu'il en tire; sa principale vertu est de faire confiance à ses enfants et ceux-ci, toujours dispersés, solitaires et vulnérables, lui gardent un dévouement et une affection inaltérables.

Désormais, nos affaires me semblaient aller d'un bon pas : la création de l'Institut de biologie d'altitude était sur des rails solides, la Chambre de commerce franco-bolivienne s'organisait, l'Alliance française et le service culturel de l'ambassade multipliaient leurs activités. Ma femme avait mis sur pied un petit réseau de liens et de relations amicales avec la société féminine locale dont la discrétion souriante était la plus redoutable condition de réussite d'une mission diplomatique. Une coopération technique dans les domaines ferroviaire et électrique se mettait en place. Don Pancho élargissait ses affaires avec les maisons françaises.

Quelques voyageurs parisiens se risquaient sur les cimes et le cinéaste Jean-Gabriel Albicocco vint tourner à La Paz *Le Rat d'Amérique*, avec Charles Aznavour et Marie Laforêt. L'apparition de ces comédiens fit grande impression sur la jeunesse locale saturée de surplus américains et d'ennui. Le tournage s'effectuait en partie au cours de la nuit dans le vieux quartier de San Francisco et attirait les riverains. Dans l'air glacial nocturne et sous la lueur éblouissante des projecteurs, le fluet Aznavour se battait interminablement avec un gros Indien pour les beaux yeux de Marie Laforêt. Celle-ci supportait mal la haute altitude et promenait sur l'assistance un regard de noyée avec le masque de la blanche Ophélie. Le réalisateur était accaparé par la gestion de sa troupe aux prises avec le formalisme bolivien.

Un soir, à l'issue d'un dîner donné à la résidence, l'héroïne, angoissée par le manque d'oxygène et par des problèmes personnels, fit une véritable crise de dépression. Il fallut la réchauffer longuement devant une flambée et comme ses jolis yeux nous attendrissaient, je lui donnai, en guise de porte-bonheur, une petite amulette en bronze de Tiahuanaco. Je ne sais pas ce qu'elle en fit, ni même si elle y prêta la moindre attention. En tout cas, quelques semaines plus tard, quand le film fut terminé à Buenos Aires, l'équipe de tournage s'embarqua dans deux avions pour le Pérou. Un des appareils s'écrasa dans la cordillère, mais Marie Laforêt était dans l'autre; peut-être avait-elle conservé l'amulette?

L'intermède du *Rat d'Amérique* comme le passage du professeur Valette, un illustre botaniste de la Sorbonne, qui découvrait tant de plantes rares qu'il n'avait pas le temps, me disait-il, d'éprouver le sorotche, n'étaient que le piment du séjour. Le travail m'intéressait tant que je m'attachais de plus en plus au pays et à ses gens. Peut-être était-ce un réflexe acquis à l'École nationale de la France d'Outre-mer dont la devise était « Se connaître et s'aimer » et où on nous enseignait que « coloniser » était marquer de son cœur les tâches entreprises. Combien de ricanements et de sarcasmes ai-je entendus à ce propos, tout au long de ma route. Heureusement, je suis allergique aux esprits forts et je garde intacte une grande naïveté paysanne au fond de l'âme.

Le président Paz Estenssoro me maintenait sa confiance et les membres de son gouvernement leur sympathie. Parmi les voyages ministériels auxquels je fus convié, celui du ministre des Finances Augusto Quadros Sánchez dans les vignobles de Camargo, près de Tarija, et celui du ministre de la Santé, Guillermo Jaureguy Guatchalla, dans les *llanos* de San Borja, furent les plus instructifs.

Le premier, qui dura quinze jours, avait deux objectifs : la visite des communautés indiennes le long du trajet et la production viticole dans les vallées chaudes du Sud.

Le ministre, membre du MNR, était donc attendu, dans tous les cantons que nous traversions, par les responsables, les notables et les paysans. Chaque groupe, en ordre et en silence, le bonnet à la main, et le bras droit levé pour faire le V, signe de reconnaissance du parti, se tenait à l'écart de ses voisins. On aurait vainement cherché le policier de garde ou l'organisateur fébrile responsable de cette discipline. La foule des curieux allait et venait, ou stationnait sans mot dire, à distance respectueuse. Le ministre, plus technicien que politique et au demeurant peu éloquent, échangeait quelques bonnes paroles de-ci de-là, sans que les témoins immédiats trahissent la moindre réaction à l'égard de ses propos.

Pour un habitué du charivari de la kermesse africaine, le contraste était saisissant. Ici, le moule incaïque, les réflexes collectifs de l'ayllu, l'autocontrôle du groupe, une sorte de politesse sociale et de sens de la hiérarchie étaient instinctifs. Passivité, abrutissement, fatalisme, ont jugé tant de fois les analystes occidentaux, alors qu'il ne s'agit que d'une conception différente de la société et de la finalité humaine. J'avais en fait, sous les yeux, le problème de la cohabitation de deux civilisations dissemblables et la relativité de l'universel. Il me semblait clair qu'ici les conquérants avaient empêché l'épanouissement de la culture indienne et que celle-ci les avait paralysés en retour en leur opposant son inertie. Le malheur était qu'au terme de quatre siècles, les premiers persistaient à imposer leur modèle et que les seconds le refusaient, sans proposer d'alternative.

Dans cette Bolivie paysanne que nous traversions au pied des grandes zones minières, la réforme agraire que le MNR tentait de promouvoir apparaissait bien compromise. Tout d'abord, parce qu'un bouleversement de cette dimension aurait nécessité une longue évolution des esprits et qu'il ne s'agissait pas de dire « camarade ! » au paysan, comme le faisait le ministre, pour transformer en entité révolutionnaire une société figée depuis des siècles. Le gouvernement, qui avait affiché, au départ, un programme ambitieux de bouleversements sociaux, défendait lui-même, peu à peu, sous la pression des réalités économiques et les pesanteurs humaines, un régime conservateur. Le peuple comprenait que rien n'avait changé et laissait les maîtres patauger dans leurs réformes.

L'arrivée dans le valle de Camargo constitua heureusement une véritable détente. Ici, dans un écrin de montagnes de grès rose, la végétation était luxuriante et les arbres couverts de vigne jusqu'au sommet; on m'expliqua que cette particularité était due aux fréquentes chutes de grêle qui auraient détruit le raisin sans la protection des frondaisons arborées. Nous visitâmes plusieurs exploitations qui nous réservèrent un accueil touchant. Par tradition, l'invité est toujours traité comme un seigneur dans la maison qui le reçoit et rien ne lui est refusé, agapes, boissons, commodités de toute nature. Entre les *asados*, les bouteilles de vin et les fruits savoureux, nous passâmes une semaine dans un état euphorique de demi-ivresse que berçaient dans la douceur des soirs les concerts de guitares, les danses et les chants. « Aimez-vous les *chicharons*, des gratons de cochon grillés ? » demandait-on à ma femme. « Oh! oui », répondait-elle par politesse et sans trop savoir de quoi il s'agissait. Le maître des lieux se levait dans la nuit pour tuer un porc et le faire cuire de façon à lui servir ces friandises croustillantes au petit déjeuner.

Il faut développer la culture de la vigne, disait le ministre, c'est une source de revenus et de joie incomparables, et comme je trouvais que leur vin sentait la futaille et l'oïdium, je lui proposai, prosaïquement, un assortiment de petit outillage œnologique français.

Le périple se termina à Tarija, la ville des œillets d'Inde et des palmiers phénix, une petite cité bourgeoise, dessinée avec un art très méditerranéen, à mi-chemin des froidures montagnardes et des touffeurs tropicales. Les Indiens Chapacas y ont le teint si clair et la taille si élancée qu'on les distingue à peine des souches européennes. C'est de Tarija que partirent, au siècle dernier, les deux expéditions françaises qui cherchèrent, pour la Bolivie frustrée de son littoral du Pacifique, un débouché en direction du Paraguay et du Río de la Plata. Celle du docteur Crevaux, qui trouva la mort sur le Pilcomayo, et celle d'Arthur Thouar, qui explora le Chaco septentrional et parvint à Asunción. L'omniprésence des voyageurs français en Amérique latine, tout au long du XIXe siècle, témoignait du dynamisme ardent de notre nation et du désir inépuisable de connaissance de nos savants. Comme un ambassadeur ne saurait supporter que l'on parle toujours de son pays au passé simple, je formai le projet d'aller rechercher prochainement sur place les traces de leur passage.

La seconde escapade avec le ministre de la Santé fut consacrée à la Bolivie pastorale, au cœur de la province du Beni. Pour atteindre San Borja et la région de Rurrenabaque, il n'existe qu'un seul moyen : l'avion. Et, comme pour aller à Trinidad, il faut plonger dans les vallées abruptes emplies de brumes, frôler des parois vertigineuses et déboucher avec un ouf! de soulagement sur les premiers promontoires recouverts par la forêt tropicale. De gros cumulus de convection se formaient autour de nous et l'appareil tanguait et plongeait violemment dans les courants ascendants et descendants; heureusement les ondulations du terrain se faisaient plus douces et notre altitude baissa progressivement. A la sortie d'un dernier nuage, l'immense plaine verte amazonienne s'étala jusqu'aux limites de l'horizon. Un virage sur l'aile, un changement de régime des moteurs et nous nous posâmes sur un terrain en herbe où des vaches paissaient tranquillement.

Le maire nous attendait, avec un escadron de cavaliers. Deux vieilles camionnettes, réservées aux hôtes de marque et au réfrigérateur du dispensaire qu'apportait le ministre, nous conduisirent au centre de San Borja, un véritable campement de *vaqueros* où tout était fait pour le bétail et les chevaux. Le cowboy bolivien ne ressemble pas à son homologue du Texas ou de l'Arizona. Ses amples bottes courtes à revers pourvues d'énormes éperons, son tablier de cuir pour le protéger des herbes coupantes, son pantalon bouffant, les *bombachos*, son chapeau de paille à large bord, son lasso court, la *faganza*, porté en bandoulière ou attaché à la selle et souvent un poncho de couleur lui donnent une silhouette exotique où l'on chercherait vainement des réminiscences de western. L'arme courante n'est pas le revolver mais le fusil, et la machette pend toujours à l'arçon. Le soir, après l'inauguration d'un hôpital et d'une école, une réception fut donnée en l'honneur du ministre et de ses invités.

Dans un immense hangar au toit de paille, tout ce qui comptait chez les *ganaderos* et centaures des pampas était présent. Les viandes grillées et pimentées, les pâtisseries au lait, les *empanadas* et des fruits inconnus défilèrent et la soirée artistique commença.

En fait, tout le monde dansait, jouait d'un instrument et chantait. Curieux pays où chacun construit, aime et vit sa musique. Les groupes s'interpellaient, des personnages se dressaient au-dessus des tables, des guitares, des violons, des charangos volaient de main en main, des chanteurs improvisaient des complaintes ou des poèmes. Ici, il n'y avait ni folklore indien, ni percussions afro-cubaines, ni rythmes syncopés américains, mais la libre expression d'une société fermée originale, dont les danses seules avaient des racines ibériques.

Le ministre Jaureguy me parla longuement des problèmes sanitaires qu'il avait à résoudre et, bien que ce ne fût pas sa branche, il s'étendit sur le système d'enseignement. « Nous avons, me dit-il, plus de trois mille six cents écoles officielles, cinq mille trois cents maîtres et cent soixante mille élèves, auxquels s'ajoutent les établissements confessionnels et ceux des grandes entités nationalisées. La classe paysanne est la principale bénéficiaire de cet effort qui grève tragiquement le budget national. Mais que va-t-elle faire de tout ce savoir, si nous ne bouleversons pas la société dans ses structures spirituelles et son économie ?

« Nos objectifs sont grandioses : former intégralement l'homme bolivien, défendre et fortifier ses valeurs biologiques et culturelles, son niveau global de vie, son alimentation, ses valeurs productives et son attachement au sol. Et voilà que nous l'éduquons en espagnol en marginalisant ses langues maternelles. C'est comme si on enseignait à un Castillan analphabète le russe ou l'anglais pour lui apprendre à lire. Les grandes langues internationales ont l'inconvénient d'être des facteurs d'évasion, des incitations à la diaspora et à l'errance. Or, c'est le contraire que nous recherchons. Les conquistadores évangélisaient les Indiens dans leurs langues maternelles, non pas pour les empêcher d'accéder à une culture supérieure, mais pour qu'ils restent eux-mêmes. »

Le ministre avait certainement raison de s'interroger sur l'intégration nationale de quatre à cinq millions d'Indiens, trop longtemps marginalisés et analphabètes, et sur le problème de l'enseignement de masse dans les pays en voie de développement. Il aurait pu me décrire également le drame des élites déjà instruites que je voyais quotidiennement à La Paz. La Bolivie, comme tous les pays d'Amérique du Sud, avait depuis plusieurs siècles une grande bourgeoisie hautement cultivée, formée dans ses propres universités et dans les grandes métropoles d'Europe et d'Amérique du Nord. Cette tradition se maintenait et plus de quinze mille étudiants étaient éduqués chaque année, à l'étranger, la plupart d'entre eux à la charge de leurs parents. Ils revenaient chargés de diplômes et que se passait-il ?

D'abord le jeune homme, formé loin de son pays, oublie les réalités nationales et rêve d'une nation idéale, à l'image de celle qui l'héberge. Il prend des habitudes qui lui semblent naturelles alors qu'elles sont incompatibles avec la réalité de sa patrie. Une fois revenu dans sa famille qu'il juge un peu attardée et sans initiative, il doit chercher un emploi, mais il constate amèrement que, malgré ses talents, personne ne l'attend, les structures sont pourvues et les miettes sont chères, il traîne et s'aigrit. Trois voies s'ouvrent alors à lui : la carrière politique, source de pouvoir certes, mais milieu féroce où la guerre est latente. Pour vaincre, il faut s'organiser en bandes puissantes, appelées partis de ceci ou de cela. Mouvement révolutionnaire, Congrès du peuple, Aube nouvelle ou Sentier lumineux. La finalité est un *spoil system* qui tend à débarrasser les fauteuils de l'État de ceux qui les occupent pour s'asseoir à leur place. La lutte est si dure qu'une fois au pouvoir, les énergies sont plus portées vers la conservation des positions acquises que consacrées au bonheur du pays. Il y a tant de laissés pour compte et si peu d'élus! La deuxième voie est celle des organisations internationales. Les relations familiales et personnelles, les connivences d'anciens camarades, les appuis politiques en ouvrent les portes. Là, bien payés, agréablement traités et déresponsabilisés, les heureux bénéficiaires passeront des existences quiètes à contrôler et à enseigner chez les autres ce qu'ils ne sauraient mettre en pratique dans leur propre pays. Il reste une dernière échappatoire pour les placides, les résignés : la fonction publique nationale, un énorme boulet paralysant pour les faibles nations. Toujours mal payés parce que trop nombreux et peu efficaces, parce que moins hardis, les fonctionnaires du tiers monde sont, comme l'Enfer de Dante, le symbole de la désespérance.

Si on aborde le monde de la technique, la situation est encore plus grave. Le jeune ingénieur, éduqué à l'extérieur, ne trouve pas les structures indispensables pour appliquer sa science. S'il a appris à utiliser le béton précontraint, on lui propose des constructions modestes en briques mal cuites ou en aggloméré. Il se décourage souvent sous les quolibets : « Ce n'était pas la peine de dépenser tant d'argent pour te former alors que ton ignorant de grand-père bâtissait mieux que toi. » Il enrage et se venge en conseillant à son pays d'acheter des tubes au néon pour équiper le chandelier national.

Mais tout cela n'est pas propre à la Bolivie et, de plus, ne concernait pas directement le ministre de la Santé. Dans son domaine, tout se ramenait à une équation simple : il aurait fallu beaucoup d'argent et il n'en avait pas. Le pays avait la chance, disait-il, de regorger de plantes médicinales et d'avoir les Callahuayas qui connaissaient leur affaire. Nos projets de création d'un Institut de biologie d'altitude le passionnaient, il y voyait le point de départ d'une grande coopération médicale avec la France.

Mon séjour allait entrer dans sa troisième année et le temps s'écoulait trop vite pour compléter, comme je l'aurais souhaité, ma connaissance du pays. Les provinces du sud, sur les frontières du Chaco et de l'Argentine, manquaient toujours à mon tableau. A plusieurs reprises, deux éleveurs français, installés dans la région de Cuevo, à Nancaroïnza, m'avaient invité à leur rendre visite. Je profitai d'une accalmie de fin juillet pour prendre, avec mon fils aîné, la route de Santa Cruz de la Sierra, un tronçon de la grande voie transaméricaine qui venait d'être achevé sur les crédits du Point IV. Un tel cordon de bitume, à travers des paysages d'une infinie variété, avait quelque chose de magique. Dans la traversée d'un massif montagneux appelé la « Sibérie », le décor prenait la dimension des Nibelungen et de la forêt de Brocéliande. Des arbres immenses, couverts de guirlandes d'épiphytes et de philodendrons géants, se perdaient dans une brume bleue irréelle. Dans le sous-bois, des fougères arborescentes et des touffes de bananiers ressemblaient à des troupes de fantômes aux aguets, la chaussée était gluante d'humidité et puis, tout à coup, le ciel apparaissait, les arbres s'espaçaient, le soleil brillait et le paysage méditerranéen, meublé de cactus cierges et de mimosées, se déroulait jusqu'à l'horizon.

Nous atteignîmes Santa Cruz en fin d'après-midi, juste à temps pour traverser la ville ronde aux maisons poussiéreuses et aux guirlandes de fils électriques couverts de lichens. De grands chariots à roues de bois pleines tirés par des bœufs, des cavaliers et quelques camions parcouraient les rues défoncées. La place centrale, avec ses monuments, son paseo et ses alamèdes harmonieusement dessinées, commençait à se remplir pour la promenade du soir. Des groupes de jeunes gens et de jeunes filles coquettement vêtus allaient et venaient, toujours en sens contraire. Les jeunes femmes étaient d'une beauté et d'une finesse remarquables, un mélange de charme andalou et de grâce européenne classique qui me faisait enfin comprendre pourquoi la consécration de la réussite sociale, pour un jeune Rastignac un peu olivâtre des hauts plateaux, était d'épouser une Cruceña. Au bout d'une longue avenue qui coupait en deux l'agglomération, se dressait, face à l'ouest, un grand Christ aux bras écartés, dont la population prétendait qu'il disait : « *Basta de Collas* » – Assez de gens des montagnes. A l'autre extrémité, l'ensemble monumental de la cathédrale et du palais de justice proclamaient que Santa Cruz était la capitale de l'Oriente et qu'ici se trouvait la porte des grandes savanes boisées du Paraguay et du Río de la Plata.

La nuit fut brève et, dès le petit matin, nous prîmes le wagon automoteur du chemin de fer Santa Cruz-Yacuiba, une voie métrique qui traverse en ligne droite les grandes solitudes broussailleuses du Chaco. A la suite de l'éboulement d'une dune de sable qui avait obstrué la voie, notre wagonnette dérailla. Il fallut attendre une demi-journée pour recevoir une draisine de dépannage, et celle-ci, connaissant à son tour des ennuis mécaniques, nous abandonna en gare d'Itaguasurenda (la grosse pierre). La famille de Mario Guttierez, le chef de la Phalange bolivienne, parti conservateur dans l'opposition, nous accueillit dans sa magnifique *finca*. Nous passâmes une soirée mémorable dans ce jardin des Hespérides, parcouru de canaux d'eau vive et peuplé d'arbres fruitiers luxuriants. La maîtresse de maison nous fit visiter son domaine, défendu par un splendide jaguar inséparable d'un molosse avec lequel il avait été élevé. Le lendemain, un convoi ferroviaire nous enleva jusqu'à la station de Nancaroïnza où nous attendait Jean-Paul Bernardini, un des éleveurs les plus notoires du Chaco. Ce Corse de cinquante-six ans, grand et fort, à l'œil clair et au teint coloré, était propriétaire d'une hacienda de trois à quatre mille têtes de bétail, au pied de la cordillère de l'Aguarague. Comment cet enfant de Ghisoni était-il parvenu jusqu'à ce coin perdu de l'Amérique du Sud et avait-il réussi à faire prospérer ses affaires ? Son aventure mérite quelques développements.

En 1912, un habitant de l'île de Beauté nommé Bonardi, ayant eu maille à partir avec la gendarmerie à la suite de manœuvres frauduleuses perpétrées en temps d'élection, avait cru devoir mettre un océan entre lui-même et ses poursuivants. Il avait échoué en Argentine avec sa femme et ses deux filles, et de proche en proche, avait atteint la région de Cuevo en Bolivie. Ce personnage ne savait rien faire sinon de la politique, aussi résolut-il de se consacrer à l'avenir de ses filles. Il s'avisa qu'un riche célibataire, éleveur de bétail, exerçait ses activités près de Camiri et n'eut de cesse que de lui donner sa fille aînée en mariage. La jeune épouse mourut en couches en donnant le jour à une fille. Bonardi s'ingénia à rendre le veuf inconsolable et veilla à sauvegarder les intérêts de l'héritière. Quand elle eut dix-huit ans, il partit avec elle en Corse pour lui trouver un mari. Son choix se porta sur un neveu, le jeune Jean-Paul, qui venait d'atteindre sa majorité. Le jeune couple prit le chemin de Nancaroïnza et voilà comment, après les affres et les destructions de la guerre du Chaco qui bouleversèrent la région, les Bernardini remontèrent leur belle hacienda, près de la ligne de chemin de fer qui joint Santa Cruz à l'Argentine.

Le développement de l'Oriente bolivien et la découverte du pétrole dans les structures de Madrejone constituèrent deux pôles de consommation de viande exceptionnels qui firent prospérer les affaires. Leur vaste troupeau à demi sauvage pâturait la forêt à mimosées du Gran Chaco, une broussaille inextricable où poussent les cactus, les épineux, les grands caroubiers et les arbres à tanin. La première propriété s'étendait sur vingt-cinq mille hectares, une deuxième près de Villamontes en comportait une quinzaine de milliers supplémentaires. Le bétail vivait à l'état libre, seuls les petits veaux étaient rassemblés à la ferme pour être nourris par un troupeau de vaches laitières, jusqu'à ce que leurs cornes aient atteint dix centimètres pour se défendre contre les jaguars. Des mares artificielles, les *atajadas*, servaient d'abreuvoirs, et étaient creusées de-ci de-là dans la forêt pour stocker les eaux de pluie. La capture du bétail d'abattage nécessitait un fort contingent de gauchos bien entraînés.

Les bâtiments de l'hacienda, situés au pied de la montagne, étaient largement approvisionnés en eaux jaillissantes, les jardins étaient plantés d'arbres fruitiers, orangers, citronniers, pamplemoussiers, bananiers, que des vols de toucans et de grands perroquets pillaient à longueur de journée. Des massifs de bougainvillées et de lianes fleuries rampaient sur les tonnelles et ombrageaient les terrasses. Une arche de Noé de canards, de dindons, de poules et d'oiseaux familiers s'ébattait dans les cours et les bassins. Les petits veaux bramaient au fond de leurs corrals en attendant l'heure du lait, que les péons indiens recueillaient dans le troupeau et versaient dans les auges. Un de ces abreuvoirs, de forme étrange, attira mon attention, c'était une grande carapace de plus de deux mètres de long, faite d'écailles polygonales qui me firent penser au glyptodonte, un édenté fossile qui habitait cette région vers le milieu de l'ère tertiaire.

Lorsque j'interrogeai un des péons qui apportaient le lait sur l'origine de cette coquille, il me répondit que quelqu'un l'avait trouvée dans un glissement de terrain dans la montagne. Je lui demandai s'il pouvait me conduire à cet endroit. Il accepta mais me précisa qu'il n'y avait plus rien à ramasser et qu'il valait mieux que j'aille chasser les dindons sauvages. Après deux heures d'errance dans les creux et les bosses de la montagne, nous atteignîmes un vallon escarpé où un éboulement avait eu lieu quelques années auparavant, mais la végétation avait repoussé sur les décombres. Entre les blocs et la pierraille pointaient cependant de nombreux ossements plus ou moins détériorés par les pluies, des morceaux de boîtes crâniennes, des chapelets de vertèbres, des mâchoires de camélidés, un crâne de toxodon que je reconnus à sa massivité et à ses larges molaires. Effectivement, il n'y avait rien à recueillir et mon guide me regardait d'un œil apitoyé. Quelques mois plus tard, je signalai ce gisement au professeur Raymond Hochsteter qui travaillait sur une paléontologie du contingent sud-américain, sous l'égide de l'UNESCO.

La paléontologie n'étant pas mon violon d'Ingres, je souhaitais refaire l'itinéraire du docteur Crevaux, massacré le 25 avril 1882, avec quatre compagnons français, quatorze Boliviens et deux Indiens interprètes, par les guerriers tobas, près de Teyo sur le Pilcomayo.

Cette mission, patronnée par le ministère français de l'Instruction publique, avait deux objectifs : d'abord, explorer le bassin du haut Paraguay et atteindre celui de l'Amazone, ensuite, et à la demande du gouvernement bolivien, faire l'exploration et le relevé du fleuve Pilcomayo, en vue de la création d'une voie commerciale entre la Bolivie, le Paraguay et l'Argentine, destinée à compenser la perte du littoral du Pacifique conquis par le Chili.

Arrivé à Tarija le 8 mars 1882, le docteur Crevaux rendit visite au préfet des missions franciscaines italiennes, le père Doroteo, qui était le truchement obligatoire pour les relations avec les tribus indiennes, Chiriguanos, Tobas, Chorotis, Matacos et Noctènes. La situation régionale était mauvaise, les gens de Caïza, excédés par les rapines des Indiens, avaient attaqué récemment les Noctènes, massacré dix ou douze guerriers et ramené sept enfants. Les tribus étaient en alerte, mais le Français fit montre d'un optimisme excessif; il voulait fraterniser, réunir un grand palabre, faire la paix. Il entreprit la construction de pirogues pour transporter l'expédition sur le fleuve. A la veille de s'embarquer, la nouvelle lui parvint que Tobas et Noctènes faisaient tomber leur colère sur les Indiens de la mission de Machareti. Il en éprouva une grande contrariété, mais il persista. « S'il faut mourir, disait-il, je mourrai! Mais si l'on ne risque rien, on ne découvrira rien, et l'on sera toujours dans les ténèbres. » Au milieu des cris d'adieu de la station de San Francisco où l'expédition au complet s'était rassemblée, les quatre embarcations disparurent à un coude du río. Le soir du même jour, le docteur Crevaux arriva à Irua et envoya, par porteur, un message au père Doroteo. « La paix est faite avec les Tobas, nous avons parcouru douze lieues sans incidents. »

Le 20 avril, l'expédition atteignait Bella Esperanza; les Tobas lui faisaient escorte sur les deux rives. Le 22, elle était à Teyo. Le docteur avait avec les naturels les rapports les plus amicaux et couchait seul au milieu des Tobas. Les 23 et 24, les explorateurs gagnèrent Cavayu Repoti, après avoir fait franchir aux canots une chute qui forme barrage au milieu de la rivière. Le 25 à dix heures du matin, ils s'arrêtèrent à une grande plage de sable. Les Indiens les invitèrent, comme de coutume, à manger avec eux des poissons et de la viande de mouton.

Le docteur Crevaux et ses deux adjoints, le docteur Billet et Ringel, acheminèrent leur embarcation vers la rive. Dans la dernière, venait le timonier de la marine française, Haurat, avec deux interprètes et un serviteur. A peine les explorateurs approchèrent-ils du bord qu'ils furent entourés d'un nombre considérable d'Indiens qui se précipitèrent sur eux et les massacrèrent à coups de *makanas* (massues) et de couteaux.

Haurat et ses trois passagers se jetèrent aussitôt à l'eau mais les Tobas les poursuivirent et les firent prisonniers. L'un d'eux fut tué, seul le jeune interprète, qui était d'origine toba, eut la vie sauve. Quant au Français et au reste de la mission qui comprenait quatorze Boliviens, ils furent mis à mort dans les plus atroces souffrances, ligotés à des troncs de caroubiers, servant de cibles vivantes aux flèches des guerriers. Leur supplice dura six mois. Tous les cadavres furent ramenés sur la plage et dépouillés de leurs vêtements; les bagages furent éventrés, les embarcations incendiées, et la première crue du Pilcomayo fit disparaître les traces de cette abominable tuerie.

On s'étonnera peut-être qu'une telle expédition n'ait pas vendu chèrement sa peau, mais elle était sans arme; le docteur Crevaux, toujours sans défiance, les avait fait mettre sous clé pour ne pas heurter la sensibilité de ces bons sauvages. Tous les éléments de ce récit furent rapportés par le jeune interprète toba que le père Doroteo parvint à racheter par la suite.

La disparition de cette mission provoqua une grande émotion et le ministère français des Affaires étrangères prescrivit des recherches pour retrouver quelques rescapés éventuels, et ce qui pouvait rester des instruments et des documents des explorateurs.

Le voyageur Arthur Thouar, membre de la Société de géographie de Paris, fut chargé de cette mission. Arrivé à Arica le 12 mai 1883, il parvint à La Paz le 28 mai, ayant franchi à dos de mule la partie la plus étroite de la cordillère. Après avoir accompli toutes les formalités administratives qu'exigeait sa mission, il gagna Tarija par la route de Sucre et Camargo. Un corps expéditionnaire de deux cents hommes l'y attendait sous le commandement du colonel Estenssoro. Le gouvernement bolivien tenait à effacer le meurtre de Crevaux, à consolider sa présence au Chaco dont les tribus indiennes étaient en lutte permanente les unes contre les autres, et enfin, à poursuivre sa recherche d'une route de dégagement vers le Río de la Plata. Thouar s'établit à la mission d'Aguairenda, au cœur du pays des Chiriguanos, voisins des Tobas, et commença ses recherches. Après avoir recueilli divers témoignages et retrouvé quelques objets ayant appartenu au malheureux Crevaux, il se transporta à Caïza pour participer à la construction d'un fortin qu'il baptisa Colonie Crevaux. La moitié de la troupe, soit une centaine d'hommes, demeura au nouveau poste. Le reste s'enfonça vers le sud, le long du río Pilcomayo, pour atteindre Asunción. L'exploration dura trois mois au milieu de difficultés incroyables. Plusieurs violents combats opposèrent l'expédition aux tribus les plus belliqueuses, la traversée de grands marécages manqua de lui être fatale. Bref, le 12 novembre, les rescapés parvinrent à Asunción. Ils avaient traversé les terres les plus inhospitalières, frôlé le massacre, échappé à la famine, à la soif, à la maladie et à la mort, mais rapportaient des cartes, des collections précieuses et des notes sur la nature du pays et les mœurs des populations.

Malheureusement, la voie du Pilcomayo semblait bien aléatoire pour ouvrir une grande route commerciale et les autorités boliviennes étaient impatientes. Arthur Thouar consacra encore trente-huit mois et trois explorations à cette tâche surhumaine. La première, commanditée par les Argentins, concerna le delta du Pilcomayo. La deuxième se déroula à travers les provinces limitrophes des deux pays, et la troisième, de décembre 1886 à décembre 1887, eut lieu dans le Chaco Boreal, sous les auspices de la Bolivie.

Je voulais célébrer la mémoire de nos deux explorateurs complètement oubliés de notre pays, qui poursuivait, à cette époque et en d'autres lieux, ses conquêtes coloniales.

Jean-Paul Bernardini offrit de m'accompagner avec un véhicule tout terrain. Nous partîmes donc, avec mon fils Jean-Marc et un chauffeur, à travers la brousse impénétrable du Chaco Boreal en suivant d'anciens layons que les compagnies américaines de recherche pétrolière avaient tracés au cours des années précédentes. Le parcours fut laborieux mais sans obstacle majeur et nous arrivâmes, sans ennuis, près du village de Crevaux, sur la fameuse plage de sable du Pilcomayo où, quatre-vingt-un ans plus tôt, avait été massacrée la mission.

La rivière était aux basses eaux et parsemée de bancs de sable. Quelques pêcheurs tobas tiraient avec arcs et flèches les gros poissons *surubis* qu'ils transperçaient avec une précision confondante tant leur correction à l'œil de la parallaxe de réflexion était parfaite. Leur campement, situé sur la berge haute, était misérable; quelques femmes, au visage aplati et vêtues de haillons, allaitaient leurs enfants et cuisaient sur des feux maigrelets les poissons fraîchement éventrés. Au pied des huttes de paille rudimentaires, des tas de carapaces de tatous disaient la frugalité des menus quotidiens, et des chiens squelettiques se disputaient on ne sait quels débris alimentaires. Qu'étaient donc devenus les grands guerriers dont parlait Thouar ?

« La tribu des Tobas est une des plus considérables de celles qui peuplent le Gran Chaco... Ils sont grands, d'une taille au-dessus de la moyenne, forts, robustes et bien musclés. La couleur de leur peau est un peu plus foncée que celle des Chiriguanos, ils se tatouent la figure, la poitrine et les bras. Ils sont belliqueux et se battent avec un rare courage et un profond mépris de la mort... Malheureusement, ils sont enclins à l'ivrognerie la plus bestiale, ils sont paresseux, portés au vol et au pillage, ils se livrent exclusivement à la pêche et à la chasse et ne font aucune culture. A la suite d'une bataille, ils coupent en morceaux les cadavres ennemis et les apportent aux femmes qui les insultent et les profanent *. »

Était-ce cette sauvagerie primitive, cette inaptitude à l'adaptation, ce manque d'élévation spirituelle qui les avaient fait disparaître au contact de la civilisation blanche ? Pourtant, le Chaco était encore vide d'étrangers et n'avait jamais servi de réservoir de main-d'œuvre pour les mines et les encomiendas. L'espèce humaine obéit, comme tout ce qui est vivant sur la terre, à des lois qui nous échappent encore largement; il semble que l'enchevêtrement

* A. Thouar, *Explorations dans l'Amérique du Sud*, Paris, Librairie Hachette et Cie, 1891.

des habitudes, les caprices de l'imagination, les influences de l'environnement et, d'une façon générale, le caractère imprévisible des comportements, empêchent toute explication de dimension universelle.

La saison sèche était d'une tristesse indicible. Les bois de mimosées d'un vert poussiéreux, le fleuve trouble et sale, les cabanes délabrées, les visages grossiers, la chaleur lourde, méritaient bien le terme de tristes tropiques, que leur avait attribué le grand ethnologue Claude Lévi-Strauss.

Nous fîmes un petit cairn avec de gros galets éboulés de la berge, monument dérisoire pour ce qui avait été une grande aventure, un rêve ardent, la passion de connaître, la soif de s'accomplir.

Nous repartîmes par l'ouest, pour visiter quelques anciennes missions franciscaines, autrefois puissantes, aujourd'hui abandonnées, Tarairi, Parapeti, Machareti. Cette dernière, penchée sur un épaulement de terrain, dominait un ancien village en ruine. L'église elle-même était ouverte à tous les vents et son toit s'effondrait. Une croix était toujours dressée à l'entrée et, sur son socle, un oiseau noir, avec la tête légèrement inclinée et un bec curieusement ondulé, était perché et me regardait sans bouger. Je demandai à Jean-Paul Bernardini s'il connaissait le nom de ce volatile. « Non! me dit-il, mais comme il est noir et qu'il observe sans bouger, c'est sans doute un oiseau sorcier. Les Indiens en ont très peur, car ils pensent qu'il les surveille pour renseigner les chamans. »

Nous arrivâmes au milieu de l'après-midi à Cuevo où résidait François Constantini, le beau-frère de Jean-Paul, originaire comme lui de Ghisoni, et époux de la deuxième fille Bonardi. Il exploitait un domaine de dix hectares où il cultivait des oranges et des légumes qu'il exportait à Santa Cruz. En début de soirée, nous rendîmes visite à l'évêque italien qui évoqua la lente disparition de ses ouailles et l'irrévocable abandon des missions. Ces communautés indiennes sont très vulnérables, disait-il, leur alcoolisme invétéré, les épidémies et l'intrusion des étrangers les déciment. Ce qu'il oubliait de dire, c'est que les missions catholiques avaient également joué un grand rôle avec leurs réductions et leurs établissements protecteurs qui avaient transformé des tribus entières en bons moutons, tandis que les loups non encore évangélisés du voisinage venaient sans vergogne les saccager et les détruire. Le Gran Chaco, comme l'Enfer, avait toujours été pavé de bonnes intentions et parcouru par de bons et de mauvais apôtres, mais les bons vœux et les prières comme les actes de barbarie n'avaient pas encore réussi à y corriger la condition humaine.

Le soir, nous dînâmes fastueusement chez les Constantini car l'hospitalité corse a des lettres de noblesse et une longue tradition de savoir-faire. Je m'émerveillais de voir ces deux originaires de Ghisoni qui continuaient à vivre, par l'esprit, dans leur village alors qu'ils avaient quitté leur île depuis plus de trente ans.

Ils étaient abonnés à *Nice-Matin*, qui leur parvenait généralement avec quelques mois de retard. Ils y relevaient les faits divers du canton, les décès et les mariages, les péripéties électorales et les calamités naturelles. C'est ainsi que j'appris les malheurs de la veuve Paoli qui s'était brisé la jambe, et les aventures du fils Perretti qui était resté sur le continent avec sa *pinsutta* de femme.

Cuevo n'était qu'un gros village aux portes de l'Argentine; il abritait une compagnie de militaires qui surveillait théoriquement les phénomènes d'osmose frontaliers. Quelques années plus tard, il devait devenir un centre opérationnel de lutte anti-guérilla après que l'illustre Che Guevara se fut réfugié, Dieu sait pourquoi, dans ces brousses mélancoliques pour y matérialiser ses rêves révolutionnaires. Peut-être était-ce par nostalgie de sa patrie d'origine dont il sentait la proximité, le souvenir de son passage dans le Beni voisin ou une erreur de jugement sur le vivier révolutionnaire que pourraient constituer les marches du Chaco. En tout cas, il y tomba sous les balles étrangères des rangers américains comme un Toba ou un Chiriguano, sans avoir appris que la révolution dévore toujours ses enfants. Seul, sans doute, l'oiseau sorcier aurait pu nous le dire, bien que je le susse incapable de deviner quels furent les réflexions et les états d'âme de Régis Debray, enfant de Neuilly et de l'École normale supérieure de la rue d'Ulm, qui fut fait prisonnier et passa plus de trois ans solitaire dans une geôle infâme de Camiri.

Jean-Paul Bernardini avait formé le projet de m'initier aux mystères pétroliers de la région. Nous étions, en effet, au cœur de la grande structure qui s'étend de Madrejone en Argentine au nord de Santa Cruz, et qui comprend plus d'une quarantaine de centres d'extraction de pétrole et de gaz forés le long de la grande dépression chaco-béniane qui borde le pied des Andes.

La découverte des hydrocarbures en Bolivie remonte à la fin du XIXe siècle, vers 1867 pour la région de Tarija et 1896 pour celle d'Hincahuasi. Dès le début du siècle, près de quatre millions d'hectares de concessions furent attribués à perpétuité à près de quatre-vingts compagnies, en majorité nord-américaines. Pendant la Première Guerre mondiale, les gouvernements libéraux boliviens déclarèrent les gisements pétroliers propriété exclusive de l'État et les concédèrent, contre une rente de 10 %, à la société Richmond Livering Co., qui les passa en 1922 à la Standard Oil. Ils ne sortirent plus, désormais, des mains nord-américaines et, quels qu'aient été les avatars politiques, la Standard et la Royal Dutch Shell contrôlèrent les robinets, régnèrent sur la géologie, assistèrent, impavides, à la guerre du Chaco, poussèrent les gazoducs et les oléoducs jusqu'au Pacifique, vendirent à la Bolivie le pétrole péruvien, et contestèrent, en bons businessmen, les redevances, les impôts et les taxes. En 1937, la Bolivie, excédée, nationalisa tout son pétrole et créa la compagnie bolivienne YPFB. Elle n'avait, bien entendu, ni le personnel ni le matériel ni les marchés pour exploiter les gisements et dut faire appel à la Standard Oil qui se transforma alors en opérateur et stabilisa les pompages à un niveau de croisière de huit millions de tonnes; ce que certains appelèrent une mise en réserve stratégique ou une sauvegarde économique des gisements américains. La révolution de 1952 n'eut pas à nationaliser le pétrole puisque c'était déjà fait. De toute façon, en 1955, l'adhésion de la Bolivie au *Mutual Security Act*, loi de sécurité mutuelle sur les investissements nord-américains à l'étranger, ne fit qu'ouvrir un peu plus ses portes aux capitaux des États-Unis sans pouvoir investir elle-même à l'extérieur puisque toutes ses productions s'effondraient.

Nous ne fûmes pas admis à visiter le moindre puits : un grand mystère entoure toujours l'or noir, et ces nouveaux temples sont servis par des vestales casquées aux mains noires et parlant l'anglais. Nous nous contentâmes de regarder brûler les torchères dans le soir tombant sur Yacuiba et Bermejo. Au pied de chacune d'elles, un véritable tapis de papillons de nuit, de coléoptères géants, de tout ce qui vole et s'éblouit, couvrait le sol sur des dizaines de mètres carrés, même l'oiseau sorcier y aurait brûlé ses ailes. Comme je ne peux pas supporter le massacre de la nature et l'hypocrisie des hommes, je m'attendais à le voir perché sur chaque branche, pour accompagner mes états d'âme.

Heureusement, nous quittâmes le Chaco après une nouvelle escale dans la lumineuse hacienda des Bernardini, ce paradis où tous les animaux s'ébattaient en liberté et où la maîtresse de maison semblait présider à quelque pastorale dans les jardins de Jean-Baptiste Huet. Nous prîmes le train à Nancaroïnza pour rejoindre, sans avarie, Santa Cruz de la Sierra. Notre voiture était remisée chez le consul, Núñez Del Prado, dont les deux sœurs comptaient parmi les artistes les plus réputées de Bolivie.

Les deux jours qui suivirent furent consacrés à la visite des gorges du Pilcomayo et à la région de Villamontes où de grands travaux hydrauliques avaient été abandonnés, faute de ressources suffisantes. De nombreuses tranchées et fortins de la guerre du Chaco marquaient encore la ligne de front. C'est de là que les petits soldats indiens de l'Altiplano avaient enfin aperçu dans le lointain la cordillère des Andes et compris pour quoi ils se battaient. Eux qui avaient tant souffert des dysenteries et des maladies tropicales et qui s'étaient épuisés dans des brousses inconnues avaient brusquement cessé de reculer et retrouvé l'ardeur des armées de l'Inca. Ici, c'était leur pays et tous les conseillers militaires étrangers pouvaient, des deux côtés, replier leurs cartes : la guerre était finie.

De retour à Santa Cruz où nous avions laissé notre bagage, nous reprîmes la route de Cochabamba et d'Oruro et retrouvâmes l'air léger et pur des cimes.

A La Paz, la situation avait perdu de sa sérénité : les mineurs s'agitaient de plus en plus et les nouvelles communautés paysannes leur emboîtaient le pas. Les difficultés monétaires du gouvernement ne faisaient qu'empirer malgré un doublement de l'aide américaine. Depuis trois ans, le Trésor national avait reçu l'équivalent annuel de 35 % de son budget auquel il convenait d'ajouter l'appoint du Point IV qui finançait, selon des pourcentages variables, le fonctionnement des ministères des Mines et Pétrole, de la Santé publique, de l'Éducation, des Travaux publics, et même le Conseil national de la réforme agraire. Cette assistance permanente hypothéquait gravement la liberté de manœuvre du gouvernement et surtout le maintien de sa doctrine révolutionnaire. Comment harmoniser, en effet, le discours politique libérateur et la dépendance croissante de l'aide extérieure concernant les produits de base ? Comment dissimuler les concessions économiques qu'il fallait consentir en contrepartie, dans les domaines pétroliers, dans les mines d'or, les gisements de cuivre et de métaux rares ? Ces contradictions sapaient progressivement la révolution et la propagande castriste, de plus en plus active, éveillait des contestations ouvertes dans les mines et dans les campagnes. Le secrétaire général de la COB, le puissant Juan Lechin Oquendo, se voyait accusé de soutenir un gouvernement qui trahissait ses promesses et était tenu pour responsable du chômage grandissant, des divisions de la classe ouvrière, de la faim et de la misère. Il tentait de réagir, mais ses justifications ne parvenaient qu'à l'accabler davantage. « L'aide américaine a été bénéfique, écrivait-il, grâce à elle, nous avons pu affronter l'étape la plus difficile et la plus périlleuse de notre constitution révolutionnaire. Le blé, le lait et les dollars nord-américains nous ont permis d'esquiver la phase critique découlant de toute révolution *. »

Le communisme traditionnel relevait la tête. Chinois et Russes instillaient leur propagande via le Brésil et l'Argentine et le chef des services spéciaux, un républicain catalan, grand ami de la France, me donna les éléments les plus inédits pour faire un rapport très documenté que je transmis à Paris. Ce travail était d'autant plus nécessaire que personne ne s'y retrouvait dans ces joutes doctrinales. En Bolivie, il y avait eu, de tout temps, plusieurs familles de communistes : d'abord un communautarisme fondamental archaïque et instinctif, puis, à partir de 1920, un communisme internationaliste, de type bolchevique IIIe Internationale, préconisé par Roberto Ino-

* Juan Lechin Oquendo, *La COB y la estabilización monetaria*, La Paz, Publications COB.

josa, puis un communisme trotskiste, se réclamant de la IVe Internationale, le POR, enfin le castrisme et le maoïsme. Si l'on ajoute à ce remue-ménage la résurgence des partis conservateurs qui exploitaient le mécontentement des anciens propriétaires dépouillés par la révolution, on aura un tableau à peu près complet des obstacles auxquels se heurtaient le président Paz Estenssoro et son MNR. Pris entre la jungle capitaliste représentée par l'impérialisme américain et la chiourme totalitaire inspirée par le marxisme-léninisme, il se raccrochait instinctivement à la voie médiane d'une social-démocratie un peu bourgeoise et un peu progressiste que l'on appelait le non-alignement.

C'est ainsi que l'Indonésien Soekarno fut reçu triomphalement en 1960 et que le maréchal Tito apparut dans le ciel de La Paz en 1962. Cette visite fut précédée par des mesures de sécurité exceptionnelles. Les Yougoslaves des Brigades internationales de la guerre d'Espagne, nostalgiques du Kominform, et les Croates oustachis réfugiés en Bolivie furent mis sous surveillance dans des camps éloignés; mon collègue, l'ambassadeur d'Espagne, n'en parlait pas moins d'en tenir quelques-uns dans sa ligne de mire. Bref, ce fut un Tito prospère et souriant, flanqué d'une Jovanka aux rondeurs populaires, qui foula les tapis des palais de la république. Les journaux débordèrent d'éloges sur le modèle d'intégration nationale que représentait la Yougoslavie, les mérites de l'autogestion, des conseils élus et de l'alliance socialiste du peuple travailleur. Un vague accord économique portant sur des moulins à égrener le maïs et une invitation faite au président Paz et à sa femme d'aller chasser l'ours à Brioni complétèrent un échange de vues qualifié d'exceptionnellement fructueux par la presse. Pendant que le maréchal visitait Cochabamba, accompagné du corps diplomatique au complet que l'on avait déménagé de La Paz à grand renfort d'autobus, des troubles paysans furent signalés dans le valle, mais les milices *campesinas*, destinées à maintenir l'ordre révolutionnaire, en eurent rapidement raison.

Ces formations parallèles n'étaient pas du goût des militaires qui reparlaient, sous le manteau, de regroupement des forces saines de la nation. Plusieurs défilés eurent lieu sur le champ de manœuvres de Miraflores où l'on put admirer les nouveaux équipements de la troupe, le pas de l'oie poméranien des jeunes recrues indiennes et une compagnie de marins commandée par un amiral en souvenir du littoral perdu du Pacifique. Au terrain d'aviation de l'Alto, les vieux DC-3 lancèrent quelques parachutistes dont trois s'écrasèrent dans les environs. Pour faire taire les contempteurs du matériel militaire, le jeune général d'aviation René Barrientos Ortuño, originaire de Tarata, prit un parachute au hasard et sauta dans le vide avec un plein succès. Soucieux de ménager l'armée, Víctor Paz Estenssoro choisit alors le héros du jour comme vice-président de la République.

Les dimanches et les multiples jours de fête à La Paz étaient pour l'Européen d'une déprimante mélancolie. Une fois épuisées les joies folkloriques du marché des Alacitas où les fruits exotiques voisinaient avec un bric-à-brac de ponchos bariolés, de chapeaux melon, de fœtus de lamas et de vaisselles d'argent trop saucées de cuivre, après avoir contemplé quelque procession de Vierge Marie des faubourgs indiens ou les beuveries des comparsas professionnelles, essuyé des tirs de pétards et des pluies de cerfs-volants, les familles étrangères allaient se distraire à la montagne, sur les rives du lac Titicaca ou dans les vallées tropicales voisines des Yungas.

Je n'ai jamais rencontré, au cours de mes voyages, des régions aussi pourvues de sites originaux et de paysages grandioses que le piedmont andin. Pour atteindre cette zone fabuleuse, il faut d'abord passer les cols qui plafonnent autour de cinq mille mètres. De grandes congères de neige et de glace obstruent souvent ces étroits passages bordés de tombes indiennes et d'*apachetas* – on appelle ainsi de curieuses constructions, qui ne dépassent pas trente centimètres de haut, que les voyageurs édifient avec quelques pierres pour représenter leur demeure familiale afin que la Pacha Mama les protège pendant leur absence. Le vent glacial et les bourrasques y soufflent en permanence sur les falaises dénudées. Seuls quelques petits bergers et leurs chiens faméliques y guident des troupeaux de lamas.

La descente vers les vallées est vertigineuse et le croisement des camions entre les parois verticales et les précipices est un exercice acrobatique et dangereux. Bientôt les nuées du tropique emplissent les canyons et la route se fond dans une opacité glauque et ruisselante. Enfin, les premiers lichens apparaissent, puis d'étranges arbustes aux ramures tourmentées. La végétation s'épaissit, des fougères arborescentes émergent de la brume des sous-bois, découvrant des tapis de fraises sauvages et de fleurs miniatures. Quelques baraques misérables, des camions à l'arrêt chargés d'oranges et de régimes de bananes, des cuisines improvisées avec une clientèle grouillante autour des marmites marquent la première halte et la fin des nuées. A partir de là tout s'éclaircit, des cascades d'eau limpide dévalent des sommets, la vallée plonge vertigineusement parmi les bambous et les arbres élancés chargés d'épiphytes et de bouquets d'orchidées inaccessibles. Encore quelques lacets en épingle à cheveux et des surplombs terrorisants, des collines arrondies succèdent aux brèches cyclopéennes, une haleine chaude vous caresse, le bleu du ciel se voile légèrement, vous êtes dans les Yungas. Tout devient détente, douceur de vivre et même sourire sur les visages indiens. Chulumani et Coroïco vous accueillent avec leurs hôtels coquets, leurs villages à toits orangés et tout autour, au flanc des mamelons, les terrasses couvertes de plantations de coca. Car les Yungas sont la terre promise de l'or vert (*Erythroxilon coca*) qui, depuis la plus haute antiquité, fournit la drogue miraculeuse, l'antidote à la misère d'une humanité maudite.

Il lui faut une altitude de mille cinq cents à mille huit cents mètres et une température constante de vingt-cinq degrés. Ses feuilles ressemblent à celles du théier et sont cueillies délicatement à la main quand elles sont à maturité, juste avant la saison des pluies. Le séchage, sur des aires d'ardoise, est une opération délicate qui demande une longue expérience. Quand les folioles ont viré au vert-brun, elles sont emballées dans des sacs ou des feuilles de bananier et vendues à une légion de marchands en gros ou de détaillants qui les colportent à travers le pays. Une petite quantité sert aux infusions curatives, mais la plus grande part est destinée aux consommateurs des villes et des mines et aux laboratoires clandestins qui produisent la cocaïne. Tous les Indiens des cités et des champs mâchent quotidiennement leur boule de coca, pétrie avec une base, chaux, lessive domestique ou cendre, pour en extraire l'alcaloïde. Cette drogue insensibilise le système nerveux et fait disparaître la sensation de faim et de fatigue. Depuis les temps incaïques, la plante miracle a servi de nourriture aux hommes, d'offrande aux dieux, de calmant aux douleurs et de source aux rêves. La production annuelle, me dit un jour le président de la République, est de six à sept mille tonnes de feuilles, ce qui représente pour les paysans un revenu comparable ou supérieur à celui de l'étain au niveau national. Enfin, les laboratoires clandestins approvisionnent largement en poudre blanche le marché international et tout particulièrement celui des États-Unis. Malgré la vigilance des services de police, le trafic de la drogue bolivienne dispose de circuits séculaires innombrables et de complicités sans nombre dans la population.

A Coroïco comme à Chulumani, une des principales distractions pour les visiteurs d'un jour est la baignade dans les piscines des hôtels ou dans le lit des torrents qui descendent vers l'Amazone. Quelle étrange sensation que de passer en quelques heures des plages brûlant sous un soleil africain aux congères de neige qu'accumulent les essuie-glaces sur les pare-brise, lors du passage des cols sur le chemin du retour. Ce doit être ce contraste insupportable qui a bloqué depuis le XVIIIe siècle, dans une vallée voisine, une petite communauté noire en voie de dégénérescence, qui élit tous les trois ans son roi qui porte le nom de Congo.

Drogue quotidienne, intempérance, sorcellerie, ignorance, misère physiologique et finalement rejet du modèle occidental! Combien de fois le peuple indien nous aura-t-il donné ce spectacle, malgré les efforts, tardifs mais sincères, de ses gouvernants de le doter d'écoles, d'hôpitaux, d'organisations et de liberté d'initiatives. Un véritable oiseau sorcier le maintient toujours dans ses serres et des charmes anciens le dominent.

En revenant une nuit de Toussaint de Sorata où nous avions passé deux jours parmi les fleurs et les sortilèges du pays callahuaya, nous rencontrâmes, près d'Achacachi, un étrange spectacle. Une neige fine mêlée de bruine tombait sur l'Altiplano et tout à coup, dans le faisceau de nos phares, nous aperçûmes des formes noires qui encombraient la route. Nous pensâmes qu'il s'agissait de moutons ou de lamas qui allaient se lever et s'enfuir, mais rien ne bougeait. Nous descendîmes de voiture et constatâmes qu'il s'agissait de femmes ivres mortes qui dormaient d'un sommeil profond; le gel commençait à poudrer leurs ponchos et leurs jupes. Toutes portaient sur le dos un petit enfant enfoncé dans les plis de leur châle. A la lueur de nos lampes électriques, nous découvrions les petites frimousses et les grands yeux apeurés qui se tournaient vers nous. Devant cette lueur inquiétante surgie brusquement des ténèbres, ils esquissaient ce timide et poignant sourire qui est la seule défense des innocents contre les menaces du monde.

Ma femme supportait mal cette détresse et se réfugia dans l'auto. J'entrepris, avec le chauffeur, de dégager un passage parmi ces masses inertes que l'on ne savait comment saisir pour ne pas les blesser et meurtrir leurs enfants. Nous savions que de toute façon le froid allait les réveiller et qu'elles partiraient comme des bêtes farouches pour leurs lointains villages, dans la montagne, où elles s'abreuveraient d'eau claire jusqu'à leur prochain nirvana éthylique.

Ce besoin de se dépouiller, ne serait-ce qu'un instant, de son corps, de son âme et de ses misères, est sans doute une vieille tentation des hommes. Sur le parvis de l'église de Copacabana, au bord du lac Titicaca, je m'étonnais toujours de voir des groupes de femmes se saisir de leurs maris pour les immobiliser et leur glisser dans la bouche le goulot d'une bouteille d'alcool afin de les saouler. Quand l'ivresse faisait son effet, ils se levaient et dansaient dans des tourbillons éperdus avec leur compagne, jusqu'à ce qu'ils s'abattent.

10

M. Barrande, le doyen des Français, aurait voulu léguer à la France sa superbe collection minéralogique qui comportait des échantillons d'une rare qualité, recueillis au cours de ses cinquante-huit ans de présence en Bolivie. Il demandait seulement une dizaine de milliers de francs, pour laisser un petit viatique à sa femme et à sa fille. Je saisis la nouvelle chaire de géologie de l'université de Grenoble de cette offre inespérée. Il me fut répondu que les contraintes budgétaires de l'Éducation nationale ne permettaient pas une telle acquisition. La collection fut vendue, pièce par pièce, aux touristes de passage. M. Barrande en éprouva quelque chagrin, mais il me convia quand même à assister à sa fonte périodique de l'or. Une fois de plus, j'allai plonger mes mains dans les sachets de pépites et voir couler le métal en fusion dans les moules posés sur les balances. Le vieil homme opérait religieusement en apposant les marques officielles sur les lingots encore incandescents. Dans la pénombre du grenier où était son laboratoire, je croyais assister aux rites très anciens des grands prêtres alchimistes qui voulaient dérober les secrets du soleil.

Peu de temps après, Joseph Barrande s'alita pour un rhume anodin et j'allai, avec ma femme, lui rendre visite à l'hôpital. Il reposait calmement, avec son bon sourire, ses deux mains posées sur le drap blanc. Il avait fait toilette, s'était rasé de près et avait taillé avec soin sa courte moustache. Il nous accueillit avec sa gentillesse coutumière et comme nous le congratulions sur sa bonne mine et lui souhaitions un prompt rétablissement, il nous dit :

« Mes enfants, je suis content de vous voir car je voulais vous faire mes adieux.

– Comment, vos adieux! Mais vous allez venir la semaine prochaine pour faire un bridge à la maison!

– Hélas! non, dit-il, car je vais mourir demain, quand le soleil se couchera. Je sais que ma lampe n'a plus d'huile et que mon heure est arrivée. Oh, ce n'est pas un drame et je vais quitter cette vie très heureux, car elle m'a donné tout ce que je désirais : la santé, l'amour, la famille, des amis et les splendeurs de la nature. Je n'éprouve aucune angoisse ni aucun regret, j'ai été gâté, j'ai eu la liberté de faire ce que je voulais, que peut-on désirer de plus ? »

Cette confession d'une sérénité confondante nous avait émus et nous le quittâmes avec les paroles habituelles d'espérance. Le lendemain matin, je m'absentai pour aller régler une affaire urgente et quand je revins, le soleil s'était couché deux fois, mais, dès le premier soir, l'âme de M. Barrande s'en était allée avec lui.

Les nouvelles qui parvenaient d'Oruro, de Siglo Veinte et de Catavi étaient mauvaises; les mineurs menaçaient de venir manifester à La Paz pour réclamer leurs salaires. La radio retentissait de mises en garde du gouvernement contre tout désordre dans les campagnes. Il y avait dans l'air une tension électrique comparable au bourdonnement des abeilles dans la haute montagne, quand l'orage va éclater. « Les dieux ont soif de sang », aurait dit M. Barrande.

Le 1er mai, quelques coups de feu éclatèrent du côté des casernes de Llacacota et la police se répandit dans les rues, mais ce n'était qu'une alerte. Les castristes fêtaient le quatrième anniversaire de la République cubaine et des petits groupes de manifestants étaient pourchassés le long de l'avenida Camacho. Comme les forces de l'ordre tiraient à balles, il y eut une dizaine de morts. Le jeune fils d'une famille amie, étudiant à l'université, figurait parmi les victimes. Ma femme alla présenter ses condoléances à sa mère et celle-ci, pleine de dignité, lui dit : « Il est mort comme un homme pour ses idées, avec courage. Il n'y a plus qu'à prier pour lui. »

Une grande animation régnait à l'ambassade américaine qui tenait tant de ficelles dans ses mains qu'elle craignait pour son filet. Depuis la fin de la Seconde Guerre mondiale, les États-Unis avaient mis en place le Service agricole interaméricain (SAI), la Mission d'aéronautique civile, le Service interaméricain d'éducation (SCIDE), le Service américano-bolivien des voies de communication (Point IV), le Service de coopération de santé (CSSP), des missions d'assistance pour les mines et le pétrole, un conseil d'avocats pour la rédaction des codes (Davenport Evans). Enfin, on pouvait ajouter à la liste le Fonds monétaire international (FMI) pour la stabilisation monétaire et l'USAID (Aide des USA) pour l'économie en général. Les services des Nations unies lui échappaient théoriquement mais l'active et courageuse représentante de l'ONU, Margaret Anstee, de nationalité britannique, se faisait rappeler à l'ordre, souvent sans discrétion.

Il me semblait évident que l'oiseau sorcier, qui tenait depuis si longtemps le peuple bolivien dans ses serres, avait trouvé un robuste suppléant dans l'aigle chauve à tête blanche. La conjonction de ces deux symboles expliquait le passé, le présent et probablement l'avenir du nouveau monde et de ce qu'on appelait depuis quelque temps le tiers monde. De toute façon, les aigles des légions romaines, du Saint Empire, de la Russie, de l'Espagne, de l'Allemagne, de l'Amérique, de la France et d'ailleurs, comme les lions de Perse et d'Angleterre, le dragon chinois ou le tigre des Indes se sont toujours nourris du pauvre monde, sans savoir lui apporter autre chose que la domination.

Désormais, les coups de feu devenaient plus fréquents dans la ville et les gaz lacrymogènes nous faisaient pleurer dans les bureaux. Celui du conseiller commercial, malencontreusement placé sur la trajectoire des balles, entre les casernes de Miraflores et le ministère de la Défense, obligeait à certains moments mes collaborateurs à ramper sous les tables. La grande révolution de 1952 se défaisait irrésistiblement et d'autres se préparaient.

Au cours d'une visite à Lima, mon collègue, Jules de Königswarter, me conduisit à une réception chez le président de la République Belaúnde Terry, nouvellement élu, où je rencontrai le ministre de l'Industrie cubain, Che Guevara, une haute figure de la révolution universelle qui faisait une simple escale.

Ce personnage de légende me consacra plus de temps que je n'en méritais quand je lui eus donné des nouvelles de Santa Ana du Yacuma et du professeur Chavez-Suárez. Je devais le retrouver un peu plus tard en Afrique et je garde de lui le souvenir d'un homme de charme et de culture.

Peu de temps après, je pus signer enfin avec le ministre de la Santé, Guillermo Jaureguy Guatchalla, et le docteur Vellard l'acte de fondation de l'Institut franco-bolivien d'altitude. Ainsi, le vieux projet de Paul Broca et de Claude Bernard * venait-il d'aboutir après un siècle de vaines tentatives. Ce n'était pas, on en conviendra, une action d'aigle dominant les montagnes mais un travail de coq gaulois habitué à gratter les terres légères, comme disait William Gladstone, un Premier ministre d'Angleterre au caractère léonin. Désormais, les codirecteurs français et bolivien et les chercheurs des deux nations allaient donner une bonne image de coopération scientifique qui ne se démentit jamais, au cours des années qui suivirent. Le temps des inaugurations était d'ailleurs venu et le docteur Paz visita aimablement nos modestes réalisations dans le domaine des techniques électriques, au collège professionnel de La Paz. Il m'invita, à cette occasion, à un grand rassemblement scolaire qui devait avoir lieu à Achacachi, au bord du lac Titicaca. Cette cérémonie m'intéressait au plus haut point car je n'avais pas eu l'occasion, au cours de mon séjour, d'être mêlé aux activités éducatives. Je ne fus pas déçu.

Cette manifestation rassemblait un millier d'écoliers aymaras de l'Altiplano et une cohorte d'enseignants des écoles de la montagne. Pour la cir-

* Physiologiste et chirurgien français de la fin du XIXe siècle.

constance, les enfants avaient reçu un poncho et un bonnet indien à oreillettes. En attendant le défilé, ils se tenaient en rang par trois et par ordre de tailles décroissantes comme des statuettes de bronze ou une collection de soldats de plomb. Personne ne bougeait, ne parlait, ni ne souriait. Sans ces cris et ces bousculades qui marquent inévitablement, en Europe, les attroupements d'écoliers, un silence de plomb régnait sur la place du village.

Qu'adviendrait-il un jour de cette jeunesse disciplinée et méditative ? me demandais-je. Écouterait-elle les sirènes du Sentier lumineux et des mouvements de libération qui agitaient le Pérou voisin ou se contenterait-elle d'élargir sa place et ses avantages matériels au sein de la société bolivienne ? Comment organiserait-elle sa cohabitation, car elle était trop nombreuse pour se fondre par métissage dans l'autre peuplement d'une couleur et d'une culture si différentes des siennes et si jalouse de sa suprématie ? Et puis s'assimiler à qui et à quoi, quand on tient à sa différence à la fois physique et spirituelle ? Ce qui me frappait chez toutes les populations indiennes que je voyais, c'était leur double face : la sérieuse et la ludique. D'un côté, une impassibilité marmoréenne et de l'autre, un débridement brutal et imprévisible.

Au printemps précédent, Myriam Paz, la fille du président de la République, grande amie de notre pays, nous avait invités, ma femme et moi, à passer les fêtes de Pâques dans sa province natale de Tarija. Nous nous étions rendus à San Lorenzo chez les Chapacas pour assister aux fêtes de la Résurrection. Cette tribu, d'une grande beauté physique, se livrait à une véritable kermesse. Dès les premières lueurs de l'aube, la foule se répandait dans les rues en clamant : « Le Christ est ressuscité ! » Les gens s'interpellaient, gambadaient et dansaient par groupes entiers puis, devenus subitement muets, se rendaient à l'église. Quand l'office était terminé, la foule se précipitait, en faisant un vacarme étourdissant, sur les places et dans les rues du village où avaient été dressés des arcs de triomphe de verdure et d'œillets d'Inde, des cuisines volantes et des orchestres. Les danses et les beuveries s'accéléraient. Les *ruedas*, *taquiraris*, *huainos* et *zapateos* virevoltaient de toute part. Les étals de nourriture étaient pris d'assaut et puis en moins d'une demi-heure, vers midi, tout s'arrêtait, la foule rentrait chez elle, muette, affairée et pensive.

Une autre fois, alors que nous allions visiter la fameuse île du Soleil, au centre du lac Titicaca, nous nous arrêtâmes sur le parvis de l'église de Copacabana que de nombreuses comparsas aymaras avaient envahie pour fêter je ne sais quel saint protecteur. Le spectacle offrait une véritable palette de couleurs car tous les danseurs étaient revêtus de somptueux costumes pour des danses très spécifiques du florilège indien.

Il y avait les Chiriwanos de Achocalla avec leurs jupes blanches, leur cuirasse de jaguar et leurs énormes aigrettes rouges, les Pusippias du lac, avec leurs immenses paniers d'osier sur la tête ornés de plumes de flamants, les Wacas-Thokoris montant des toros et des chevaux enjuponnés comme le Salmazin des Basques, les Pallas-Pallas qui portaient des chapeaux à large bord et des bâtons noueux, les Laquitas de Viacha aux chapeaux de plumes blanches et aux ponchos vert et rouge, enfin les Callahuayas, ces fameux herboristes sorciers qui portaient de vastes sombreros, bordés de franges et des chasubles cousues de pièces d'argent. Il existait, m'avait-on dit, plus de trente-cinq types de danses et de comparsas sur l'Altiplano dont les thèmes, les figures et les costumes étaient différents. Les orchestres, composés de flûtes pentatoniques, *quenas* et *tarkas*, de *sampoñas* (flûtes de Pan) et de tambours, étaient aussi nombreux que les groupes de ballets. Tout le monde participait à la représentation, ivre de mouvements, de musique et de boisson, dans une sorte d'extase intérieure qui se lisait sur les visages. Quels attraits pouvaient avoir pour eux les trémoussements syncopés ou les frôlements lascifs des bals occidentaux ?

A la fin d'octobre, j'appris, par une correspondance du Quai d'Orsay, qu'un deuxième coup d'État venait d'avoir lieu en république du Dahomey, sur la côte d'Afrique. Ce pays indépendant depuis trois ans s'apprêtait à former le troisième gouvernement de son existence. Je ne me sentais pas le moins du monde concerné par cette affaire lorsque je reçus un télégramme de Paris, me demandant de rompre mon établissement puisque j'étais pressenti pour le poste d'ambassadeur à Cotonou. Bien que je me sois profondément attaché à la Bolivie, je n'eus aucun état d'âme parce qu'il s'agissait de l'Afrique avec qui j'avais un vieux pacte d'amour.

Nous prîmes donc congé, ma femme et moi, des nombreux amis que nous laissions, tant à La Paz que dans le pays, congé de nos fidèles collaborateurs du corps diplomatique, des ministres du gouvernement, du président Paz Estenssoro à qui j'étais redevable de tant d'aide et de sympathie. Congé de la cordillère royale et de ses vastes horizons que nous allâmes contempler une fois de plus au col de Palca parmi les apachetas indiennes où résidait certainement l'âme de la Pacha Mama. Quelques gardiens de lamas passaient en contrebas sur le chemin de Huancapampa et, pour mieux rythmer leur marche, jouaient sur la flûte ancestrale ces mélopées désespérantes qui semblent porter en elles toute la mélancolie du monde. Congé enfin de cet étrange pays qui avait possédé les plus grandes richesses de la terre, connu toutes les épreuves, mené tant de luttes sans lendemain et qui figurait toujours parmi les plus pauvres de l'Amérique du Sud.

Quel était le charme ou l'oiseau sorcier qui pesait sur son destin ? Une fois de plus les nuages s'accumulaient sur sa tête et annonçaient de nouveaux orages. Ce n'était encore qu'une simple prémonition mais elle flottait dans l'air comme une lourde angoisse.

Dans les mois qui suivirent, le vice-président de la République, le général Barrientos, fort du soutien de l'armée et des milices paysannes, renversa le président Paz et prit le pouvoir. Dès lors, les gouvernements militaires et civils alternèrent, allant de gauche à droite, du populisme au conservatisme. Certains ne durèrent que quelques mois, d'autres s'accrochèrent au hasard d'élections ou de coalitions éphémères. Onze nouveaux présidents devaient se succéder en moins de trente ans, dont sept militaires plus ou moins auteurs de coups d'État et quatre civils héroïques.

Le ministère des Affaires étrangères organisa la

cérémonie traditionnelle de départ, au cours de laquelle le président de la République me remit la grand-croix du Condor des Andes. Le ministre de l'Intérieur, Arze Murillo, offrit en notre honneur une soirée particulièrement brillante qui ne se termina qu'à l'aube.

J'avais demandé à Paris l'autorisation de rentrer en France par bateau, ce qui me fut accordé exceptionnellement. J'étais venu par mer et je voulais repartir de la même façon pour faire à rebours le voyage du premier représentant français en Bolivie, Buchet-Martigny, qui avait mis, sous Louis-Philippe, onze mois pour rejoindre son poste.

Retenu pendant quelques jours à La Paz pour des raisons de service, je conseillai à ma femme de prendre le train pour Arica, sur la côte du Pacifique, avec mes enfants, mes bagages et ma collection de perroquets. Je les rejoignis par avion pour embarquer sur le bateau italien *Donizetti* qui devait nous conduire par petites étapes jusqu'au port de Cannes.

Au moment de m'envoler du sol bolivien, j'achetai, dans un kiosque de l'aérogare, le quotidien *El Diario.* Il annonçait en première page que le député indien Wilge Neri et sa femme avaient été arrêtés par leur communauté et exécutés. Ils avaient, ajoutait le journal, été entourés par un cordon de cartouches de dynamite et s'étaient volatilisés. Ce simple fait divers m'apparut comme un symbole.

Quarante-huit heures plus tard, nous voguions déjà sur l'océan pour retrouver à toutes les escales, au Pérou, en Équateur, en Colombie, les étapes que mon lointain prédécesseur avait décrites dans les dépêches manuscrites que j'avais retrouvées aux archives de La Paz.

Ce brillant connaisseur des colonies espagnoles d'Amérique avait quitté Brest en octobre 1833, sur le navire du contre-amiral baron de Mackau, commandant l'escadre des Antilles qui allait châtier la ville de Carthagène d'Inde sur le littoral colombien. Ce port d'attache des galions avait gravement manqué de respect au consul de France en le promenant sur un âne à travers la ville. Ces peccadilles étaient monnaie courante au siècle dernier et les Affaires étrangères avaient, par esprit d'économie, profité de l'occasion pour acheminer leur homme. Le bombardement ayant eu lieu, la flotte rejoignit ses bases et Buchet-Martigny dut trouver un passage sur un caboteur de fortune pour atteindre Colón. A partir de là, il organisa un convoi de mules pour le transport de ses bagages, engagea deux domestiques et entreprit la traversée de l'isthme. Ce diplomate des temps anciens savait utiliser une boussole, un clisimètre et pouvait lever à la montre et au pas un itinéraire. Cinquante années avant le percement du célèbre canal, il fit, du futur ouvrage, une description stupéfiante, allant jusqu'à situer les grandes écluses, capter le Río Chagres, établir le lac de Gatun et même s'interroger sur le creusement de la tranchée à travers la Culebra. Quand il parvint à Panamá, il effectua une enquête économique pour évaluer la rentabilité du canal et trouva un brick américain qui accepta de le transporter jusqu'à Guayaquil en Équateur. Il y fit escale le 26 janvier 1834, pour porter au parlement de Quito une lettre du roi Louis-Philippe, mais le port était en rébellion et il fut mis en résidence pendant une cinquantaine de jours dans l'île de Puna. Il servit finalement de négociateur entre les rebelles et le général Flores, président de l'Équateur, et put poursuivre sa mission jusqu'à Quito où il négocia un traité d'amitié.

Revenu à Guayaquil, il trouva la corvette *La Favorite*, que la France, le croyant perdu, avait envoyée à sa recherche, dans une situation désespérée. La fièvre jaune, que l'on appelait le « vomito negro », avait frappé, provoquant la mort de la moitié de l'équipage. On enterra ces marins non loin de la mer, dans le cimetière de la Favorite que l'on peut voir par bâbord en entrant dans la rivière. Avec un effectif d'une soixantaine d'hommes très affaiblis, la corvette du roi ne pouvait plus naviguer par ses propres moyens. Buchet-Martigny dut recruter des matelots locaux pour la sortir des parages de l'île et la conduire à Paita, sur la côte nord du Pérou. Il resta dans ce port pendant deux mois pour attendre la frégate *La Victorieuse* qui devait réarmer et relayer *La Favorite* et le prendre à son bord. Une fois embarqué, le 19 août 1834, il fit voile vers le sud et arriva seize jours plus tard à Cobija, sur la côte du Chili. Mais il n'était pas encore au bout de ses peines. Il reconditionna ses bagages, acheta les mules nécessaires et partit par la route de Calama. Après avoir traversé, dans des conditions éprouvantes, le désert d'Atakama et noté avec soin tous les incidents et les singularités du parcours, il arriva à Chuquisaca le 25 septembre 1834, soit vingt et un jours après avoir quitté la côte du Pacifique et onze mois depuis son départ de France.

Plus heureux que lui, nous ne mîmes que trois semaines pour atteindre, dans des conditions de confort exceptionnelles, le port de Cannes. Le temps d'arriver à Paris, de prendre quelques consignes et de rendre compte de ma mission qui n'intéressait personne, je rebouclais mon sac pour l'Afrique comme je l'avais déjà fait vingt ans auparavant. Ma femme, stoïque, refit les bagages alourdis du « fourniment » de nos grands enfants et se prépara à me rejoindre par les voies les plus rapides. La merveilleuse aventure bolivienne était close, celle de l'Afrique repartait de plus belle.

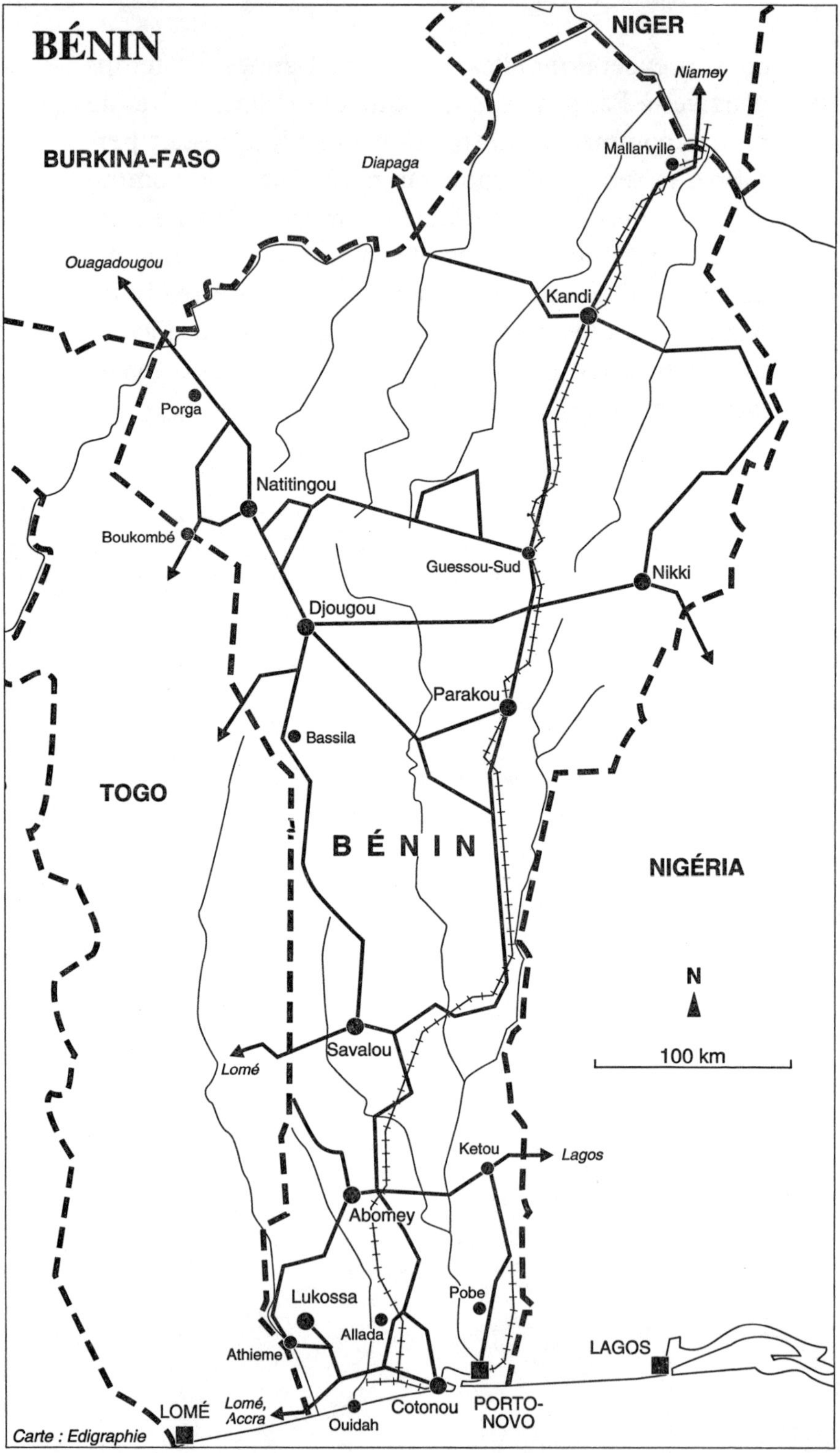
BÉNIN
NIGER
Niamey
BURKINA-FASO
Diapaga
Mallanville
Ouagadougou
Kandi
Porga
Natitingou
Boukombé
Guessou-Sud
Nikki
Djougou
Parakou
Bassila
TOGO
B É N I N
NIGÉRIA
N
100 km
Savalou
Lomé
Ketou
Lagos
Abomey
Pobe
Lukossa
Allada
LAGOS
Athieme
LOMÉ
Lomé, Accra
Ouidah
Cotonou
PORTO-NOVO
Carte : Edigraphie

11

Dès l'ouverture de la porte et avant qu'aucun passager n'ait quitté son siège, l'Afrique fit son entrée dans la carlingue de l'avion. Une bouffée de chaleur humide, un parfum de décomposition végétale, une rumeur d'exclamations au pied de la passerelle que l'on ne parvenait pas à arrimer, prirent possession de l'espace. Les voyageurs qui transpiraient déjà se précipitèrent à l'extérieur en se bousculant comme s'ils échappaient à un naufrage. Les usagers des transports aériens sont toujours entre deux agitations, au départ parce qu'ils appréhendent inconsciemment l'aventure et à l'arrivée parce qu'ils éprouvent un grand soulagement d'y avoir échappé.

Je descendis à mon tour en plissant les yeux à cause de la lumière d'opale et pour mieux distinguer les gens qui m'attendaient. En fait, je ne reconnaissais personne mais c'était sans importance puisque c'était à eux de m'accueillir. Un agent de sécurité s'empara de mon billet, de mes pièces d'identité et de mes talons de bagages. Je traversai un aéroport foisonnant de matrones imposantes en boubous bigarrés, d'enfants piailleurs, de ballots odoriférants et d'Européens dressés sur la pointe des pieds pour mieux découvrir les arrivants.

L'aéroport rustique de Cotonou, au Dahomey, était situé à quelques kilomètres de la ville et la route qui y conduisait traversait une forêt de cocotiers plantés le long de la mer. Quelques villas se dissimulaient sous les feuillages. Les toits de tôle des cases africaines, symbole du progrès et de la modernisation, se multiplièrent, puis de grands bâtiments rougeâtres apparurent qui abritaient, me dit-on, les services de la république.

A quelques centaines de mètres de là, l'ambassade de France, flambant neuve, occupait un vaste quadrilatère aménagé dans la palmeraie. Le poste était sans titulaire depuis quelques mois et un chargé de mission des Affaires étrangères m'y attendait. La résidence, conçue par un architecte dans le vent, sacrifiait à la mode des « modules ». Le Corbusier avait lancé le « modulor » dans sa « maison du fada » à Marseille. Celui de Cotonou avait adopté un gabarit de 2,65 m pour ses constructions tropicales, ce qui rendait toutes les pièces circonscrites dans les multiples de ce format, d'une monotonie déprimante. Quant aux salles de bains, sanitaires et espaces de rangement qui devaient se loger dans l'unité de base, leur exiguïté était telle qu'un homme normal pouvait à peine s'y mouvoir. Les plafonds et parois étaient en béton brut de décoffrage, parés de la seule noblesse de la matière vierge et les plaques extérieures du revêtement, en galets de rivière, avaient la réputation d'être inaltérables. Quelques décors en céramique, un mobilier en copeaux de pins nordiques agglomérés aux résines synthétiques et des fauteuils en fil de fer soudés occupaient l'espace fonctionnel des diplomates de la nouvelle vague.

La partie supérieure de l'immeuble, aménagée en vivarium sans frontière, était largement ouverte sur la plage et la mer dans le bruissement des palmes et le grondement lointain du ressac et des marées. Des ouvertures, pratiquées dans le plafond, étaient destinées à capter quelques coins de ciel bleu et de nuées tropicales pour agrémenter les relaxations méridiennes. Il n'avait malheureusement pas été tenu compte des tornades nocturnes et des cataractes diluviennes qu'il fallait étancher en catastrophe, dans le plus simple appareil ou en pyjama, pour maintenir hors d'eau les chambres à coucher.

Des panneaux de zinc mobiles montés sur rails aériens du plus horrible effet avaient été mis en place ultérieurement. L'architecte prétendait que ce décor nouveau soulignait le caractère nettement industriel de notre civilisation. De toute façon, ajoutait-il, peu importaient ces détails puisque l'essentiel était constitué par la ligne d'horizon sur laquelle s'inscrivait, en rupture, le parallélépipède parfait du bâtiment central. L'escalier monumental de la façade aux gradins en échelle de meunier affirmait de la même façon, par sa transparence, le caractère en filigrane de la présence française. Des bureaux élevés à proximité étaient de la même inspiration mais ils rappelaient par leur structure en « barre » l'horizontalité de la mer voisine. Le rez-de-chaussée était un espace vide soigneusement rendu inutilisable par des bacs à fleurs coulés dans la masse. On accédait à l'unique étage par une cuve circulaire en céramique bleue dont l'ouverture libre était occultée le soir par un volet roulant. La descente des conduites sanitaires dépourvues de masque qui flanquaient cette entrée monumentale ne pouvaient, au dire de leur concepteur, qu'étonner des cervelles incapables d'abstraction.

Les bâtiments de la présidence de la République qui s'élevaient à quelques centaines de mètres sur la droite, le long du boulevard maritime, étaient du même père et de la même veine. Les galets rougeâtres des revêtements extérieurs symbolisaient les latérites africaines. De vastes champs de manœuvre aux bitumes de couleur et une forêt de lampadaires attendaient de nuit et de jour le déploiement des armées et des foules en liesse. Les salles de réception, à l'intérieur de ces monuments, étaient somptueuses. Les dallages en marbre du Trentin étaient parsemés de miroirs d'eau où les invités tombaient par mégarde et se mouillaient les pieds jusqu'à la cheville, les jours d'affluence. La climatisation avait fonctionné dans les premiers temps mais depuis que les cancrelats s'étaient aperçus que les gaines des fils électriques étaient comestibles, tout le système s'était mis en court-circuit et il aurait fallu un programme d'aide internationale pour le rétablir.

Dans l'euphorie des indépendances, toutes sortes de « réalisations » avaient ainsi vu le jour, hôpitaux, collèges, hôtels des postes, sièges de banques, et même un « village de l'Entente * » constitué par une douzaine de villas de luxe destinées aux présidents de cette éphémère assemblée qui n'y avaient siégé qu'une seule fois. Comme les briquets jetables ou les mouchoirs Kleenex, ces habitations prestigieuses se désagrégeaient insensiblement sous les lichens, l'air marin et les pluies tropicales. Elles servaient parfois de logements d'appoint ou de caravansérails aux

* Conseil de l'Entente, groupement constitué en 1959 par la Côte-d'Ivoire, le Dahomey, le Niger et la Haute-Volta.

hôtes de passage et aux nombreux agents des services de coopération qui établissaient les listes des besoins locaux et tentaient d'en assurer le financement et l'exécution.

Étrange Dahomey qui me transportait à des milliers de lieues de l'austère Bolivie. De ce côté de l'Atlantique, il n'y avait ni montagnes inaccessibles, ni richesses minières, ni pétrole, ni métaux précieux. On n'y rencontrait pas davantage de descendants de conquistadors, de créoles exploiteurs, voire de capitalistes internationaux, mais seulement des citoyens de même origine et de même couleur qui n'avaient subi que soixante-huit ans de colonisation au lieu de trois siècles. D'un côté, un pays de plus d'un million de kilomètres carrés et de cinq millions d'habitants et de l'autre, le même chiffre de population sur un dixième de la superficie. Dans la cordillère des Andes, les peuples indiens, repliés sur eux-mêmes, taciturnes et distants, refusaient une civilisation et un mode de vie étrangers que trois cents ans de domination et d'oppression n'avaient pu leur imposer. Leurs structures sociales anciennes, leurs croyances et leurs rites, leurs danses et leurs beuveries leur tenaient à la peau comme un bouclier. Ils ne gémissaient pas, ne réclamaient rien à l'Espagne, ni à ses héritiers. Leur aventure ne relevait que du destin et de la volonté de leurs dieux.

Au bord du golfe de Bénin, par contre, il n'y avait que des peuplades turbulentes, fatalistes, palabreuses et inconstantes qui mêlaient les dieux et les rois dans une anarchie despotique à la fois sanguinaire et ludique. Vendeurs d'esclaves et trafiquants, ils étaient habitués depuis des siècles aux navigateurs blancs isolés sur leurs bateaux fragiles, et n'avaient affronté qu'une fois la puissance de feu et l'ordre de bataille de l'Europe. Ils avaient tenu, à bout de lance, tous les chercheurs d'aventures qui s'étaient présentés sur leurs côtes et se croyaient protégés pour toujours par les ressacs de la mer, l'insalubrité du climat et leurs forêts impénétrables. Dès le XVe siècle, les premiers Portugais étaient apparus, blancs et barbus. Pour les Noirs, tout ce qui venait d'au-delà des mers était blanc comme le deviennent leurs cadavres lorsqu'ils ont séjourné quelque temps dans l'eau salée, c'est pour cette raison qu'ils appelaient les nouveaux arrivants les « revenants ».

Si cette poignée de mariniers épisodiques, avec leurs barques de bois et leurs canons dérisoires, leur paraissaient peu dangereux, ils s'émerveillaient par contre des quantités de marchandises qu'ils transportaient dans leurs cales : armes à feu, eau-de-vie, étoffes chatoyantes, ustensiles inconnus, et s'étonnaient de l'incroyable avidité qu'ils manifestaient pour l'or et le négoce. Au début, ils leur avaient troqué des défenses d'éléphant, du poivre, du bois d'ébène, contre des pacotilles, mais bientôt, l'appétit venant à leurs rois, à leurs ministres et au peuple entier, il avait fallu trouver autre chose pour se procurer la monnaie indispensable aux échanges. Les Hollandais, les Anglais, les Espagnols, les Français, qui avaient conquis de grands domaines en Amérique, avaient besoin de travailleurs robustes pour les mettre en valeur. Les Indiens n'y suffisant pas, ils firent venir des esclaves de la côte d'Afrique où ils avaient déjà des comptoirs. La mine d'or inépuisable était enfin trouvée, il n'y avait plus qu'à organiser le trafic et c'est ainsi que le commerce des esclaves s'établit en Afrique de l'Ouest.

« On vit naître, disent les chroniqueurs, chez ces peuples proches de la nature la mauvaise habitude de se voler les uns les autres, de se faire des guerres qui n'ont pour but que d'enlever des captifs. La passion des boissons fortes et des autres marchandises d'Europe les a portés à faire un indigne trafic de leurs semblables. » Les historiens auraient pu ajouter, pour être équitables, que les demandeurs, guidés par le seul profit, n'étaient guère plus vertueux. Il ne faudrait pas croire en effet que les Noirs et les Blancs avaient découvert l'esclavage au XVIIe siècle. Cette pratique est probablement aussi vieille que l'humanité et ce ne sont pas les Chinois, les nations du golfe Persique, ni les Arabes qui nous détromperont. Bref, la traite s'établit le long des côtes, du Sénégal à l'Angola, et les premières cargaisons du golfe de Bénin partirent pour l'Amérique vers 1660. Tout de suite, les petites royautés côtières s'organisèrent pour exploiter ce filon et les Dahoméens qui étaient fiers de leurs dynasties guerrières s'y distinguèrent durant près de deux siècles. Ils concédèrent des parcelles de terrain aux Occidentaux pour qu'ils puissent établir leurs comptoirs. « Ils leur imposèrent des traités de paix et des règlements commerciaux sous peine de les faire sortir de leur état avec tous leurs auxiliaires sans espérance d'y revenir jamais et sous la menace du Grand Serpent. »

Comme il ne s'agissait pas de vendre inconsidérément les sujets du roi, ce qui aurait affaibli la puissance du royaume, ils se transformèrent en entrepreneurs de guerre et razzièrent régulièrement les voisins. Le roi Ghezo organisa même un corps d'amazones pour renforcer son armée. Les documents de l'époque font état de plus de vingt mille captifs vendus chaque année durant tout le XVIIIe siècle, pour une si petite nation. La contrepartie en marchandises de ce négoce enrichit les rois et leur clientèle mais n'atteignit guère le peuple qui connaissait lui-même un système de servitude très contraignant.

Les royautés du Bénin étaient d'une cruauté stupéfiante. A la mort du souverain, un grand nombre de ses femmes et de ses serviteurs étaient ensevelis vivants après avoir eu les jambes brisées à coups de barre de fer, pour aller le servir dans l'au-delà. A chaque anniversaire, des « volontaires » étaient immolés pour porter au roi défunt des nouvelles de leur royaume et assurer la relève de son service domestique. De leur vivant, les princes n'hésitaient pas à se faire bâtir des palais ou des temples avec des briques d'argile pétries de sang humain. Les bourreaux (*migan*) décapitaient en série les prisonniers ou les coupables d'infraction selon le caprice du roi. Les femmes adultères étaient placées dans une fosse où leurs consœurs venaient les ébouillanter tandis que leur amant, attaché à un pal, assistait au supplice avant d'être exécuté. A l'occasion du grand fétiche du monarque, un certain nombre de vieillards étaient abandonnés à la populace qui les déchirait et les dépeçait pour garder un petit morceau de leur dépouille! « Quand on sait un peu d'histoire, on ne peut s'étonner de rien », écrivait en 1773, l'abbé Bullet, aumônier de la marine au fort français Saint-Louis-de-Glégoué, qui rapporte ces faits.

Le voyageur anglais Burton raconte également la

visite que les chefs européens des comptoirs de Ouidah devaient faire chaque année au souverain d'Abomey. L'un d'eux, le Britannique Testaford, se fit accompagner par sa jeune femme qui venait de débarquer. Le roi, qui avait fait orner de têtes humaines le mur d'enceinte de sa cour et empalé en l'honneur des visiteurs quelques captifs, prit soin de les faire émasculer pour ne pas choquer l'ingénue d'Albion.

De toute façon, l'Afrique n'a jamais été très regardante en matière des droits de l'homme et, à côté de ces coutumes barbares, elle a eu beaucoup de princes plein de sagesse et d'habileté : Agadja, Ouegbadja, Ghezo furent de solides guerriers et d'habiles politiques. Certains allèrent même jusqu'à se poser en arbitre entre les traitants européens dont les nations étaient en conflit. « Nous voulons que toutes les nations d'Europe vivent en paix et en bonne intelligence en terre et en rade de notre royaume. Il ne sera permis de prendre aucun navire dans les eaux de Ouidah. » On peut penser que toutes ces guerres entre les nations européennes faisaient craindre au roi que son pays n'en devînt finalement le théâtre et que son fructueux commerce ne fût détruit.

Déjà en 1670, le roi d'Ardres avait profité d'un passage du chevalier d'Elbée, pour lui confier l'ambassadeur Don Mateo Lopez, avec mission d'offrir, de sa part, à sa majesté très chrétienne Louis XIV, ses terres et ses forts. Le diplomate, accompagné de sa femme et de ses deux enfants, s'embarqua pour les Antilles, parvint au Havre et enfin à Paris. Il fut reçu par le roi, la reine, le dauphin, M. de Sartine, ministre de la Marine, et enfin par le prévôt des marchands de la capitale, auquel il fit un beau discours en lui demandant une grande coopération, des moyens financiers et de quoi équiper l'armée de son maître. Après quoi, il fit graver son portrait chez P. Bertrand, rue Saint-Jacques, à la Pomme d'Or, et reprit, l'année suivante, le bateau du chevalier en compagnie d'un mercenaire prussien de Pillau, qui était chargé de construire à Ouidah un comptoir commercial.

Ainsi s'amorcèrent trois siècles de relations mouvementées entre la France et le Dahomey.

Tout au long du XVIIIe siècle, la traite des esclaves y battit son plein. Les Français en prélevaient six à sept mille par an pour les colonies des Antilles, soit le quart du trafic global. Les Dahoméens puisaient largement chez leurs voisins du pays yoruba et recevaient des trafiquants arabes, que l'on appelait les Malais (les *mallems*), de gros contingents de captifs qui venaient de l'Afrique centrale où ils avaient été capturés par de véritables chasseurs d'hommes. Depuis la plus haute Antiquité, en effet, les marchands de « bois d'ébène » écumaient le cœur du continent et dirigeaient leurs prises vers la mer Rouge, l'océan Indien ou l'Extrême-Orient. La forte demande de la côte ouest avait réorienté le marché. Malgré la dureté et la longueur de la route, qui durait plus de trois mois, ces infortunés étaient particulièrement appréciés. On les jugeait hardis, entreprenants et travailleurs.

L'indépendance américaine, en 1776, porta un coup sérieux à la traite. Certes il restait encore les Caraïbes et le Brésil, mais les grands utilisateurs d'esclaves devaient avoir recours désormais à d'autres formes d'énergie. La Révolution française fit baisser encore ce fructueux trafic et la Grande-Bretagne entreprit de réprimer sévèrement les trafiquants clandestins. Le Dahomey se retourna alors vers ses anciens clients brésiliens dont une petite colonie vivait à Ouidah et parvint à maintenir un flux d'esclaves considérable vers l'Amérique du Sud et Cuba. Une flotte de bateaux rapides pouvant contenir une centaine d'hommes appartenant à des armateurs de Bahia se joua habilement des marines britannique et française. Mais le pactole finit par se tarir et le pays vivota de son agriculture, jusqu'au jour où les troupes françaises prirent Abomey, capturèrent le roi Béhanzin et établirent un régime colonial qui devait durer soixante-huit ans.

Sous la domination française, ce peuple intelligent et roublard, rompu depuis longtemps aux transactions avec les Européens et fertile en diableries, tira le meilleur parti de sa nouvelle dépendance en fréquentant les écoles du colonisateur, en adoptant le christianisme sans rompre d'un pouce avec ses fétiches, en profitant des facilités que lui apportait l'ensemble africain français de l'ouest et en jouissant d'une paix qui lui paraissait surnaturelle après tant de siècles de luttes intestines. Une véritable élite se constitua, le fameux « quartier Latin de l'Afrique », qui donna des fonctionnaires à toutes les colonies francophones, des agents compétents aux maisons de commerce et d'excellents élèves aux universités parisiennes.

Faisant davantage confiance aux armes psychologiques qu'aux vertus guerrières de leurs ancêtres, ils manœuvrèrent habilement le pouvoir colonial. Ils toléraient, sans trop de réticence, une poignée d'administrateurs mais changeaient de gouverneur tous les deux ans.

Le scénario qu'ils avaient mis au point était un modèle du genre : trois notables parmi les mieux éduqués et les plus honorablement connus partaient en voyage à Paris, où ils demandaient audience au ministre des Colonies. Ils se présentaient rue Oudinot, en costume croisé de bonne coupe, chemise et cravate à l'anglaise, chapeau noir à bords roulés, gants de chevreau, chaussures italiennes et canne d'ébène à pommeau. Parlant parfaitement notre langue, avec ce qu'il faut de tournures passives et de mots raffinés, ils exprimaient au ministre leur contentement d'être sujets protégés français. A les entendre, il n'y avait pas de pays au monde plus juste, plus clément, plus soucieux des droits de l'homme que la France. Oui, tout allait bien au pays, la vie avait ses rudesses mais la paix régnait dans les cœurs et chacun, blanc ou noir, travaillait de son mieux. Il était presque dommage que le gouverneur n'arrive pas à « se faire » au tempérament dahoméen. Oh ! ce n'était pas un méchant homme, et même sans aucun doute, c'était un serviteur loyal et honnête, mais hélas, toujours maladroit et un peu dépassé. « Errare humanum est », disait celui qui avait appris le latin. Et les trois compères prenaient congé de leur interlocuteur avec la nuance de dignité et de soumission qui emporte la sympathie des maîtres.

A peine avaient-ils tourné les talons que le ministre, un radical du Sud-Ouest ou un membre du cartel des gauches, appelait son directeur politique : « Je viens de recevoir les Dahoméens, déclarait-il. Quels personnages intelligents, cultivés, d'esprit courtois, pleins de bon sens et désintéressés ! Ils ne m'ont d'ailleurs rien demandé. A propos, comment s'appelle le gouverneur ? Ah, oui, c'est un esprit assez borné, je crois. Depuis combien de temps est-il là-bas ?... Deux ans, c'est largement suffisant. Rappelez-le sans trop tarder ! » La roue tournait, le ministère changeait plusieurs fois de titulaire, le nouveau gouverneur allait atteindre sa deuxième année de séjour. Le trio reprenait la route de Paris et le cycle recommençait.

A l'approche de l'indépendance, les élites dahoméennes comprirent très vite la nécessité de s'assumer sur le plan politique pour éviter le retour aux errements de leur passé. Elles mirent à profit la fameuse loi-cadre pour créer trois partis qui recouvraient exactement les anciens royaumes du Dahomey : l'Union démocratique dahoméenne (UDD) avec Justin Ahomadegbe à sa tête, représentant la capitale des Fons d'Abomey, le Parti républicain du Dahomey (PRD) avec Sourou Migan Apithy qui ralliait les tribus du royaume de Porto-Novo au sud-est et le Rassemblement démocratique dahoméen (RDD) de Hubert Maga, représentant les diverses ethnies du Nord généralement en conflit avec le Sud. Sous la domination coloniale, les conflits tribaux, toujours aussi vivaces, s'effaçaient devant l'autorité étrangère, mais quand celle-ci eut disparu, les rapports de force ancestraux revinrent au galop, d'où la nécessité, pour les responsables, de rechercher un perpétuel équilibre. Quand la nouvelle république fut établie le 1er août 1960, le représentant du Nord, Hubert Maga, fut président, parce qu'un peu étranger aux deux groupes du Sud, il pouvait, croyait-on, mieux arbitrer les tendances hégémoniques des autres. Un gouvernement fut donc constitué avec la plus large participation des trois tendances, mais l'esprit démocratique n'animait ni la pensée populaire, ni celle des dirigeants.

Dès le 2 novembre, l'UDD fomenta une grève insurrectionnelle à Cotonou contre le gouvernement, au sein duquel siégeait pourtant l'ambitieux Ahomadegbe. Aussitôt, Maga et Apithy créèrent un nouveau parti, le PDU, avec le renfort du docteur Zinzou, une éminente personnalité originaire de Ouidah, l'ancien royaume opposant des rois d'Abomey. Une nouvelle constitution fut adoptée le 25 novembre et des élections eurent lieu qui virent naturellement le triomphe du nouveau parti.

Le 28 mai 1961, un complot fut découvert où était impliqué l'incorrigible Ahomadegbe, qui fut aussitôt arrêté et emprisonné. Le président Maga nomma Apithy vice-président de la République, mais l'envoya, par précaution, comme ambassadeur à Paris. Voici donc le représentant des régions nordiques seul maître à bord. C'était un brave homme, honnête et droit, mais fort désarmé devant la rouerie du Sud. En moins de deux ans, son pouvoir se trouva usé jusqu'à la corde.

Le 19 octobre 1963, alors qu'il effectuait, on ne sait pourquoi, un voyage à Formose, de nouvelles émeutes de caractère social et militaire éclatèrent à Cotonou, fomentées par les partisans d'Ahomadegbe. La confusion devenant totale, le colonel Christophe Soglo, commandant en chef de la jeune armée dahoméenne, tenta de rétablir l'ordre mais n'y parvint pas. Il décida alors, pour apaiser les manifestants, de prendre le pouvoir et de suspendre la constitution. Il forma un gouvernement provisoire et appela à ses côtés Ahomadegbe qu'il sortit de prison et Apithy qu'il arracha à son exil doré de Paris. Maga fut placé, comme on pouvait s'y attendre, en résidence surveillée. Tout particularisme mis à part, on aurait pu se croire en Bolivie dans les premiers temps de l'indépendance.

Malgré l'empressement que je mis à rejoindre ce poste brûlant, l'Histoire me gagna de vitesse. Les populations du Nord mécontentes du sort fait à leur représentant se soulevèrent, mais, après trois jours de lutte, l'armée prit le dessus et mit la main sur le fauteur de troubles, le député Chabimama. A toutes fins utiles, le 5 janvier 1964, une nouvelle constitution fut proclamée et MM. Apithy et Ahomadegbe se retrouvèrent respectivement président de la République et vice-président, chef du gouvernement. Le colonel Soglo fut promu général et rentra dans le rang.

C'est donc à Sourou Migan Apithy que je présentai mes lettres de créance le 8 février 1964, dans la salle d'honneur du palais de la République aux marbres d'Italie couleur de fleur de pêcher et aux flaques miroirs d'eau. Le personnage, brillant produit de nos universités, ancien parlementaire dans les Assemblées de la République française, parisien jusqu'au bout des ongles, habitant la rue du Maréchal-Harispe au Champ-de-Mars, vêtu par les meilleurs faiseurs et causeur de charme, avait revêtu un ample boubou blanc et coiffé le bonnet traditionnel des Portonoviens, fait d'une toque immaculée à broderies d'or. Il écouta mon discours en gardant un œil mi-clos où ne perçait qu'une étincelle ironique. Il lut à son tour consciencieusement l'adresse que lui avait préparée son ministre des Affaires étrangères, Gabriel Lozès, et m'invita à sabler le champagne devant un buffet garni de cacahuètes et de gaufrettes « à l'Alsacienne ». Il ne me parla d'aucun problème, ni d'aucun contentieux. C'était un grand seigneur dans la tradition africaine. J'avais devant moi un véritable Janus, issu de la colonisation, un homme moderne à l'occidentale sur une face et un spécimen de l'Afrique de toujours sur le revers.

Élu selon nos critères démocratiques, il fut confirmé par son peuple, au cours d'une cérémonie présidée par le grand féticheur de Ouidah, qui procéda de la façon suivante : « Puisqu'on dit que la voix du peuple est l'expression de la volonté de Dieu, sachez que le Très-Haut approuve le choix que notre pays a fait de votre personne. Sachez que tous les esprits visibles et invisibles acquiescent et que tous les fétiches admettent. C'est pourquoi nos fétiches se sont incarnés et sont venus vous féliciter. » Prenant par la main le président Apithy, le grand féticheur le présenta rapidement à chaque groupe en indiquant le nom et la catégorie de son fétiche. Il dit : « Voici le fétiche Hou (la mer), Hevioso (le tonnerre), Sogbo (la pluie), Lissa (la richesse et la puissance), Mahou (le créateur), Gbade (la tempête), Aïdohouedo (l'arc-en-ciel), Li (la terre et ses produits), Dangbe (le serpent python), Zo (le feu), Nessouhoué (la commémoration des rois et princes défunts), Haladahouin (la dynastie des rois) etc., etc. » Tous les fétiches applaudirent et se lancèrent vers le président Sourou Migan Apithy, un enfant de leur race dont le nom atteste qu'il descend des bourreaux du royaume.

Je venais de présenter mes lettres de créance au président de la République du Dahomey, député de Porto-Novo, mais je ne pouvais ignorer que, derrière lui, il y avait le roi Toffa, roi du jour, et son homologue, le roi de la nuit, qui prend le pouvoir à six heures du soir pour commander aux esprits de la nuit. On ne parlait qu'en souriant de ces royaumes car le Blanc ne connaît pas les esprits des ténèbres, même s'il rencontre souvent, la nuit, dans la lumière de ses phares, d'étranges policiers déguisés en meule de foin, les « Zangbetos », ou s'il entend, au loin, le cri du fétiche Goro, qui plume les arbres et met à mort ceux qui l'observent.

Était-ce la puissance des fétiches ou le défaut d'entretien, mais en rentrant à la résidence après la cérémonie, la voiture du protocole tomba en panne et je dus poursuivre ma route à pied.

Le lendemain, je rendis visite à Justin Ahomadegbe, le chef du gouvernement. C'était le modèle du Dahoméen instruit au pays et à Dakar, puisqu'il avait le diplôme de médecin africain. De taille moyenne et d'un physique de taureau, le crâne chauve et le visage massif, il irradiait un mélange de volonté, d'obstination et de rusticité. Il était né pour commander et ne parlait que de politique. Il avait des griefs contre la France qui ne le soutenait pas suffisamment et lui préférait le tirailleur Maga! Une allusion évidemment aux origines de l'homme du Nord dont le père était un soldat venu de la Haute-Volta. Il n'était pas ami de Jacques Foccart, le secrétaire général de la Communauté, qui ne racontait que des mensonges au général de Gaulle!

Il espérait que je n'interviendrais pas dans les affaires intérieures du pays. Il se méfiait du néocolonialisme. Mon rôle principal, selon lui, était de parler favorablement du Dahomey à l'extérieur et d'obtenir des crédits pour la coopération, car les caisses étaient vides, la vie économique désorganisée et le service de santé déplorable, faute de matériel et de médicaments. Je savais déjà qu'il avait de puissants fétiches à Abomey, la capitale fondée dans le ventre de Dan (*Dan Homé* en langue fon), la cité des guerriers, des amazones, des rois conquérants. Il s'y rendait tous les samedis soir et préparait, avec l'aide des esprits sans doute, un journal politique qui s'appellerait *Wolloguédé* (la chaîne).

Après le président du Conseil, je suivis le rite habituel des visites aux ministres et aux chefs de mission diplomatiques.

Le gouvernement était équitablement composé d'hommes expérimentés et de jeunes poulains riches en diplômes. Chacun y avait son langage. Les anciens avaient toujours un mot aimable pour la France. Ils se rappelaient les instituteurs, les administrateurs, les missionnaires de leur jeunesse. Même si beaucoup avaient voyagé, Paris restait dans leur esprit la cité fabuleuse du savoir, de la puissance et ce qui en venait était encore associé dans leur mémoire comme dans celle de la collectivité à l'émerveillement de l'ouverture des cales sur la pacotille des négriers. La chute de Béhanzin et la bataille de Cana * ne leur donnaient pas d'insomnie, d'autant plus qu'il aurait fallu célébrer ce prince cruel qui avait vendu aux Allemands du Togo et du Cameroun, quelques années seulement avant la conquête, tous les prisonniers qu'il avait faits au siège de Kétou. Ils abordaient les problèmes avec un

* Célèbre bataille où, en 1892, le roi Béhanzin fut capturé par les troupes françaises du général Dodds.

grand bon sens et n'usaient de malignité que par tradition et pour rester fidèles à eux-mêmes.

Les jeunes loups, dont la plupart avaient fait leurs études en France, avaient déjà ajouté beaucoup de nos travers à leurs défauts d'origine. L'enseignement de la Sorbonne leur avait notamment développé le sens de l'abstraction, la pusillanimité des modes, le goût des joutes verbales et la prééminence des idéologies sur le réalisme terre à terre. Le marxisme-léninisme, clé du bonheur des peuples, aidant, ils étaient anticolonialistes. Ils parlaient du temps de la « descente aux enfers », du pillage de leurs richesses. Mais de quel Cerro de Potosí pouvait-il bien s'agir dans cet univers de terres légères et de latérite ? Ils dénonçaient l'aliénation nationale et attribuaient à l'Occident l'entière responsabilité de la traite des esclaves. Peut-être croyaient-ils que c'était les Européens qui partaient à travers les forêts à la chasse aux captifs. Peu importe !

Les idées dans le vent consistaient à culpabiliser l'impérialisme et à exploiter habilement ses remords, à profiter de la rivalité Est-Ouest pour pratiquer un chantage un peu simplet : si vous ne me donnez pas ce que je demande, je m'allierai avec le diable. Tout ce qui n'allait pas était imputable aux séquelles coloniales, aussi fallait-il exiger l'assistance sous toutes ses formes pour compenser les préjudices du passé. La France, bonne enfant, avait organisé un service de coopération considérable, avec une mission pléthorique d'assistants de toute discipline qui planifiait, finançait, organisait, sans se douter du mauvais service qu'elle rendait, car les illusions de progrès qu'elle suscitait masquaient la triste réalité et perpétuaient les déficits chroniques. Malgré les anciens généralement modérés et la jeunesse impatiente, les gouvernements se débattaient dans des difficultés financières inextricables, une économie en déroute et une irresponsabilité génératrice d'instabilité. L'exemple permanent de la prospérité du monde développé n'engendrait que des appétits et bien peu de devoirs et d'esprit de sacrifice.

Ce serait pourtant faire injure aux chefs d'État successifs que de dire qu'ils n'avaient pas conscience des vertus nécessaires pour redresser la situation. « Si tu veux que le passant t'aide à charger ta jarre sur la tête, fais d'abord toi-même l'effort de la porter à la hauteur de tes genoux. » L'indépendance nationale n'a pas de sens si les citoyens qui en sont bénéficiaires n'y apportent pas un concours enthousiaste et dynamique, disait Apithy. Le salut de la nation implique pour chacun une grande part de peine et de sacrifice, ne cessait de répéter Maga. Citoyens, au travail, proclamait Ahomadegbe. Mais le peuple n'entendait pas et continuait à vivre au jour le jour au rythme de ses routines. Devant ces réalités angoissantes, les penseurs de l'Occident s'en tiraient avec des actes de foi et les acteurs de l'Afrique avec des récriminations et des demandes de secours.

Les visites au corps diplomatique étaient avant tout protocolaires. Seuls un petit nombre d'États étaient présents au Dahomey et parmi ceux-ci figuraient les plus illustres : l'Union soviétique, les États-Unis, l'Allemagne fédérale, Israël et la Chine. Une dizaine d'autres pays se contentaient d'avoir des ambassadeurs itinérants qui résidaient dans d'autres capitales et ne faisaient qu'une ou deux apparitions par an à Cotonou. Aucun des chefs de mission résidents n'était par ailleurs spécialiste de l'Afrique. Il était entendu que le représentant de la France manipulait en sous-main les institutions gouvernementales et qu'il pouvait, si c'était nécessaire, donner à ses collègues les clés des énigmes qui se présentaient.

Le Soviétique était un Ouzbek de Tachkent qui avait un visage si typé que l'on s'étonnait presque de l'entendre parler russe. Il me reçut en présence de deux interprètes et d'un agent subalterne que l'on disait colonel des services secrets, dont la spécialité était le cinéma de masse. Il me récita un chapitre entier sur la paix dans le monde et la lutte contre l'impérialisme en général, auxquelles l'Union soviétique consacrait tous ses efforts. Comme il ne parlait aucune autre langue que le russe, à l'exception de l'ouzbek naturellement, il ne pouvait fréquenter personne. Une fois cependant, profitant de la présence à un cocktail d'un ingénieur français qui avait fait un stage à Moscou, il me parla volubilement de Tachkent, d'un observatoire vieux de six mille ans, d'un site remontant au néolithique, de poètes incomparables et m'invita à me rendre, tout affaire cessante, au bord du Syr-Daria. J'ignore encore quelles étaient ses activités.

Celles de son assistant, par contre, défrayèrent plusieurs fois la chronique. Ce colonel, supposé du KGB, avait entrepris de présenter au public dahoméen un film sur la révolution d'Octobre. Il avait loué la grande salle du Palace de Cotonou et lancé une montagne d'invitations. Au jour dit, un demi-millier de personnes envahirent le cinéma et ses environs et la projection commença. C'était une pellicule remarquable, traitée avec le savoir-faire d'un grand metteur en scène russe, spécialiste de l'épopée. Un Lénine plus vrai que nature s'y entretenait avec un Kirov aux sourcils froncés de la lutte révolutionnaire à Kronstadt. Les ouvriers étaient misérables et dépenaillés tandis que les troupes tsaristes se pavanaient dans des uniformes chamarrés. Quand elles ouvrirent le feu sur la foule massée sur la perspective Nevski, le public dahoméen prit parti pour elles et applaudit à tout rompre à ce massacre de vilains. A la fin, découragés par le succès inattendu de Lénine, ils le huèrent copieusement, ce qui n'était pas exactement le but de la manifestation.

J'étais surpris de voir ces experts si redoutés être aussi négligents en matière de psychologie des peuples africains. Quelques années plus tard, l'ambassade de Chine populaire devait renouveler cet exploit en projetant un autre film sur l'édification des digues du Yang-tseu, par une mobilisation populaire sans précédent. Le public fut consterné car la technique du petit panier de terre lui était, hélas, trop familière et les silhouettes archaïques des camions chinois ne lui inspiraient que des réflexions ironiques. « Comment ? ils n'ont même pas de caterpillars, ces gens-là ? »

Cette affaire de Chinois était diplomatiquement très embarrassante au Dahomey car, au début, seul Taiwan était représenté. L'ambassadeur était un fils exilé d'un haut mandarin de Pékin et n'avait que sarcasmes pour la racaille du Grand Timonier. La seule exception qu'il s'accorda fut, à ma connaissance, le jour où la presse annonça l'explosion de la première bombe atomique chinoise. Son patriotisme et sa fierté raciale transcendaient toutes les autres querelles.

Il avait fait venir de Formose une équipe de riziculteurs pour enseigner leur technique millénaire aux paysans du lac Nokoué. Cette opération contenait en elle-même la réponse à bien des problèmes que le monde cherche à résoudre dans le cadre de l'assistance.

Les fils du ciel au nombre d'une vingtaine s'emparèrent d'un polder marécageux et le mirent hors d'eau en quelques semaines. Travaillant de l'aube au crépuscule, ils bâtirent des digues, tracèrent des casiers et semèrent leur riz au poquet. Trois mois plus tard, une récolte miraculeuse avait levé. Le chef du village, émerveillé, faisait installer tous les jours son fauteuil sur une petite éminence et de là, entouré des siens, contemplait sans se lasser les Chinois au labeur. Le riz fut coupé et battu en un tour de main, le terrain écobué et passé à la houe, de nouvelles semences furent mises en place et les vannes ouvertes pour conduire l'eau. Les Taiwanais avaient, entre-temps, installé un potager dont les produits furent en partie volés par les villageois qui, à cause de leur grande taille, les croyaient magiques. A la récolte suivante, des vols de mange-mil s'abattirent sur les rizières et les Chinois tirèrent des coups de feu pour les éloigner. Peine perdue! les maudits passereaux allaient se percher sur les quelques palmiers qui subsistaient de-ci de-là et se reposaient dans le champ à la minute suivante. Le chef de la mission demanda l'autorisation d'abattre ces palmiers improductifs qui avaient poussé au hasard à l'état sauvage. Après de longs palabres, cette autorisation lui fut refusée car il était apparu qu'ils avaient été plantés par de lointains ancêtres dont l'esprit s'était manifesté au féticheur. Décontenancés, les riziculteurs firent venir de grands filets en nylon qu'ils tendaient et rabattaient sur les vols de *queleas* au moment où le canon les mettait en fuite. Malheureusement ces filets étaient très appréciés des pêcheurs du voisinage qui les dérobèrent pour faire des sennes.

Le ministre de l'Agriculture vint inspecter les travaux et s'étonna que le chef de mission n'ait pas réclamé de jeunes élèves pour les former à ses techniques. Ce dernier s'excusa avec maintes courbettes et sourires, laissa entendre que cette initiative n'était pas de son ressort, mais qu'il était prêt à recevoir tous les jeunes gens qu'on lui enverrait. Ainsi fut fait et une quinzaine de grands adolescents appelés « stagiaires » se présentèrent pleins d'entrain. Tout d'abord, ils réclamèrent des uniformes et des casquettes américaines à longues visières. Certains demandèrent même des lunettes noires pour se protéger de la lumière réfléchie par le miroir d'eau. Un interprète compléta l'équipe et le travail commença. En général, les élèves répugnaient à patauger dans la rizière mais faisaient montre d'une belle ardeur et jouaient à la perfection le rôle d'apprentis zélés. Au bout de quelques mois, ils exigèrent des diplômes d'experts en riziculture. D'ailleurs, la mission se terminait et les Formosans préparèrent leurs bagages.

Le gouvernement organisa sur le terrain une grande réception pour leur témoigner sa satisfaction. J'étais assis aux côtés de mon collègue, l'ambassadeur taiwanais, et le félicitai de l'exemplarité de sa coopération : « Grâce à vous, le Dahomey dispose maintenant d'un instrument de mise en valeur efficace. » Il plissa encore davantage ses petits yeux et me dit en confidence : « Non ! Ils n'en tireront rien car pour faire du riz, il faut avoir faim, ici, ce n'est pas le cas. » Le lendemain, la mission s'envola et dans la semaine qui suivit, les stagiaires en firent autant, en direction des ministères et des sinécures de la ville. L'un d'eux persévéra pourtant et devint expert international au siège de la FAO à Rome. Les agro-économistes ne purent rien conclure de cette aventure, mais les sociologues auraient pu y découvrir de précieux enseignements sur les raisons profondes du sous-développement. Bref, la Chine de Taiwan n'eut jamais plus l'occasion de renouveler son expérience car le Dahomey, malgré la sympathie qu'il éprouvait pour Formose, « nigra sed formosa » sans doute, s'avisa de nouer des relations avec Pékin. C'était une façon de marquer son indépendance vis-à-vis de la France, qui n'avait pas encore reconnu la Chine populaire.

Tout affaire cessante, l'ambassade de Mao Zedong se mit en place avant d'attendre la rupture avec la république des Nuages propices. Les deux représentations cohabitèrent pendant plusieurs mois sans que Cotonou osât prendre une décision catégorique. J'étais doyen du corps diplomatique et contraint, de ce fait, à recevoir tous les ambassadeurs. Ce que je fis pour l'homme de Pékin, malgré le manque de relation avec la France. Je me rendis donc à une réception donnée par le général Soglo en l'honneur du nouvel arrivant. Le président avait exigé que je sois là pour présenter les autres diplomates. Ce fut une erreur d'une gravité « exceptionnelle », me reprocha le Quai d'Orsay qui avait pourtant beaucoup insisté pour que ses représentants fussent doyens du corps diplomatique dans nos anciennes colonies. Sans doute n'avait-on pas eu le temps de modifier en conséquence le protocole. Peu de temps après, la France, ayant renoué avec Pékin, je pus enfin goûter sans complexe la cuisine fabuleuse de mon nouveau collègue.

L'ambassade des États-Unis devait heureusement me donner moins de souci. Elle avait loué la moitié de la grande maison que le colonel Soglo s'était fait construire avec ses économies de la guerre d'Indochine et disposait d'une petite équipe qui faisait une cour assidue au gouvernement dahoméen. Il faut préciser qu'à cette époque, l'Amérique se posait encore en libératrice des peuples, elle était spontanément anticoloniale et se donnait des allures de grand frère chez les jeunes nations indépendantes. Elle croyait notamment qu'il existait une solidarité entre ses propres Noirs et ceux de l'Afrique. Il était de bon ton de célébrer les racines et de présenter le Liberia comme la réussite de Monroe. Dès juillet 1960, le premier envoyé spécial de Washington dans les deux Congos fut le trompettiste de jazz, Duke Ellington. Elle persista longtemps dans cette vision naïve et dota certaines de ses ambassades africaines de diplomates de race noire. Celui qui échut à Cotonou était un ancien professeur de l'université de Philadelphie, Clinton Everett Knox, spécialiste des chemins de fer du Proche-Orient, un homme charmant et fort cultivé qui, avec sa femme Clementine, s'attira bientôt la sympathie de tous. Malheureusement, les Dahoméens n'apprécièrent pas cette nomination, pensant que les Américains se moquaient d'eux. « S'ils nous prenaient au sérieux, ils nous auraient envoyé un Blanc », estimaient-ils. Le chef d'état-major prétendait qu'il n'avait rien à dire à « ce négro » et le très remarquable et très sérieux juriste, Me Ignacio Pinto, qui avait du charme et de la fantaisie à revendre, le brocardait chez ses amis en se déguisant en chanteur de La Nouvelle-Orléans avec banjo et canotier.

L'Allemagne fédérale fut représentée, au cours de mon long séjour, par plusieurs ambassadeurs et chargés d'affaires de grande qualité dont l'amitié et la discrétion ne me firent jamais défaut.

Israël enfin, qui cherchait à s'implanter dans tous les pays d'Afrique pour asseoir sa légitimité encore vacillante, avait envoyé Ephraïm Dowek, un jeune député à la Knesset, d'une habileté et d'un entregent redoutables.

Les autres ambassadeurs, qui résidaient à l'extérieur, ne faisaient que de rares visites et, à part l'Espagnol et le Belge qui avaient une expérience africaine certaine, n'allaient pas au-delà de l'échappée touristique. Les Nations unies avaient un représentant permanent, mais il était clair que les grands desseins de la maison de verre ne passaient pas par le Dahomey.

12

Chef d'une mission considérablement plus étoffée que celle de La Paz et malgré les visites fréquentes des missions parisiennes les plus variées, je parvins à m'organiser pour visiter en détail le pays. Aucun aspect de la nature n'est indifférent au Dahomey. Certes les montagnes et les paysages grandioses y sont absents, mais les lagunes cotières, les forêts claires du Sud, le plateau de l'Atakora et les grandes savanes du Nord ont leur charme et leur pittoresque. Les populations y sont d'une grande variété, la faune et la flore offrent un échantillonnage complet du biotope ouest-africain. L'histoire y est riche et originale.

Ma première visite fut pour les deux cités voisines de Ouidah et de Porto-Novo, sièges de deux anciens royaumes connus depuis le XVe siècle, grâce aux chroniqueurs européens. Ce qui me fascinait à Ouidah était l'ancienneté des relations avec l'Europe et l'organisation de la traite des esclaves. Ce n'est qu'à partir de 1704 que la France, ayant obtenu le privilège de l'*assiento de negros*, se lança activement dans la traite. Elle chargea le corsaire Jean Doublet, de Honfleur, de construire un fort en brique et en terre pour remplacer la loge provisoire de Pillau qui avait été érigée par un Prussien, quelques décennies auparavant. A son arrivée sur la rade de Ouidah, le capitaine français obtint du roi Amah la permission d'établir dans la ville une forteresse destinée à servir d'entrepôt provisoire aux marchandises que la compagnie de l'Assiente ne pouvait transporter le jour même à Savi. C'est en effet dans la capitale du royaume des Ouidas qui se trouvaient les principaux comptoirs européens.

Le corsaire choisit un emplacement derrière les marécages du cordon littoral, à 900 mètres de la mer, traça le plan de la citadelle et dirigea les premiers travaux. Quatre cents travailleurs creusèrent les fossés et élevèrent les remparts avec terre battue. L'ouvrage se présentait comme un quadrilatère orienté sud-est-nord-ouest de 52 toises de longueur sur 42 de large, soit approximativement 100 mètres sur 80. Quatre bastions et six demi-lunes flanquaient le mur d'enceinte. Quarante-deux canons de 6 à 8 livres assuraient la défense. Une prise hollandaise du corsaire fournit les vingt-quatre premières pièces, les tillacs formèrent la double porte et le pont-levis et, sur les deux mâts assemblés bout à bout, fut hissé le drapeau blanc à fleur de lys. Une fois terminé, le fort reçut le nom de Saint-Louis-de-Glégoué du nom du quartier qui l'entourait.

En 1717, après un incendie et de profondes dégradations dues aux pluies tropicales, le gros œuvre dut être repris avec le concours des habitants de Ouidah. En 1750, le fort menaçant ruine de nouveau, le sous-directeur Pruneau de Pommegorge reconstruisit en briques cuites la base des bastions, une poudrière et un logement surmonté d'un colombier. Il protégea enfin, par une couverture de tuiles, les fragiles murailles. Un jardin long de 250 mètres planté d'orangers et de citronniers en précédait l'entrée. On franchissait le seuil sur un modeste pont-levis, formé de deux grosses poutres soutenues par deux piliers sur lesquels étaient posées des planches que l'on retirait chaque soir.

Le nouvel établissement connut, dans les premiers temps, une grande activité car la traite battait son plein et les populations côtières demandaient de plus en plus de marchandises et de produits manufacturés. Il y avait en permanence dans le fort environ deux cents Noirs appartenant à la compagnie qui n'étaient pas susceptibles d'être achetés par les capitaines particuliers, ni d'être transportés en Amérique, sauf en punition de fautes très graves. Ils étaient affectés au service général et protégés du roi de Ouidah.

Le fort se trouva mêlé à plusieurs reprises aux conflits locaux mais grâce à la sagesse de ses directeurs, à ses défenses solides et à la protection des rois d'Abomey, capitale des Fons, il parvint à traverser, sans trop de difficultés, cette période troublée.

Tout au long du XVIIIe siècle, vingt-trois directeurs se succédèrent à la tête du fort Saint-Louis-de-Glégoué. Certains, comme Levet, Guestard, Pruneau de Pommegorge, Olivier de Montaguerre, se signalèrent par leur esprit d'entreprise et par des rapports pittoresques et documentés sur la vie dahoméenne. Il faut ajouter à cette liste un curieux personnage : l'abbé Joseph Bullet, aumônier de la marine, qui fut chapelain du fort de 1772 à 1775. Originaire de Sallans, près de Besançon, cet ecclésiastique avait connu un nombre considérable d'aventures au cours de sa carrière. Chargé du soin des pestiférés, des scrofuleux et des lépreux, sur les bateaux du roi, il avait été fait prisonnier par les Anglais et avait croupi dans les pontons de Douvres. Après cette épreuve, il avait été affecté au régiment de Foix qu'il avait suivi aux Antilles. C'est ainsi qu'il était devenu vicaire du Cap-Français à Saint-Domingue, puis curé de Port-au-Prince. Ce Franc-comtois, qui appartenait à une illustre famille comptant des prêtres, des professeurs et des magistrats, était un orateur prolixe et un ingénieur averti. C'est lui, en effet, qui avait conçu, vers 1760, la première adduction d'eau de la capitale de la future Haïti, fait les plans du canal de Léogane et des quartiers de Marmelade et de Limonade. Nommé au Dahomey, il avait dessiné les épures d'un bateau insubmersible pour franchir la barre sur les côtes d'Afrique, relevé les superstructures du fort de Ouidah, écrit une histoire du Dahomey, ainsi que plusieurs essais contre l'esclavage. Enfin il avait rédigé un traité des finances coloniales et adressé un monceau de lettres virulentes au ministre de la Marine. Tour à tour placé aux arrêts, rappelé de ses postes, laissé sans emploi, dans la misère ou désigné pour des lieux lointains et insalubres, il termina médiocrement sa vie en 1787 comme curé des Anses d'Arlet à la Martinique où il fut inhumé.

Cette abolition de l'esclavage, tant souhaitée par l'abbé Bullet, fut fatale au fort de Ouidah. Il fut d'abord mis en veilleuse, puis désaffecté. Le 20 août 1797, le navire *Le Vengeur* évacua le dernier directeur et le comptoir fut laissé à un métis habitant la ville. En 1842, la maison Victor Regis de Marseille établit sa factorerie dans l'enceinte du fort et en assura l'entretien pendant cinquante ans.

En 1892, il ne restait plus guère que de hautes murailles rongées par les pluies et des baraquements vétustes. Contre la volonté de la population de Ouidah restée très attachée à ce vieux bâtiment témoin de son passé, l'administrateur colonial Cuvillier le rasa en 1908 pour aménager la place principale de la ville. Il fut officiellement blâmé et relevé de son poste, mais il avait effacé pour toujours deux siècles de l'histoire entre la France et le Bénin. Des restes du fort anglais et du fort portugais subsistent encore. En 1960, au moment de l'indépendance, le dernier résident du Portugal préféra incendier le bâtiment, son bureau et sa voiture plutôt que les remettre aux Dahoméens.

La vue de cette carcasse abandonnée parmi les décombres, dans un jardin sauvage où rouillaient de vieux canons aux armes de Lusitanie et dépérissaient des orangers mutilés, m'avait rempli d'une grande tristesse, lors de ma première visite. Je me mis en quête de quelques crédits et avec l'aide du ministère de la Coopération, des ethnologues Pierre Verger et Vincent Da Cruz, j'entrepris de le reconstruire pour y loger un musée de la Traite. Je fis fabriquer une grande maquette du fort français pour en orner la salle principale et mes amis rassemblèrent les documents que Lisbonne, Haïti et Cuba voulurent bien nous remettre ou nous autoriser à reproduire. Une collecte de vestiges égarés dans les villages côtiers ou dans les *candomblés* de Bahia, où Pierre Verger les avait dénichés, meubla sans prétention les différentes salles.

Voilà bien les ambassadeurs, dirent quelques intellectuels engagés, ils n'ont certainement rien à faire pour aller célébrer les négriers d'antan, une des hontes les plus notoires de l'humanité. Je n'avais pourtant immortalisé personne mais apporté un simple témoignage de respect du passé, des souffrances de tous ceux, esclaves, marins et négriers, qui avaient vécu cette douloureuse aventure, simplement pour qu'on se souvienne.

Mais que sait-on exactement ou que croit-on savoir de ce sulfureux négoce ? Peut-être qu'un bref retour historique pourrait le rappeler utilement.

Prenons, si vous le voulez bien, un jour quelconque de l'an de grâce 1750, sur la longue côte sableuse du golfe de Bénin, ourlée du triple cordon de la barre et regardons venir, du fond de l'horizon, les voiles ocrées d'un bateau marchand de France, d'Angleterre, de Hollande ou du Portugal. C'est un brick appartenant à une de ces compagnies négrières qui possèdent des comptoirs sur la terre ferme à Savi, à Ouidah ou à Jacquin. Il approche peu à peu et, parvenu à trois milles du rivage, il mouille ses ancres par huit ou dix brasses de fond. Il tire du canon pour annoncer sa présence et bientôt une flottille de pirogues, surgies on ne sait d'où, se lance à travers les rouleaux de la barre pour l'entourer. Une navette s'organise et le capitaine du navire, accompagné de quelques assistants, atterrit sur la plage dans les derniers flocons d'écume. Une troupe de Noirs encercle les nouveaux arrivants et les conduit, à travers une digue naturelle qui franchit une demi-lieue de marécages, à la ville de Ouidah où résident le représentant du roi des Ouidas de Savi et le yovogan chargé des rapports avec les Européens. C'est une des bases les plus florissantes de la traite des esclaves sur la côte d'Afrique occidentale. Ces traitants qui viennent d'arriver ont leurs cales bourrées de marchandises qu'ils vont échanger contre quelques centaines de captifs. Ils conviennent avec les capitaines du roi des modalités de débarquement de leur cargaison, de son emplacement de stockage et du gardiennage provisoire, de son transport dans les magasins de Ouidah ou de Savi. Ils discutent des prix de location, de l'embauche du personnel nécessaire et, quand les palabres sont terminés, le débarquement des marchandises peut commencer.

Incroyable et difficile opération que ce transbordement dans le va-et-vient des pirogues et les glapissements des équipages. Les produits sont emballés dans des fûts, des coffres ou des ballots, selon qu'ils sont lourds, légers, flottent ou coulent. Certains, les plus précieux comme les cauris et l'eau-de-vie, doivent être accompagnés par un agent du bateau pour qu'ils ne soient pas perdus en route et récupérés clandestinement pendant la nuit. Malgré l'adresse des piroguiers qui savent prendre la troisième vague après l'embellie, pour être emportés d'une seule poussée jusqu'au rivage, tout le monde est mouillé. Quand le débarquement est terminé, il faut d'abord payer les coutumes au roi et aux grands du pays, puis la taxe de débarquement dont le prix est obligatoirement représenté par quelques captifs appartenant à la cour. Les paiements habituels se font en petits coquillages (*Cypera moneta*) provenant de l'océan Indien, que les Français appellent « bouges » ou « cauris » et les Anglais « cowerys ».

Ce système monétaire fondé sur les cauris était d'une grande complexité. On comptait en effet par toque, galline, cabèche et once. Un toque représentait quarante cauris enfilés. Une galline valait cinq toques ou deux cents cauris. Une cabèche équivalait à vingt gallines ou quatre mille cauris. Une once faisait quatre cabèches ou seize mille cauris.

Pour ramener le lecteur dans un univers plus familier, il faut savoir que le bouge ou cauri était le cinquième du liard. L'once était l'équivalent de 16 écus d'or soit, à 5 francs l'écu, représentait 80 francs. La cabèche valait donc 20 francs, la galline 20 sols et la toque 1 demi-sol.

Une autre comparaison fixera les idées. Un esclave homme valait entre dix-huit et vingt cabèches de cauris, c'est-à-dire 72 000 à 80 000 cauris, d'un poids de 180 livres de Paris. Le mouchoir de Cholet, surtout le fond bleu à raies rouges, se traitait à deux douzaines pour une once, et l'indienne, une cotonnade à fond rouge et blanc, valait une once la pièce de seize aunes, etc.

Ces premières coutumes que le traitant doit préalablement acquitter sont onéreuses. On les évalue approximativement à trente-six mesures de cauris, d'un poids global de mille trois cents livres, soit le prix de sept esclaves, auxquels s'ajoutaient les neuf captifs obligatoires qu'il fallait marquer au roi et à ses capitaines et un pot d'eau-de-vie à l'annonceur (le gongonier). Ces formalités accomplies, les traitants n'avaient plus qu'à choisir des courtiers et des domestiques à salaires tarifés.

Le roi fait tirer trois coups de canon vers les sept

heures du soir et sonner le *gongon* pour annoncer l'ouverture de la traite et faire savoir à tous les marchands de la place qu'ils peuvent mettre en vente leur marchandise. Tout contrevenant aurait été vendu immédiatement comme esclave. Le traitant n'a plus alors que l'embarras du choix. Il y a dans les parcs des vendeurs tous les captifs provenant des guerres et razzias contre les royaumes voisins et même certains originaires de lointaines contrées de l'intérieur.

C'est ainsi que les démarcheurs recommandent d'acheter les Aradas, venus de cent cinquante lieues dans le nord-est, considérés comme les meilleurs esclaves, « bonnes gens, dociles, adonnés au labourage et pour peu qu'on ait de la douceur et des bonnes manières avec eux, on en obtiendrait de très bons services », ou les Nagos, très voisins, par leur qualité, des Aradas. Il faut se méfier des Fons, particulièrement mauvais, sujets à s'étouffer en mangeant de la terre pour se faire mourir, des gens qui se chagrinent aisément, ce que les Levantins appellent « prendre fantaisie ». Ils sont réputés gourmands, paresseux et voleurs en titre d'office, prétendent les négriers de l'époque. On doit éviter également de choisir les Tébous qui sont pires que les précédents, à moins qu'on ne les prenne enfants et qu'on les forme pour le service domestique. Quant aux Guiambaras, ils ont souvent mauvais esprit et n'ont pas leur pareil pour mettre le chagrin dans la tête des autres. Chacun sait que, lorsqu'ils se désespèrent, les nègres s'assoient par terre, les coudes sur les genoux et la tête dans les mains, et se laissent mourir de faim. Parfois, ils renversent l'extrémité de leur langue dans la trachée-artère et s'étouffent. Ces précautions étant prises, on peut, sans hésiter, choisir ces Malais qui sont des captifs vendus par les négriers arabes. « Ceux-là sont habitués au travail et aux plus grandes fatigues. » Ils sont tous guerriers, hardis, braves et entreprenants. On les reconnaît à des raies qui commencent aux yeux et finissent aux oreilles. Tous les autres nègres les craignent car un seul est capable, dans une cargaison, d'exciter une révolte d'autant plus difficile à réduire qu'ils méprisent les plus grands périls et ne se soucient point de leur vie. Combien de vaisseaux en ont-ils fait la triste expérience ? se demandent les bonnes âmes. Enfin, il y a les Minas qui viennent de Saint-Georges-de-la-Mine en Côte-de-l'Or. « Ils sont plus doués pour les métiers que pour la terre, ils ont de la raison, du bon sens, ils sont dévoués, braves et énergiques dans les plus grands dangers, s'il faut se battre, ils ne savent pas ce que c'est que de reculer. Ils n'ont que le défaut de fantaisie et quand cela arrive, ils se pendent ou se poignardent aussi tranquillement qu'ils boiraient un verre d'eau-de-vie. Il faut toujours les traiter avec douceur et par raison. »

Les acquéreurs connaissent les tatouages de toutes les tribus et savent donc à qui ils ont affaire. Quand le choix est arrêté, il faut les faire visiter avec soin par un chirurgien, examiner leurs yeux, leurs dents, leurs parties nobles, les faire marcher, courir, étendre bras et jambes et surtout débattre le prix avec les vendeurs, « qui sont tous voleurs par nature et des plus adroits qu'il y ait au monde. Il faut bien se garder de donner toute l'espèce de marchandise qu'ils demandent sous peine de gâter les assortiments et quand ils s'apercevraient qu'on n'avait plus que d'une sorte de marchandise, ce serait de celle-là qu'ils voudraient avoir pour vendre plus cher leurs captifs ».

Le prix de chaque esclave varie naturellement selon son état physique, mais un homme de bonne constitution peut atteindre quatre ou cinq ancres d'eau-de-vie, quarante à cinquante pièces de toiles platilles, trois cents livres de poudre de guerre, vingt-cinq à trente fusils de traite, quarante barres de fer longues, douze pièces de cotonnade, dites guinée bleue ou blanche, d'indienne, de salampouris, de nicanées ou de liminéas, vingt grosses de pipes à fumer de Hollande et je ne sais combien de satin à fleurs, de velours cramoisi, de pièces de soierie, de tapis de Saxe à laize centrale verte, de drap bleu ou rouge, de brocart, de mouchoirs de Cholet ou de Pondichéry.

Il faut également bien composer sa cargaison et ne pas prendre plus du tiers de femmes et d'enfants, parce que leur travail est moins recherché aux îles que celui des hommes. Les enfants de dix à quinze ans sont pourtant réputés comme les meilleurs esclaves à conduire en Amérique. Les Portugais n'en prennent d'ailleurs que de cet âge et touchent à la langue leurs joues afin de déceler un rasage et ponçage éventuels pour les tromper. Ces jeunes gens ont l'avantage de pouvoir être formés à la guise de leurs maîtres. Ils sont plus aptes à apprendre la langue du pays, ses coutumes et sa religion, à oublier plus aisément leur terre natale, à estimer leurs employeurs et à ne plus « prendre fantaisie ».

Quand la traite est terminée, il faut encore marquer les esclaves aux armes de la compagnie avec « une estampe d'argent mince » que l'on fait chauffer. « On frottait avec du suif l'endroit à marquer, au gras du bras ou au flanc de l'estomac, on plaçait dessus un papier graissé ou huilé et on appliquait la marque brûlante. La chair s'enflait aussitôt mais la brûlure était légère et bientôt guérie. La troupe des esclaves était enfermée dans une enceinte mise à disposition par le roi qui en assurait la surveillance et la responsabilité et l'on s'acquittait des dernières taxes. » Un captif au roi pour le cantonnement, un captif pour chacun de ses capitaines, une pièce de soie appelée « pagne » à l'interprète, un captif encore à chaque auxiliaire, conducteur de marchandise, conducteur de captifs, capitaine de l'eau, un demi-captif (?) à la blanchisseuse, quarante cauris par barrique aux rouleurs d'eau et aux porteurs de marchandise. Il ne faut pas oublier deux toques et une indemnité de nourriture pour les domestiques et les gages des courtiers.

Tout étant réglé, on peut partir. Le bateau, avec sa cargaison de quelques centaines d'esclaves, hommes, femmes et enfants « mis à nu comme des vers pour l'hygiène », lève l'ancre pour la lointaine Amérique, toutes voiles dehors, en direction de l'île de São Tomé afin d'y remplir ses charniers d'eau imputrescible avant d'aborder la mer des Sargasses et les calmes équatoriaux. Il emporte également quelques tambours et autres instruments de musique pour que les malheureux puissent danser et se divertir afin d'oublier leur terre mère où restent pour toujours leurs êtres les plus chers, leurs ancêtres, leurs amours et leurs dieux.

Quand le destin a été clément, il est habituel de réaliser quatre cents à six cents pour cent sur un chargement de ce type. Ce qui, par rapport aux autres commerces, explique les grandes fortunes que ce trafic permettait de bâtir et la lenteur que mirent les bonnes consciences à s'en émouvoir. De toute façon, au trébuchet de l'Histoire, l'Afrique et l'Europe peuvent partager à égalité l'opprobre de ces tristes pratiques.

Il n'y avait pas que les âmes des anciens rois cruels du Dahomey, des négriers d'Europe et des millions d'esclaves emportés au-delà des mers qui hantaient les soirs de Ouidah. Entre le temple des serpents et la place de l'ancien fort français, on traversait le quartier où avaient vécu les derniers seigneurs de la traite : les Brésiliens.

De la fin du XVIIIe siècle, où l'esclavage avait été aboli par la plupart des États occidentaux, jusqu'aux années 1860, le trafic du bois d'ébène se poursuivit de part et d'autre de l'Atlantique, sous la conduite des enfants de Rio et de Bahia, qui alimentaient le marché des grandes plantations du Pernambouc et du Nordeste brésilien. Parmi ces derniers négriers entrés dans la légende, Francisco Félix de Souza fut certainement le plus éminent.

Cet homme extraordinaire, mi-trafiquant, mi-négociant, grand seigneur et forban selon les heures et les circonstances, allait, par l'éclat de sa personnalité, par sa puissance financière, sa rigueur, sa probité en affaire et son savoir-vivre, constituer le trait d'union entre la période de la traite et celle des comptoirs commerciaux. Pendant un demi-siècle, voyageurs, marins, négociants et missionnaires ont dépeint dans de nombreux récits et anecdotes ce condottiere d'un autre âge, célébrant ses mérites ou dénonçant ses trafics coupables.

Francisco Félix de Souza était né à Bahia le

4 octobre 1764, dans une famille pauvre et insouciante, qui ne s'occupa guère de son éducation. On sait avec certitude que le jeune homme vint à la côte d'Afrique comme fonctionnaire subalterne du fort São João-Batista de Ajuda en 1803, alors que son frère, Xavier de Souza, était adjoint du commandant de la place. Tout d'abord simple teneur de livres du garde-magasin et greffier de la factorerie, il se signala par son intelligence, sa science juridique et l'intérêt qu'il portait aux affaires du pays. Après le retour de son frère à Rio et le départ du gouverneur Pacheco en 1807, il prit le commandement du fort. Il devint alors, au fil des ans, le plus fameux et le plus opulent des négriers de toute la côte d'Afrique jusqu'à sa mort en 1849.

Dans les premiers temps de son existence dahoméenne, il avait eu des démêlés avec le roi Adandozan, roi du Dahomey, à propos d'un litige commercial ou du rapt d'une de ses femmes par le souverain en personne. En tout cas, il fut retenu prisonnier à Abomey et y fut traité de façon humiliante. « Quatre ou cinq fois par semaine, rapporte l'historien local Paul Hazoumé, il était trempé dans un canari d'indigo afin qu'il ne pût se prévaloir de la blancheur de sa peau. » Après plusieurs mois de réclusion, il parvint à s'échapper grâce à la complicité du prince Gapé, demi-frère du roi qui avait été chassé de la cour, mais devait devenir le célèbre roi Ghezo. Francisco Félix de Souza fit le pacte du sang avec son protecteur et leur amitié ne devait jamais se démentir.

Vers cette époque, le gouvernement portugais ayant négligé de lui payer sa solde de fonctionnaire, le protégé du prince se lança, sans hésitation, dans la traite des esclaves. Tout en conservant ses fonctions de gouverneur qui lui donnaient un poids précieux auprès du roi et des puissances étrangères qui gardaient des comptoirs sur la côte, il conduisit toutes ses opérations de traite avec une autorité et une rigueur inflexibles qui le firent rechercher comme correspondant irremplaçable pour toutes les transactions et les ventes d'esclaves. Il acquit tellement d'argent à ce trafic qu'il devint un des hommes les plus riches du monde. Comme ses réserves d'or et d'argent ne lui servaient à rien à l'étranger, il les employa exclusivement pour la satisfaction de ses goûts et de ses besoins domestiques. Il tenait table ouverte et gîte pour tous les capitaines des bateaux négriers à l'ancre dans la rade.

Le prince de Joinville, qui lui rendit visite en 1845, nota dans son journal de bord : « J'allai voir à mon tour un curieux personnage, plus roi à Ouidah que le roi du Dahomey lui-même qui ne peut se passer de lui, car c'est le fournisseur des fusils, de la poudre pour aller à la guerre, de l'eau-de-vie pour griser les amazones. C'est un Brésilien appelé Don Francisco Félix de Souza mais universellement connu sous le nom du Chacha [en réalité, *Chacha Ajinakou*, l'éléphant], domicilié à Ouidah depuis quarante-trois ans et vétéran négrier à qui les Anglais ont pris trente-quatre navires dont deux encore récemment. Petit vieillard à l'œil très vif et figure expressive, il a, dit-on, deux mille esclaves dans ses barracons et est père de quatre-vingts enfants mâles, on n'a pas compté les filles! Tout ce que le luxe peut imaginer pour la gratification des sens abonde dans son établissement. Les vins, les mets les plus exquis chargent sa table, sa garde-robe ferait honneur à plus d'un prince et les plus belles femmes de la côte ne résistent pas à son or. » On trouvait chez lui plusieurs billards, des tables de jeux ouvertes aux navigateurs et un nombre considérable de boîtes à musique que l'on remontait à longueur de journée. Il y avait également des services de porcelaine de Chine avec des verres admirablement taillés, des plats d'argent, des cuillères et des fourchettes en or.

C'était au demeurant un homme d'habitudes étranges. Sombre et solitaire, il n'apparaissait à tous ceux qu'il hébergeait qu'à l'heure du dîner et ne s'adressait que très rarement à eux. Il était le maître absolu et tous les capitaines de navire étaient davantage sous son contrôle qu'aucun vaisseau de guerre ne le fut jamais sous celui de l'amiral. Personne ne connaissait le moment où il pouvait être appelé à prendre la mer. A l'instant où Souza donnait soudainement l'ordre de se tenir prêt, tout était déjà en place à bord, nourriture, eau, combustible, farine pour les esclaves, les voiles étaient hissées et les canots avec les captifs arrivaient le long du bord. Quand le vaisseau avait quitté la rade, le Chacha retombait dans sa léthargie apparente. A Cuba et au Brésil, tout était préparé pour le déchargement et le bateau devait impérativement reprendre la mer. Il fallait aller vite, parfois en moins de soixante jours pour un aller et retour. Il devait surtout tromper la vigilance de la flotte de guerre anglaise et il y parvenait.

A soixante-cinq ou soixante-dix ans, ses grands yeux noirs avaient perdu leur lustre premier, disent les voyageurs. D'un seul regard, il reconnaissait pourtant chacun sans en avoir l'air. Sa mise était toujours simple : il portait une robe de chambre négligée, une petite calotte de velours d'où s'échappaient ses cheveux longs et flottants et un pantalon long s'affaissant sur ses pantoufles dans lesquelles il était pieds nus.

Son intégrité et la politesse scrupuleuse qu'il affichait toujours dans ses rapports avec ses interlocuteurs l'empêchaient de supposer que n'importe qui le connaissant pouvait douter de sa parole. Un jour, il demanda à un capitaine de lui rapporter de Londres trois mille onces de vaisselle d'or. Le capitaine promit de le faire, mais il ne trouva personne en Angleterre disposé à risquer un envoi d'une telle valeur avec, pour seule garantie, la parole d'un trafiquant lointain. A son retour à Ouidah, le navigateur, embarrassé, dit la vérité au Chacha qui ne réagit pas et fut très courtois comme d'habitude. Mais le temps de reprendre la mer étant arrivé, de Souza fit appeler le messager et lui dit : « Vous ne vouliez pas m'apporter ma vaisselle sans avoir l'argent pour la payer ! Vous ne vouliez pas croire en ma parole ! Prenez ces caisses qui contiennent bien plus de doublons qu'il n'en faut, payez-la et rapportez-la-moi, car je peux vous faire confiance, bien que vous ne m'en fassiez pas autant. » Il recevait toujours les officiers de l'escadre anglaise chargés de réprimer le trafic d'esclaves avec une grande civilité. Il se doutait pourtant qu'ils venaient l'espionner.

Quand le très vieux Don Francisco Félix de Souza, dit le Chacha Ajinakou, mourut, le 8 mai 1849, le roi Ghezo, son vieil ami, envoya sept personnes pour être sacrifiées mais des ordres avaient été donnés par le défunt de les refuser parce que ce n'était pas la coutume des Blancs. Le monarque ne s'en offusqua pas et fit pour son complice ce qu'il aurait fait pour un roi du Dahomey.

Lorsque le vieux satrape eut disparu, la charge qu'il détenait fut divisée entre ses trois fils aînés. Isidoro, le plus riche, devint chacha, Ignatio, le second, soutenu par la colonie brésilienne, fut cabécère et le troisième porta le titre de « amigo del Rey ». Mais ces personnages n'avaient pas l'envergure du père. La famille de Souza était très nombreuse. Francisco Félix avait laissé, en mourant, cinquante-trois fils reconnus et des dizaines de petits métis avec ses nombreuses femmes. L'argent disparut très vite et le plus clair de l'héritage qui était, dit-on, représenté par douze mille esclaves ne pouvait plus être vendu aux Amériques. La traite avait, en effet, été remplacée par le commerce de l'huile de palme que monopolisaient les maisons de Marseille et même la demande d'esclaves de Cuba s'interrompit en 1863. Quant aux grands négriers de Bahia, ils avaient disparu au fil des années. José de Carqueira Lima, le plus important d'entre eux, qui habitait le palais Corredor de Victoria, à Bahia, où il avait creusé un long souterrain où passaient les convois de captifs qui venaient de la plage, avait quitté ce monde. Domingo José Martina, son homologue et correspondant auprès du Chacha de Souza à Ouidah, s'était éteint sur la terre d'Afrique. De même, Vicente de Paulo da Silva qui avait tant de bateaux rapides et dont la légende rapporte que, pour échapper aux patrouilles de la marine anglaise, il attachait ses captifs aux chaînes des ancres déroulées sur le pont. A l'approche du bateau de guerre, il mouillait les ancres et en quelques minutes son navire était vide et ne pouvait plus être saisi.

La colonie des Brésiliens de Ouidah, Agoué et Porto-Novo s'étiolait. Les chachas, de plus en plus intégrés à la population locale, avaient encore droit au parasol et à une escorte de musiciens, de hamacaires et de serviteurs armés, comme les chefs dahoméens, mais, quand ils mouraient, l'ensemble de leurs biens revenait au roi qui n'en transmettait qu'une petite partie aux héritiers. Ouidah a perdu depuis longtemps, comme Potosí, ses fastes et son lustre mais les couchants y restent merveilleux. Les immenses cumulo-nimbus qui reposent sur l'horizon comme des châteaux de rêve y dessinent d'étranges figures que Hou, le fétiche de la mer, fait ressembler à des visages humains qui se font et se défont. Certains y ont vu les traits du Grand Esclave, ce symbole mouvant de tant d'âmes en détresse qui disparurent en mer ou en terres lointaines et qui ont laissé, comme les âmes indiennes, quelques flocons épars aux lieux de leur souffrance.

13

De retour à Cotonou, j'avais toujours quelque difficulté à me replonger dans le métier. L'attelage Apithy-Ahomadegbe tirait à hue et à dia, car les deux hommes étaient trop différents pour mener une même politique. Le tempérament cosmopolite et policé de l'un tranchait avec la rugosité paysanne de l'autre. Tandis que Apithy recherchait la clientèle des éléments progressistes et mettait à profit les voyages en Europe centrale qu'il avait entrepris au temps de son ambassade à Paris, Ahomadegbe agissait en chef de canton et ne concevait guère de politique en dehors des frontières du Dahomey. Plus près des fétiches d'Abomey que de la jeune Afrique, il passait plus volontiers son temps dans les assemblées de village que dans son bureau présidentiel.

Sur le plan national, cette opposition entre les deux têtes de l'État favorisait l'éclosion des chapelles, la discorde entre les partis et encourageait les surenchères administratives léguées par la colonisation. La prolifération des assemblées, les consultations électorales trop fréquentes, les changements constants de députés, de maires, de conseillers généraux ou de chefs de village plongeaient le peuple dans la confusion et n'engendraient que paralysie et anarchie.

Les paysans, privés de leurs cadres traditionnels et désorientés par le caprice des politiciens et les variations de doctrine, exprimaient leur lassitude et se refusaient à participer au développement de la nation. La situation économique s'était dégradée rapidement depuis l'indépendance. Les productions d'arachide et d'huile de palme connaissaient un effondrement catastrophique. Des dépenses inconsidérées et une gabegie dangereuse dans la gestion des finances publiques avaient accumulé des passifs importants qui dépassaient, à fin 1965, huit milliards de francs CFA.

La fonction publique, pléthorique, laissée par le colonisateur s'augmentait chaque jour de nouveaux éléments chassés des pays voisins. Plus de 65 % du budget était consacré à la rémunération des fonctionnaires. Les ressources de l'État s'amenuisaient sans cesse du fait de la baisse du pouvoir d'achat et de la diminution des taxes. L'aide extérieure, en dépit de son importance, se révélait incapable d'assurer l'équilibre budgétaire. Les travailleurs venus de la brousse trouvaient de moins en moins d'occupation et de ressources; une foule de chômeurs encombrait les quartiers surpeuplés des villes et le gouvernement s'inquiétait du danger qu'ils constituaient pour l'ordre public.

Le syndicalisme, qui avait joué un rôle déterminant lors de la « révolution d'octobre », se perdait dans des querelles byzantines, ses dirigeants, pour la plupart fonctionnaires, étant plus préoccupés de leurs intérêts personnels que du bonheur des militants. Les fonctionnaires eux-mêmes, responsables pour une large part du marasme national, ne songeaient qu'à leurs avantages et se souciaient peu de donner quelque efficacité à une administration désorganisée. La bourgeoisie commerçante enfin, dont le rôle économique était si important au Dahomey, voyait ses profits diminuer et appelait de tous ses vœux un régime stable qui lui permettrait de développer ses affaires.

Sur le plan extérieur, la politique d'alignement sur les pays révolutionnaires, que le président Apithy pratiquait plus par snobisme que par conviction, isolait le Dahomey. La crise daho-nigérienne de décembre 1963, le refroidissement très sensible des relations avec la Côte-d'Ivoire et une bouderie sournoise à l'égard de la France avaient pratiquement écarté le pays de l'Entente et de l'OCAM *.

A chaque initiative du président de la République, correspondait automatiquement une position contraire de Justin Ahomadegbe. Les amis de l'un devenaient les ennemis de l'autre. Les ministres se divisaient en clans rivaux et celui des Affaires étrangères appliquait simultanément plusieurs politiques.

Le journaliste Aza, de *L'Aube nouvelle*, avait beau dénoncer à sa façon pittoresque et inimitable que « l'autruche dahoméenne se cachait la tête dans les sables de la démagogie et que la sueur du peuple étant tirée, il fallait la boire », personne ne l'entendait. Les élites faisaient de la politique et se servaient plus volontiers de leurs journaux pour développer leur querelle que pour trouver des remèdes aux maux de la nation. Sous des rubriques suggestives comme : « La mare aux crapauds », « Mon franc par-

* Organisation commune africaine et malgache, créée en 1963.

ler », « Ces pelés, ces galeux » ou « Les mouches du coche », parisiens, ballotins et pontins s'affrontaient sans complaisance. Il faut entendre sous ces vocables sibyllins les anciens élèves des facultés parisiennes, les cadres issus du lycée Victor-Ballot de Porto-Novo et les anciens de l'école William-Ponty de Dakar.

Dans ce conflit de génération, de formation et d'intérêt, le « quartier Latin de l'Afrique », cher à Emmanuel Mounier, réglait ses comptes avec férocité, étalait sur la voie publique ses tares et ses insuffisances et portait sur lui-même des jugements qu'un observateur étranger aurait eu scrupule à formuler. Maniant avec dextérité notre langue et rompus à nos méthodes d'analyse et de pensée, ils offraient un tableau saisissant des syndromes mentaux du tiers monde et de l'éternelle querelle des anciens et des modernes.

S'il s'agissait des jeunes générations, les hommes d'âge mûr les dépeignaient en ces termes : « Le jeune diplômé, persuadé de posséder la science infuse, se croit le nombril de la terre et pense sérieusement qu'avant lui, on n'avait jamais rien fait et que, sans lui, on ne pourrait rien faire (...) Il remue beaucoup, touche à tout, entend vivre sa vie et construire palais et villas en deux ans. Il veut tout régenter et tient la politique pour sa mission exclusive en vue de laquelle il entend chaque jour des voix comme la bergère de Domrémy. Prédestiné, il considère les autres comme des intrus, des bricoleurs, aussi parle-t-il supérieurement en termes péremptoires et exige-t-il, le jour de sa prise de fonction (à Cotonou ou à Porto-Novo de préférence), une voiture, un logement meublé et un bureau climatisé (...) et comme il est fait pour commander, il réclame d'entrée la direction du service et au besoin, la création d'une section dont il sera le chef, car il ne peut, en aucun cas, servir en sous-ordre (...) c'est un " idéaliste ", un verbeux aimant les " ismes " et fuyant l'action concrète. Il est plus préoccupé de lui-même que du bonheur national, il est prêt à tout mettre en œuvre et à utiliser les moyens les moins avouables pour se procurer de l'argent et du bonheur. »

S'il s'agissait des anciens que les nouveaux exécutaient sans pitié, le style n'en était pas moins vigoureux : « Ces bourgeois crasseux, friands du gâteau politique, ces prétendus intellectuels mal instruits, à peine dégrossis et au sourire " Banania " d'antan qui n'arrivent pas à opérer une reconversion mentale et n'ont que des réflexes séniles de défense. Plus malhonnêtes que les jeunes qu'ils dénoncent, ils ont encore plus soif d'argent et ont employé toutes les bassesses pour obtenir leurs postes. Pendant les trente ans qui ont précédé l'indépendance, ils ont été choyés par l'administration coloniale qui voulait leur enlever toute envie de libérer leur pays. Ils ont ignoré que la liberté se payait au prix de beaucoup de sacrifices et de lourdes responsabilités; enfin, ils ont corrompu leurs enfants par leur mauvais exemple en leur apprenant notamment à cambrioler les caisses de l'État et, si la jeune génération échoue, elle n'aura rien fait d'autre que de les imiter dans leur échec et dans leur incapacité congénitale sur le double plan économique et politique. »

Ces comptes étant réglés, il était intéressant de voir ce que les jeunes et les vieux, contraints de cohabiter, faisaient ensemble. Appartenant aux mêmes familles, peu importait la façon dont ils avaient été couvés, ils se ressemblaient parfaitement. Appelés à assumer presque à l'improviste les plus hautes responsabilités de l'État, hommes politiques et hauts fonctionnaires, qui ne s'étaient jamais définis que par comparaison ou par opposition au colonisateur, ne savaient que l'imiter fidèlement lorsqu'il s'agissait de le remplacer. Il va sans dire qu'ils ajoutaient à ce mimétisme une foule d'apports originaux propres à leur culture traditionnelle et qui procédaient d'antiques comportements tout à fait étrangers à la civilisation et aux mœurs modernes.

Sans porter de jugement de valeur et sans esprit de dénigrement, comme sans pessimisme, on pouvait analyser ainsi leur façon d'agir : tout d'abord, le pouvoir ramené à ses signes extérieurs. Afin d'asseoir une autorité superficielle qui n'avait ni origine magique, ni renommée reconnue, ni véritable expérience, il fallait posséder, de façon ostentatoire, les attributs de la puissance. C'était effectivement la voie la plus commode pour démontrer à des populations sans formation civique et sans conscience nationale qu'une mutation profonde s'était accomplie. L'occupation des résidences de l'État, les villas de type européen pourvues de l'arsenal électro-ménager, les voitures de grosse cylindrée, allemandes ou américaines, la domesticité abondante, les nourritures à l'occidentale, les vins fins, les alcools et les costumes coupés à Paris ou à Londres, étaient devenus, en Afrique, les symboles dominants de l'indépendance.

A peine installé dans son fauteuil, le ministre jeune ou ancien achetait un terrain « bien placé », faisait construire à crédit une villa de rapport et cherchait un locataire, étranger de préférence, payant bien et régulièrement. Tel autre montait une entreprise de taxis qui disposait de toutes les autorisations, des dérogations régaliennes et même des bons d'essence administratifs, pour son seul profit personnel. Un proverbe de la sagesse africaine ne dit-il pas : « Si tu as le pouvoir, enrichis-toi, tu fera honneur à tes frères ! » L'esprit de lucre et le féodalisme faisaient immédiatement des ravages. Les petits satrapes fleurissaient, leur exemple servant de modèle à la jeunesse, et chaque espérance dans le peuple prenait la couleur des comportements des grands du jour. Les statistiques donnaient d'ailleurs la gamme des avantages dont ils bénéficiaient : la multiplicité des déplacements gratuits à l'étranger, le libre accès aux jouissances du monde. Les importations de whisky au Dahomey étaient passées en quelques années de 5 353 bouteilles à 57 925, celles de champagne, pour la même période, de 925 à 1 500 caisses. Le parc des voitures de tourisme avait augmenté de 3 000 à 6 896 alors que la population européenne avait baissé, que le pouvoir d'achat n'avait pas cessé de décroître, que le revenu national brut stagnait autour de 42 milliards de francs CFA et que le revenu annuel par habitant était de l'ordre de 17 000 francs CFA.

Le féodalisme traditionnel réapparaissait insensiblement sous la forme du tribalisme, du népotisme et du mandarinat. Le pouvoir représentait en fait quelques milliers de personnes, les potentats, les ministres, leur famille étendue et les favoris. Autour de ce noyau gravitaient sept à huit mille individus appartenant à d'anciennes équipes de notables ou à des clientèles diverses d'opportunistes et d'affairistes. Quatre-vingt-dix-neuf pour cent du peuple se contentait de survivre, entre ses fétiches, ses dieux et son folklore.

Ce qui frappait encore, c'étaient les réflexes des nouveaux citoyens : une persistance curieuse du nomadisme et des habitudes de cueillette, le manque de synthèse et de continuité dans l'effort, la difficulté de discerner le réel de l'imaginaire et de se projeter dans l'avenir, le développement et la planification conçus comme des catalogues de rêves, enfin l'insouciance et la gabegie. Brochant sur le tout, on pouvait observer encore le manque d'esprit militant des dirigeants et des élites, l'absence d'un patriotisme à l'échelle nationale alors que l'identification tribale était toujours dominante, le goût des joutes oratoires incorrigible et le fétichisme du diplôme qui conduit au mandarinat congénital.

Naturellement, cette analyse ne concernait pas seulement les nouvelles classes de ce pays mais l'ensemble des jeunes nations qui avaient acquis leur indépendance quelque cinq ans auparavant. J'y retrouvais beaucoup de syndromes comparables à ceux de l'Amérique du Sud dont la persistance, après plus d'un siècle de décolonisation, m'avait paru inquiétante pour le devenir de l'Afrique. Je me consolais en pensant que beaucoup de vieilles nations n'avaient peut-être pas encore échappé complètement à ces maladies infantiles.

J'avais déjà passé mon premier 14 Juillet et essuyé au milieu de la réception une averse particulièrement copieuse. Le général Soglo, qui assistait à la commémoration avec les officiers supérieurs de l'armée et tous les membres du gouvernement dahoméen, m'en fit presque grief. « Comment, me dit-il, vous n'aviez pas consulté le maître de la pluie pour votre fête nationale ? » Et comme je m'excusais de ce manquement, il me donna l'adresse de son féticheur en insistant pour que je dise que c'était de sa part. L'année suivante, je fis venir le vieil homme qui me dit de la façon la plus naturelle : « J'arrêterai la pluie à partir de onze heures du matin jusqu'à onze heures du soir ! », le tout pour un pourboire de vingt francs. Le plus étonnant c'est que, pendant les quatre 14 Juillet qui suivirent, je n'eus jamais une goutte de pluie à déplorer. Les tornades diluviennes s'arrêtaient exceptionnellement ce jour-là en début de journée et recommençaient en fin de soirée. Tous mes collaborateurs et la foule de mes amis qui en furent les témoins peuvent attester de la réalité de ces faits. Pour tous les Dahoméens, le phénomène allait de soi.

A l'automne 1965, deux événements non moins notables se produisirent. Le premier fut très inattendu.

J'étais assis dans mon bureau au premier étage, près d'une des portes-fenêtres donnant sur le jardin. Il n'y avait pas de balcons sur cette façade mais des balustrades en bois devant chaque embrasure. J'écrivais paisiblement lorsqu'un pressentiment ou un hasard me fit lever les yeux et tourner légèrement la tête. Sur la rambarde, un oiseau noir, de la taille d'un corbeau, me regardait avec une fixité impressionnante. Il n'y avait pas de doute, je l'avais reconnu au premier coup d'œil, c'était l'oiseau sorcier de Bolivie, avec son plastron bombé, ses pattes un peu écartées, sa tête inclinée dans ma direction, son œil brillant et son bec sinueux de cormoran, exactement le même qu'à Sorata, à Cachuela Esperanza ou à Machareti. J'appelai ma femme au téléphone pour lui annoncer l'étrange visite et l'invitai à venir saluer le mystérieux messager. « J'arrive ! » me dit-elle. L'oiseau ne bougeait pas, je pris une feuille de papier et un crayon et j'entrepris de le dessiner pour être bien sûr de ne pas être victime d'une illusion. Qui était-il ? – un coracidé, un pisciforme ou un de ces capitonidés comme « jean-le-sot » qui fréquente les forêts brésiliennes ? Ces espèces sont peu fréquentes en Afrique, alors d'où venait-il et que signifiait sa présence ? Mon épouse arriva au bout d'une dizaine de minutes et s'approcha de la fenêtre. A sa vue, l'oiseau s'envola, nous laissant tout interdits. « Il va se passer quelque chose ! me dit-elle. Tu ne crois pas ? » Non ! j'étais seulement intrigué et perplexe.

Quelques jours plus tard, l'Assemblée vota une motion de censure à l'encontre du président Apithy qui dut démissionner. Après quarante-huit heures d'hésitation, une épreuve de force ayant éclaté au petit matin, Ahomadegbe, déguisé en vieille femme, dut s'enfuir à travers la palmeraie pour échapper aux militaires.

En cinq années d'existence, le Dahomey venait de vivre son troisième coup d'État. Le téléphone était coupé et la radio ne diffusait plus que des marches militaires. C'étaient donc les soldats qui avaient pris la décision brutale d'ouvrir une nouvelle crise, mais étaient-ils responsables ? Le général Soglo n'avait certainement pas organisé de complot, pas plus d'ailleurs que les syndicalistes de gauche qui avaient peur du désordre institutionnel, ni les théoriciens de la personnalité africaine et de la négritude. C'était plus certainement la lassitude générale et les salariés inquiets qui avaient préparé le terrain.

Devant l'anarchie montante, les militaires avaient dit : halte! mais personne n'osait plus, aujourd'hui, réclamer le pouvoir. Le général Soglo proposa aux députés de désigner un président intérimaire et ceux-ci exhumèrent un vieux député du Nord, Congakou Tahirou, qui fit de la figuration pendant quelques semaines, tandis qu'Apithy, incorrigible, s'alliait à Maga, toujours exilé à Bohicon, contre Ahomadegbe. Les jeux allaient-ils recommencer ? Le général, excédé, décida alors de reprendre le pouvoir pour son compte et se fit proclamer chef de l'État le 22 décembre. L'année 1966 commença donc dans une euphorie que les Blancs et les Noirs célébrèrent à leur façon, les premiers en se réunissant en troupe pour boire et manger, les seconds pour danser et faire les coutumes dans les villages.

Le nouveau chef de l'État consulta ses féticheurs, mais ceux-ci n'avaient pas, semble-t-il, de solution pour régler ses problèmes. Comment redresser un tant soit peu les finances publiques sans provoquer le mécontentement des fonctionnaires à qui l'on avait attribué imprudemment un système de soldes comparable à celui des Européens, détachés par la Coopération ? Comment ne pas se heurter aux syndicats toujours tentés par la surenchère et prêts à débrayer sans se soucier des capacités de paiement des employeurs ? Le général s'en tira d'abord avec les vieilles formules de dramatisation et d'appel au peuple. « Six ans d'échecs sociaux, économiques et politiques, disait-il, nous ont conduits au désastre et nous avons atteint le fond du gouffre. Il n'y a plus désormais qu'un seul mot d'ordre : esprit de reconstruction et de sacrifice, retour aux sources de l'âme dahoméenne, travail, courage, ténacité, etc. » Tout à fait conscient que personne ne l'écoutait, il se tournait alors vers l'extérieur et faisait appel aux puissances de l'Est et de l'Ouest, et tout particulièrement à la France, « pour faire de son pays l'exemple et l'orgueil de l'Afrique ».

Devant tant de désespérance mais de bonne volonté, Paris envoya le ministre de la Coopération. C'était, comme il était d'usage à cette époque, un vieux compagnon du général de Gaulle et l'exaltation de la grandeur française lui tenait davantage lieu de doctrine et de programme qu'une froide analyse de la situation. Il inaugura une foire spectacle, s'assura que les images de cette manifestation avaient bien été transmises au journal de sa circonscription et fit tant de promesses dans tous les domaines que l'on pouvait se demander si ses collaborateurs parisiens n'avaient pas pris le catalogue de la Manufacture d'armes et cycles de Saint-Étienne comme base de référence. Le succès politique de cette incursion dans l'Afrique profonde pouvant être décemment évoqué au conseil des ministres, le « missi dominici », satisfait, s'en retourna à ses affaires.

Julien Aza, dans *L'Aube nouvelle*, déclara que « devenu Thomas par la force des événements politiques dahoméens et bien que n'étant pas de ceux qui cherchent des testicules de fourmis dans les troupeaux d'éléphants », il voulait attendre pour voir. En attendant la venue des pactoles qui se faisait précisément attendre, le général prit quelques initiatives pour augmenter, en quantité et en qualité, la production locale. Il annonça que l'arachide devrait atteindre 25 000 tonnes décortiquées, le ricin devrait s'élever à 4 000 tonnes et le tabac à 2 000 tonnes. Quelqu'un lui ayant parlé de Cincinnatus, il invita le corps diplomatique à aller, en sa compagnie, sarcler les cultures dans le nord du territoire. Au jour prévu, tous les ambassadeurs se retrouvèrent près de Natitingou, *daba* en main. Le protocole les plaça en ligne et, au signal donné par le général, ils entreprirent d'ameublir la terre. Je revois le visage ruisselant de mon collègue noir américain qui devait méditer sur le retour aux sources et celui du Chinois de Pékin qui rêvait peut-être à la révolution des Cent Fleurs. Le Russe avait déclaré forfait dès le départ et l'Israélien parlait de kibboutz. L'expérience ne fut pas renouvelée, mais d'autres initiatives suivirent. Celle notamment de redonner un nouvel éclat aux fêtes traditionnelles d'Abomey. La couleur des boubous flottants, la musique et un fastueux banquet étaient au rendez-vous. Le général m'invita à danser avec lui une sorte de parade guerrière où je n'ose pas m'imaginer l'allure que je pouvais avoir. Ma femme et Mme Soglo se lancèrent dans l'arène. Le général Revol, inspecteur des troupes d'outre-mer, qui était de passage et mon attaché militaire, le colonel Dorin, se livrèrent à une danse du scalp dont je conserve précieusement les photos. Quelques-uns de mes collègues se cachaient derrière leur fauteuil pour ne pas être désignés par le maître de ballet.

Peu de temps après, le président entreprit une longue tournée à travers le pays à laquelle je fus associé avec mon épouse, qui était devenue, pour la circonstance, « représentante de la femme française auprès de ses sœurs dahoméennes ». Tous les villages traversés fêtaient avec enthousiasme le chef de l'État et sa suite, démontrant spontanément l'incroyable aptitude des peuples africains à s'adonner aux joies collectives.

En passant à Bassila, patrie du lieutenant-colonel Alley, le chef d'état-major de l'armée, je fus reçu par son vieux père, un adjudant retraité de l'armée coloniale, bardé de décorations et de cicatrices, qui me demanda en confidence : « Es-tu au moins content de mon petit ? Dis-le-moi véritablement car s'il n'en était pas ainsi, je le châtierais sévèrement. » Ce vieillard aimait la France d'une façon émouvante, comme des centaines de ses semblables que j'ai rencontrés dans les brousses africaines. Je n'épiloguerai pas sur cette empreinte, mais je laisserai à ceux qui ont eu à commander des hommes le soin d'honorer, comme il convient, la mémoire des chefs qui formèrent ces soldats.

Le Dahomey avait été découpé par l'Histoire d'une façon si arbitraire que le président, qui ignorait les dialectes des régions traversées, ne pouvait s'exprimer qu'en français. Nous arrivâmes à Nattitingou avec plusieurs heures de retard. Depuis le matin, les Sombas, une des races les plus sculpturales de l'Afrique, s'étaient préparés à la danse. Toutes les troupes vibraient d'impatience, les tambours et les flûtes s'essayaient à moduler quelques roulements ou quelques trilles, la tension était à son comble quand le cortège arriva. Le président fit un bref discours, puis, répondant à la sollicitation muette de la foule, il libéra les danseurs. Ce fut une explosion, un maelström, toute l'énergie accumulée pendant les heures d'attente éclata. Un torrent de sons nous submergea, nous étions littéralement soulevés par les ondes sonores et nous nous interrogions pour voir si nous touchions le sol. Celui qui n'a pas assisté à un tel déchaînement ne peut comprendre de quelle profondeur de l'espèce humaine peuvent provenir la danse, la musique et le rythme.

Je revins à plusieurs reprises dans ce Nord vigoureux où la population était aussi nue qu'au jour de la naissance. L'architecture, en forme de châteaux forts, des fermes et des villages, les étuis péniens des hommes allant du modeste couvre-prépuce aux longs fourreaux d'apparat que l'on maintenait par une cordelette, nouée autour du cou, le dépouillement des charmes féminins, témoignaient d'une harmonie et d'une pureté que seule la nature peut conférer aux êtres et aux choses.

Enfin, j'avais fait la connaissance de deux personnages exceptionnels, le R.P. Chazal, qui avait établi son ermitage sur le plateau de l'Atakora et s'était creusé la tombe de ses rêves qu'il donnait à contempler à ses amis, et l'ingénieur forestier Jean Raynaud, le créateur de la réserve zoologique de Porga, le long de la Pendjari. Ce connaisseur averti de la faune ouest-africaine avait accumulé un nombre si considérable d'observations sur le comportement des principales espèces et sur les techniques de chasse que j'appréhendais de le voir disparaître, comme Joseph Barrande à La Paz, sans avoir transmis son savoir. Je lui proposai donc de recueillir ses notes éparses et ses souvenirs pour rédiger un manuel pratique à l'usage des agents du service des eaux et forêts, des touristes, des chasseurs et des amis de la nature. Il accepta ma modeste coopération et je consacrai la totalité d'un congé en France pour rédiger, mettre en page, illustrer et faire imprimer cet ouvrage artisanal, qui s'appela *Nature et chasse au Dahomey*. Jean Raynaud mourut quelques années plus tard, mais ce livre, diffusé par le ministère de la Coopération, a contribué à former deux générations de jeunes élèves forestiers africains et à garder la mémoire d'une vie de travail d'un grand défenseur de la nature.

Sous la surveillance vigilante de cet expert, la réserve de chasse de Porga avait pu conserver un grand nombre de lions, de girafes, d'hippopotames et d'antilopes. Le braconnage, ce fléau des parcs africains, y était sévèrement réprimé. Malheureusement certains hauts personnages usèrent bientôt de leur toute-puissance pour s'en réserver l'usage selon leur bon plaisir. Ils y venaient en toute occasion pour traquer le gibier et l'abattre avec des armes ultramodernes. On sait que l'homme a toujours été un prédateur redoutable et qu'il est souvent difficile de l'empêcher de scier la branche sur laquelle il est assis, mais détruire aujourd'hui, pour un plaisir fugace, les réserves naturelles dont les peuples ont tant besoin est d'une légèreté bien coupable.

J'ai gardé, des promenades dans la savane au milieu des animaux, en compagnie de Jean Raynaud, un souvenir impérissable. Il savait quand les antilopes s'endorment et se réveillent, quand les lions chassent ou font la sieste, quand les hippopotames vont en promenade. Il comprenait ce que disait l'oiseau indicateur, « mange-miel », pour diriger le ratel vers les ruches, et même ce que racontaient les caïmans du Niger sur les scorpions incorrigibles du Dahomey.

Tout le monde, en Afrique occidentale, connaissait cette histoire mais nul ne la contait mieux que lui.

« Un jour, c'était avant la construction du pont de Mallanville, une crue du Niger apporta sur l'autre rive un scorpion dahoméen. Le perfide animal aurait bien voulu profiter de ce déplacement gratuit pour visiter la contrée, faire un peu de commerce, ou passer un concours de fonctionnaire. Mais comme plusieurs cérémonies familiales urgentes l'appelaient au pays, il dut bon gré, mal gré, chercher un moyen pour retraverser le fleuve.

Avisant un crocodile qui sommeillait près de la rive, il lui demanda fort poliment de le prendre sur son dos pour le ramener au Dahomey.

– Au Dahomey ? dit le saurien en ouvrant un œil. Mais que diable veux-tu aller faire là-bas ? C'est la pagaille partout et il n'y a plus un sou en caisse.

– C'est que je suis dahoméen, reprit le naufragé.

– Alors, dans ce cas, cherche quelqu'un d'autre. On ne vous connaît que trop, par ici. Je suis certain que tu vas me piquer pendant la traversée pour me faire couler.

– Voyons ! ne sois pas stupide, si je te pique au milieu du fleuve, je vais me noyer également.

Et le scorpion, qui était plus éloquent qu'un président de l'Union générale des étudiants, parla de solidarité, de fraternité africaine, de l'OUA et de la Déclaration des droits de l'homme. Tant et si bien que le caïman se laissa convaincre et le prit sur son dos.

Au plus fort du courant, le scorpion piqua le crocodile.

– Ah! c'est malin, grondait le malheureux à l'agonie. Tu es bien avancé maintenant que nous allons périr ensemble.

– Je sais bien! je sais bien que c'est idiot, pleurait le scorpion, qui de surcroît ne savait pas nager, mais ça a été plus fort que moi, je n'ai pas pu m'en empêcher. »

J'avais, comme le scorpion, effectué quelques promenades, non pas à dos de crocodile mais en pirogue, sur la Pendjari et l'Atangile, mais ma femme n'appréciait que médiocrement ces excursions et redoutait la faune sauvage. Un jour, notre frêle embarcation se trouva entourée par cinq ou six hippopotames qui s'ébattaient dans le fleuve. Ils surgirent inopinément des eaux troubles en ouvrant des gueules énormes. Prise de panique, mon épouse supplia le piroguier d'aller coûte que coûte vers la rive, mais à peine allions-nous toucher la terre qu'un gros crocodile qui y sommeillait se précipita dans notre direction pour plonger dans la rivière. Une autre fois, notre voiture faillit être renversée par un monstre aquatique qui traversa précipitamment la piste, à cinquante centimètres de notre moteur. Il faut dire que les hautes herbes sont toujours pleines de feulements et d'ébrouements, qui la remplissaient de crainte.

Enfin, sa plus grande frayeur lui vint rétrospectivement de notre fille, alors âgée de seize ans, qui, avec une de ses amies, Barbara Horstman, fille de l'ambassadeur d'Allemagne, profita de la mission d'un de nos chauffeurs dans le Nord pour aller visiter les réserves de chasse. Elle était armée d'un petit appareil photographique simplifié appelé « Instamatic » et ses frères ironisaient sur les photos de grands fauves qu'elle n'allait pas manquer de rapporter. Le voyage fut, paraît-il, merveilleux, mais en développant les pellicules, on s'aperçut que les deux jeunes inconscientes avaient photographié à l'improviste, à quelques mètres de distance, des lions qui paraissaient stupéfaits de leur audace.

De toute façon, ces escapades n'étaient que des récréations, et les servitudes de la fonction et la vie sociale nous maintenaient le plus souvent à Cotonou. Les visites des hautes personnalités françaises ou étrangères de la politique ou des affaires étaient nombreuses.

Un matin, en me rendant à l'aéroport, je fus surpris de voir, tout le long de la route, des faisceaux de drapeaux à deux bandes bleu et rouge, et de lire sur la façade de l'aérogare : « Bienvenue en Haïti ». Des slogans de Duvalier ornaient les murs et quelques taxis aux armes de Port-au-Prince attendaient les voyageurs. Des électriciens traînant des câbles et des projecteurs me donnèrent la clé de l'énigme. Le metteur en scène Peter Glenville s'apprêtait à tourner le film *Les Comédiens*, d'après l'œuvre de Graham Greene. Le refus de « Papa Doc » que son pays serve de théâtre à une œuvre jugée offensante pour la grande île avait amené les producteurs à choisir le Dahomey comme décor. Après tout, les vaudous haïtiens proviennent tous du golfe de Bénin et les plus puissants d'entre eux portent les noms d'Erzulie

Frida Dahomey, d'Ogoun Badagrey ou de Schango. Toute l'équipe du film occupa les hôtels de Cotonou et les deux vedettes, Liz Taylor et Richard Burton, bénéficièrent d'une villa de l'ancien Conseil de l'Entente. Graham Greene, Peter Ustinov et quelques autres firent de fréquentes apparitions, selon les besoins du tournage. Le cimetière de Porto-Novo servit de cadre aux cérémonies du « baron Samedi » et tout le génie des opérateurs fut de donner, à un paysage désespérément plat, l'aspect collinaire des environs de Port-au-Prince.

Le général Soglo donna un repas de gala et une soirée dansante pour honorer ses hôtes. Liz Taylor, dans sa pulpeuse trentaine, charma tout le monde avec sa poitrine généreuse et ses yeux couleur de lilas. Richard Burton, au visage tanné et grenu comme du galuchat, laissait traîner son regard pâle de Gallois désabusé sur les sortilèges de la négritude. Les deux acteurs faisaient des siestes interminables et Peter Ustinov ironisait. J'esquissai quelques timides pas de danse avec l'héroïne et me rabattis sur Graham Greene, pour parler du commissaire Scobie dans *La Puissance et la Gloire* et de *La Saison des pluies* sur les Ouellés. Il me fascina par sa gentillesse et son talent d'analyste et de conteur.

Cet intermède mit tout le monde de bonne humeur, à l'exception de mon ami Jean Coradin, l'ambassadeur d'Haïti, qui ne savait quelle réaction de dignité offensée adopter pour ne pas encourir les foudres de François Duvalier.

A peu près vers la même époque, le Dahomey reçut, en visite officielle, un chef d'État éminent de la côte d'Afrique, le vieux président Tubman du Liberia. Ce personnage corpulent semblait contemporain du président Monroe, avec son chapeau haut de forme, sa jaquette, son pantalon rayé et ses bottines. Il était toujours flanqué de deux colosses en uniforme d'apparat dont l'un portait un coffret de cigares et l'autre, un briquet d'or. Assis comme un poussah sur un fauteuil élevé qu'il transportait dans ses bagages, il fumait béatement, les mains croisées sur sa bedaine. De temps en temps, il soulevait une paume pour faire un claquement de doigts à gauche, puis à droite, signal de renouvellement des cigares. Vers la fin de l'après-midi, un lieutenant s'approchait avec une grande cuvette pleine d'eau chaude salée, relevait délicatement les jambes du pantalon de son maître, défaisait les bottines, ôtait les chaussettes et plongeait dans le liquide, pour les décongestionner, les pieds du potentat. Sa femme était si volumineuse qu'ayant dû danser avec elle, je me faisais l'effet d'une petite nacelle pendue au flanc d'un dirigeable. Je ne parvins pas à savoir de quels problèmes avaient débattu les deux présidents, les relations entre leurs pays étant inexistantes et de plus, le général Soglo, comme ses collaborateurs, ne parlant pas l'anglais.

14

Ces intermèdes distrayants ne parvenaient pas à masquer la situation. Tous les postes budgétaires étaient en déficit. Celui de la balance commerciale était parmi les plus préoccupants : les exportations stagnaient et les importations ne cessaient de croître. L'État distribuait davantage de revenus qu'il n'en percevait et, chaque mois, les salaires des fonctionnaires constituaient un casse-tête pour le ministre des Finances. Malgré une aide budgétaire de la France qui oscillait depuis 1960 entre sept cents et huit cents millions de francs CFA par an, sans compter les interventions du Fonds de développement, qui, pour la seule année 1964, représentaient près de deux milliards de francs CFA, le général Soglo ne savait plus comment sortir de la crise. Le Fonds européen, dont la France couvrait 33 %, avait beau venir à la rescousse et la caisse de coopération consentir des avances de l'ordre de 308 millions, le tonneau des Danaïdes n'était plus qu'un gouffre sans fond.

Les milieux syndicalistes, dont les plus agressifs étaient animés par la Fédération syndicale mondiale (FSM), la CGT, l'Union internationale des étudiants communistes (FEANF) et l'Union générale des travailleurs dahoméens (GEED), proposaient des solutions miracles et faisaient campagne pour la nationalisation d'un certain nombre d'entreprises, de banques et du port de Cotonou. Certains voulaient créer des sociétés nationales d'import-export de type soviétique et d'autres préconisaient une réforme fiscale pour faire payer les riches. « Car si notre pays est pauvre, reconnaissaient-ils, ça n'empêche pas une caste politico-militaro-technocratique de profiter de l'exercice du pouvoir pour s'enrichir sur le dos du peuple. » Déjà les dockers et les cheminots s'étaient mis en grève et le mouvement menaçait de s'étendre. L'armée, elle-même, n'échappait pas au malaise. Les jeunes officiers traitaient les anciens de badernes et de soudards sans imagination, prosternés devant la France. Bref tous les ingrédients me semblaient réunis pour provoquer une explosion, et Paris, ne tenant aucun compte de mes alarmes, décida d'inviter, en visite officielle, le général Soglo.

Je me rendis moi-même dans la capitale pour mettre en garde le secrétaire général de la Communauté contre les risques de l'opération, mais il ne m'écouta pas. Le voyage était programmé : il y avait déjà douze nouveaux États sur la liste et le général de Gaulle n'aimait pas les initiatives stratégiques de dernière heure.

Le président dahoméen et une suite importante partirent donc pour la France. Le scénario comportait une escale et une réception à Nice où le préfet et le maire firent de leur mieux pour accoutumer les visiteurs aux fastes qui les attendaient à Paris. La délégation prit ensuite le train-couchettes et débarqua à sept heures du matin dans la brume de décembre de l'Ile-de-France sur le quai de la gare de Champs-sur-Marne, à vingt-quatre kilomètres de Meaux. Le général et Mme de Gaulle attendaient stoïquement les illustres visiteurs. Les discours furent échangés sous l'auvent de la station et quelle ne fut pas ma surprise d'entendre le héros de la France libre prononcer de mémoire l'allocution que j'avais préparée, à toutes fins utiles, pour la circonstance. La faiblesse de sa vue l'obligeait à apprendre par cœur la plupart de ses discours, et il n'oubliait ni une phrase, ni une tournure. Une halte de détente et un petit déjeuner avaient été préparés au château de Champs, dans le cadre raffiné de cette résidence du XVIIIe siècle, entourée de jardins où les ocres de l'automne finissant laissaient encore quelques touches d'or sur les arbres. A dix heures, le convoi, bardé de motocyclistes, prit la route de Paris et le rituel traditionnel se déroula pendant deux journées entières : les banquets élyséens, le spectacle à la Comédie-Française, les visites et les audiences, la remise de la grand-croix de la Légion d'honneur au général Soglo, ce vieux soldat de nos dernières guerres d'Afrique et d'Indochine. Bref, il ne manqua pas une seule note au festival.

Comme le général et Mme Soglo voulaient rester encore quelques jours dans la capitale, je pris le premier avion pour Cotonou où je me doutais que quelque événement se préparait. La ville grondait de bruits divers. Fonctionnaires, militaires, travailleurs et cadres ne parlaient que de grèves et de coups de force. Je rendis compte de cette agitation, mais on pensa sans doute que je poursuivais une idée fixe. Enfin, quand le président Soglo revint au bercail, je lui demandai audience pour lui parler des tensions que j'avais observées. Il prit son air le plus bonhomme pour me détromper. « Mais non, tout allait bien ! Les syndicalistes n'étaient que de petits moineaux qu'il allait effrayer en battant des mains, les militaires étaient les enfants du papa Soglo, les dockers, des fainéants à qui il allait dresser les côtes. Dormez en paix, monsieur l'ambassadeur. »

En fait, je dormis mal car je percevais la même tension que, dans les Andes, quand l'oiseau sorcier agitait les tribus indiennes. Je me levai, ouvris ma fenêtre et humai l'air moite de ce matin du 17 décembre. La nuit s'éclaircissait à peine. Ça sent le coup d'État, pensai-je. Je téléphonai à mon attaché militaire, le colonel Laporte, et lui dis de venir me voir sur-le-champ. Quand il apparut, encore embué de sommeil, je lui demandai d'aller faire un tour rapide autour du camp militaire, de la présidence et de la maison du chef d'état-major. Il partit peu convaincu et revint en trombe dix minutes plus tard.

« C'est plein de parachutistes et de soldats en armes », me dit-il.

J'ouvris la radio qui ne diffusait plus que de la musique militaire. Quant au téléphone, il était coupé.

« C'est fait, lui dis-je. Le coup d'État est en cours. A sept heures, nous allons entendre une voix inconnue et mal assurée qui va proclamer que, consciente d'incarner la volonté profonde du peuple et pour mettre fin à l'incurie, à la gabegie, au népotisme et à la corruption, l'armée a pris le pouvoir. A huit heures, nous capterons un deuxième communiqué disant que la junte qui assume le pouvoir souscrit à tous les engagements du Dahomey, respecte les déclarations des Nations unies, proclame sa solidarité avec tous les États d'Afrique et rendra, le plus tôt possible, la parole au peuple. A neuf heures, je serai appelé par l'auteur du coup d'État pour me demander de prévenir Paris. Dans l'immédiat, nous allons effectivement informer le Quai d'Orsay et la Communauté! dis-je en conclusion, car il ne sert à rien d'attendre les événements. »

Tout se déroula selon le rituel prévu et dans les termes consacrés. A neuf heures trente, je reçus les premières instructions du secrétariat général de la Communauté à la présidence de la République, qui me demandait de prendre toutes les dispositions que je jugerais nécessaires pour que rien n'arrive au général et à Mme Soglo. Le général de Gaulle ne comprendrait pas, disait le télégramme, qu'ils soient maltraités ou humiliés, alors qu'ils avaient reçu, quelques jours auparavant, les plus hautes distinctions françaises. « Vous voudrez bien, ajoutait in fine Jacques Foccart, remettre en main propre, au président Soglo, le message suivant que lui adresse le général de Gaulle et me rendre compte. »

Fascinantes évidences et merveille du commandement chez les puissances parisiennes : un coup d'État, des militaires partout, le président de la République séquestré par deux sections de parachutistes et... « vous remettrez en main propre... » Par chance, je disposais de deux colonels, un qui était en instance de départ, et l'autre, son successeur, qui venait d'arriver. Je leur demandai de se mettre en grande tenue et donnai au premier les instructions suivantes :

« Allez au camp militaire, sollicitez une audience de l'auteur du coup d'État et demandez-lui de remettre vous-même, au président Soglo, le télégramme du général de Gaulle. Il vous refusera ! Vous sortirez alors fièrement du camp et vous vous dirigerez, sans hésiter, vers l'hôtel du président de la République qui se trouve juste en face. Les factionnaires, vous voyant sortir de l'état-major en grand uniforme, penseront évidemment que vous avez l'autorisation et vous laisseront passer. Remettez votre pli et ne traînez pas en route !

– C'est quand même un peu risqué, vous ne trouvez pas ? fit le colonel.

– C'est la guerre psychologique », lui répondis-je.

L'affaire se passa bien. Le colonel sortit par la grande porte au vu et au su de tout le monde et se dirigea vers la présidence. Les parachutistes lui présentèrent les armes. Il pénétra à l'intérieur, rencontra le général Soglo abasourdi, lui remit le message, salua et repartit. Tandis qu'il me racontait l'affaire quelques minutes plus tard, en reprenant son souffle, un drame se déroulait sur les lieux qu'il venait de quitter.

Quatre officiers supérieurs s'étaient présentés à la porte du président pour exiger sa démission écrite. A peine avaient-ils gravi les quelques marches du perron que Mme Soglo leur fit face, une mitraillette Ouzi à la main et leur dit : « Tas de minables, le premier qui fait un pas de plus, je le crève ! » Et elle arma son engin avec un air si martial que les quatre braves battirent en retraite.

Il est temps de dire que Mme Soglo était un personnage hors du commun. Native de Rochefort-sur-Mer, où son père avait du bien, elle travaillait comme comptable dans une banque quand la guerre éclata. Ayant passé la trentaine et toujours célibataire, elle se morfondait copieusement lorsqu'elle découvrit, dans *Le Chasseur français* ou une publication semblable, qu'un jeune et robuste adjudant-chef de l'armée française, grand, brun et bien sous tout rapport, cherchait une marraine de guerre. Elle répondit par retour du courrier et vit débarquer chez elle un filleul inattendu : le sous-officier Christophe Soglo, des troupes coloniales. Ils se plurent et se marièrent. La guerre étant sur le point de se terminer, le brillant soldat fut envoyé en Indochine. Elle partit avec lui pour servir comme assistante de l'armée de terre. Elle participa à plusieurs opérations difficiles, gagna une croix de guerre et apprit à manipuler les armes automatiques. Revenu en France, l'adjudant-chef, promu capitaine, fut nommé aide de camp du ministre Paul Ramadier, et sa femme fit le va-et-vient entre Paris et Cotonou, pour investir ses économies, bâtir plusieurs maisons et s'occuper des six ou sept petits métis d'Africains et d'Annamites qu'elle avait adoptés. En 1960, le colonel Soglo revint au pays pour prendre le commandement de la jeune armée dahoméenne et s'établit dans ses domaines. Il y mena une vie paisible sous la protection de cette Européenne combative qui bravait toute la famille africaine, quand cette dernière tentait de mettre la main sur un cousin aussi haut placé. « Mettez-vous une fois pour toutes dans la tête, mes petits, leur disait-elle, que c'est moi qui fais la cuisine et que mes grigris sont plus forts que les vôtres. » Quand l'Histoire vint tirer le commandant en chef de sa thébaïde pour l'installer par deux fois à la tête du gouvernement et à la magistrature suprême, elle participa naturellement à sa défense, et lorsque les putschistes se présentèrent à sa porte pour destituer son bien-aimé, elle saisit sa mitraillette et aurait bien dégoupillé quelques grenades pour faire bonne mesure.

En apprenant cette aventure, le jeune commandant, Maurice Kouandete, qui avait pris la tête du putsch, me téléphona : « Monsieur l'ambassadeur, me dit-il, veuillez calmer votre compatriote, car si elle persiste dans son attitude, je ne réponds plus de rien ! »

Les minutes comptaient et mes renseignements faisaient état d'un branle-bas de combat au camp militaire. Je décidai d'enlever le couple présidentiel puisque le général de Gaulle n'aurait pas compris qu'un accident se produisît. Je me rendis chez mon ami l'ambassadeur des États-Unis, qui louait l'autre moitié de la résidence du président, et je lui demandai s'il avait un mur mitoyen ou une cloison commune avec lui. Le brave homme n'en savait rien, mais en consultant le plan des lieux, je vis que sa salle de bains était contiguë avec les appartements du général. Je voulus visiter les lieux et, apercevant les haltères de culture physique dont mon alter ego se servait chaque matin, j'en lançai un violemment contre la paroi qui céda sous le choc. Elle était construite en briques plâtrières d'une minceur arachnéenne. J'élargis rapidement l'orifice, sous l'œil inquiet de mon collègue, et vis qu'il débouchait dans la garde-robe de Mme Soglo. Le temps de jouer au passe-muraille et de convaincre le président et sa femme que le salut était à ce prix, ces deux hauts personnages se trouvèrent dans l'ambassade des États-Unis, puis dans ma voiture qui stationnait dans la cour intérieure. Mon inséparable colonel avait pris quelques couvertures militaires pour dissimuler les fugitifs. Je laissai le soin à ce bon Clinton Knox de faire reboucher rapidement l'orifice et conduisis mes prises à l'ambassade de France.

Quelques minutes plus tard, un commando envahit la présidence, mais les oiseaux s'étaient envolés et les assaillants crurent d'autant plus à un phénomène magique que la roberie de la maîtresse de maison masquait le chemin de l'évasion.

Il me restait à me parer des plumes de l'oiseau sorcier pour me tirer d'une position délicate. Je téléphonai donc au PC de la révolution pour annoncer que je souhaitais, sans délais, être reçu par le comité révolutionnaire, pour une déclaration de la plus haute importance.

« Alors, venez au camp », me répondit-on.

Je déclinai l'offre : je ne pouvais être reçu que dans la salle des ambassadeurs, au palais présidentiel.

« Dans ce cas, ce sera dans vingt minutes », me dit mon obligeant correspondant.

Je me rendis sur place à la minute précise, et je tombai sur une escouade de militaires en tenue camouflée, casquette Bigeard, pistolets mitrailleurs en bandoulière, revolvers et visages fermés de circonstance. D'entrée, j'annonçai aux prétoriens que le général Soglo et son épouse s'étaient réfugiés à l'ambassade de France. Dix « comment ? » de surprise jaillirent en même temps.

« Peu importe, dis-je. Le tout est de vous donner le mérite d'un geste qui honorera votre armée et vous vaudra la considération de l'opinion internationale. Après tout, le général est votre grand ancien, et votre chef. Si vous détruisez les structures de l'armée, demain vos caporaux se soulèveront contre vous. »

Il y eut des mouvements divers et, finalement, le commandant Kouandete me demanda :

« Alors, qu'est-ce qu'on fait ?

– Un communiqué à la radio, lui répondis-je, qui pourrait par exemple être rédigé en ces termes... »

Et je griffonnai sur une feuille d'éphéméride une brève déclaration, affirmant en substance que le comité révolutionnaire avait placé le général Soglo sous la protection française, pour sauvegarder les valeurs nationales et affirmer la sagesse et l'honneur de l'armée. Le papier fit le tour du conclave et le commandant le signa en disant :

« Allez ! passez-le tout de suite à la radio. »

Il me restait à rendre compte de ces événements à Paris, en termes soigneusement pesés pour ne pas me voir reprocher d'avoir usé de méthodes... disons le mot... légèrement aberrantes, pour un diplomate. Je ne reçus d'ailleurs aucun commentaire en retour, sinon d'avoir à féliciter le général Soglo de l'heureuse issue de sa manœuvre et le prier de se rendre, le plus rapidement possible, à Paris, pour envisager ensemble l'avenir.

Pour ma modeste part, c'était surtout le présent qui me préoccupait, car, une fois franchies les grilles de l'ambassade, le général perdait sa qualité de réfugié et retombait entre les mains dahoméennes. J'entrepris une difficile négociation avec la junte militaire, qui était divisée entre ceux qui voulaient le garder et ceux qui souhaitaient s'en débarrasser. Les seconds étant les plus nombreux, j'obtins satisfaction, mais à la condition qu'il ne reviendrait jamais au Dahomey, ce à quoi je ne pouvais pas m'engager. Finalement, je profitai du flou pour faire réserver une place sur le courrier aérien du jour et préparer le président au départ. Soit qu'il n'eût rien compris à ce qui s'était passé, soit que sa position lui eût paru brusquement trop humiliante, il exigeait qu'un minimum d'honneurs lui fussent rendus. Mme Soglo était dans un état de fureur indescriptible. Elle s'étonnait que ce ... de général de Gaulle n'ait pas déjà envoyé le 2ᵉ étranger ou je ne sais plus quelle autre unité d'élite pour sauter sur Cotonou et écraser ces misérables qui ne méritaient que douze balles dans la peau. Enfin, le général ayant fléchi, mon adjoint le prit dans sa voiture et le conduisit jusqu'au siège qu'il devait occuper dans l'avion. Quand je fus assuré que l'appareil avait bien décollé, je poussai un ouf! de soulagement, mais je conservais toujours, sous mon toit, l'irascible présidente qui, faute d'interlocuteur, ma femme étant absente, terrorisait ma jeune fille en la prenant à témoin de l'ingratitude des hommes.

Je ne sus jamais ce que le gouvernement français et le général Soglo se racontèrent. En tout cas, j'appris, par télégramme, qu'après avoir fait escale à Abidjan où il devait rencontrer le président Houphouët-Boigny, le président arriverait à Cotonou, à bord d'un Mystère 20, pour reprendre le pouvoir. A cette nouvelle, les militaires crièrent à la trahison, et le commandant Kouandete m'annonça qu'il avait déployé les mitrailleuses antiaériennes sur le terrain d'aviation et donné les consignes pour abattre l'avion dès qu'il se présenterait. Abidjan et Paris étant dûment prévenus, un grand silence s'établit. Tout le monde était dans l'impasse.

Après l'euphorie des premiers jours, la junte, qui s'était constituée en comité révolutionnaire avec le capitaine Kerekou, ancien officier d'ordonnance du président Soglo, ne savait plus comment user de son pouvoir. Le chef d'état-major, le colonel Alphonse Alley, avait été arrêté dès les premières heures et posait un problème au sein de l'armée : fallait-il le garder en prison ou le libérer pour lui confier quelque responsabilité ? L'opinion elle-même menaçait de se retourner. L'inimitable Aza écrivait : « Lorsqu'on connaît toutes les acrobaties des l'hideuse main extérieure qui détient notre queue et dont l'action s'imposait à nos militaires à travers les séductions qui mènent à la terreur, on comprend comment, sans être des chiens, armés de la meilleure volonté du monde, ils retournent à ce qu'ils avaient vomi. »

Puisqu'il y avait une évolution possible dans l'air, je suggérai au chef de la junte d'envoyer une délégation d'officiers à Abidjan, pour discuter avec le général Soglo, obtenir éventuellement sa démission et, en tout cas, se ménager l'opinion africaine. Je fus écouté. Les messagers s'envolèrent et le colonel Alley sortit de prison. Quelques jours plus tard, l'ancien président renonçait à sa charge, s'exilait volontairement à Paris où Mme Soglo put enfin le rejoindre. Et comme une pointe d'humour est inévitable quand on s'appelle Alphonse Alley, fût-on lieutenant colonel et à peine libéré des geôles de l'État, le conseil militaire de la révolution le nomma chef de l'État et procéda à un remaniement ministériel le 22 décembre 1967. Julien Aza salua ainsi l'événement : « Non ! on ne craint plus le froid lorsqu'on se trouve dans l'eau, dit un proverbe fon. Nous nageons déjà en plein dans la déroute totale et la sécheresse des trésoreries publiques qui est la génératrice de la solution actuelle de fortune, symbole de notre banqueroute nationale. »

Le jour de l'an 1968 vit donc les militaires au pouvoir tandis que les quatre acteurs traditionnels de la politique du pays partaient en exil, à Paris, ou dans quelque village éloigné, au fond de la campagne.

Le nouveau gouvernement était, en fait, aux mains du commandant Maurice Kouandete, dont la formation politique était encore rudimentaire. Ses ministres comprenaient naturellement de jeunes militaires, mais également une bonne moitié de vieux routiers, amis des anciens archontes du Dahomey. La situation apparaissait donc comme extrêmement mouvante.

15

En attendant que la nouvelle équipe eût trouvé son assiette et comme, de toute façon, les experts de la coopération française étaient en place pour maintenir au moins la fiction de l'indépendance, j'acceptai une invitation de mon ami Pierre Verger d'assister à une séance du vodoun « Schango » et à la fête des ignames neuves à Pobé, au nord-est de Porto-Novo. Mais avant d'entrer, même d'une façon superficielle, dans le fabuleux domaine des orishas et vodouns, il est nécessaire de présenter mon introducteur, Pierre Verger.

Initialement venu à l'ethnographie par la photographie, ce personnage inimitable avait d'abord parcouru le monde à la recherche des clichés les plus inédits sur les sociétés primitives, dont il avait fait des albums remarquables comme *Les Dieux d'Afrique, Brésil, Au Mexique* ou *Congo belge.* Devenu chargé de recherches au CNRS, il s'était spécialisé dans les cultures et les rites afro-brésiliens et avait fait, à ce titre, de nombreux voyages de part et d'autre de l'Atlantique. C'est au cours d'un de ses longs séjours dans le sud du Dahomey et chez les Yorubas du Nigeria que je fis sa connaissance. Aujourd'hui, il est âgé de plus de quatre-vingt-neuf ans et vit au Brésil où il a créé une fondation, consacrée aux orishas et aux vaudouns de la côte d'Afrique qui font l'objet d'un culte assidu dans les candomblés de Bahia et de la baie de Tous les Saints.

Il est bien difficile de définir brièvement en quoi consistent les rites consacrés à ces divinités prolifé-rantes et complexes. En Afrique, l'orisha, ou le vodoun, est une force de la nature, une chose d'aspect surnaturel, un phénomène puissant qui a été établi et fixé par les soins d'un être humain en un lieu déterminé. Un pacte d'alliance est fait entre cette force et cet homme qui devient le premier pro-priétaire (*alashé*) de la puissance sacrée (*ashé*). C'est cet alashé, sorte de grand prêtre, qui prononce les formules d'invocation connues de lui seul. L'orisha reste immatériel, c'est une puissance domestiquée. Le premier alashé, s'étant lui-même lié avec la force dont il forme le complément, devient généralement un orisha. C'est le culte de cet ancêtre divinisé qui est célébré par ses descendants et qui sert toujours d'intermédiaire entre les vivants et la force.

Les obligations envers les divinités requièrent des sacrifices d'animaux et des offrandes de nourriture. Un orchestre de trois tambours est chargé d'appeler les diverses divinités, sur des rythmes propres à cha-cune d'entre elles. Ces dieux sont au nombre d'une cinquantaine, et concernent le fer, la chasse, le ton-nerre, les eaux douces, les eaux salées, les épidémies, l'arc-en-ciel, la procréation, etc. Nous ne retien-drons, pour simplifier les choses, qu'un seul dieu qui porte un double nom, le Schango des Yorubas, qui devient Hevioso chez les Fons. Nous l'appellerons orisha ou vodoun, selon que nous serons dans l'une ou l'autre des deux tribus.

Schango est le dieu du tonnerre. Il est viril, violent, justicier et gaillard. Il châtie les voleurs, les menteurs, les malfaiteurs et les fait mourir par la foudre. Il est généralement représenté par un bélier crachant du feu, par des pierres de foudre (haches néolithiques) et une hache à double tranchant (*oshé*).

Les cérémonies de Schango-Hevioso sont extrêmement complexes et font intervenir des prêtres et des prêtresses spécialisés, formés dans des séminaires appropriés et qui dansent ou exécutent des figures hautement symboliques. Voici la description qu'en donne Pierre Verger dans *Les Dieux d'Afrique* : « Ce sont de curieux défilés de prêtres tournant avec ensemble autour de la place, devant le temple, et marchant au rythme des tambours avec un dandinement hautain et dégagé. A chaque tour, un peu avant de passer devant le vodoun principal du temple, assis sous un parasol d'honneur, ils semblent prendre le départ d'une course avec des piétinements fougueux et des élans retenus, puis avec un ensemble parfait, ils s'élancent et progressent, faisant des pas énergiques et une série de plongeons du corps en avant, suivis de redressements, accompagnés de mouvements du coude et des épaules rejetés très en arrière... »

Il ne me fut donné d'assister qu'à une ronde d'un cercle d'initiés dont faisait partie Pierre Verger. Cette cérémonie concernait Schango et se terminait par l'entrée en transe d'une fidèle et l'arrivée du dieu lui-même. L'orchestre était composé des trois tambours qui sont pour tous les Noirs beaucoup plus que de simples instruments de musique servant à accompagner les chants et les danses, mais des êtres doués d'une âme et d'une personnalité. Ils sont baptisés et nécessitent, de temps en temps, quelque offrande ou sacrifice pour leur insuffler une force nouvelle. Les tambours parlent car les modulations que leur impriment les joueurs ont les mêmes accentuations toniques que les langues parlées. Ils tiennent donc, dans le processus des transes, un rôle déterminant car les joueurs qui décèlent les premiers symptômes du phénomène frappent les rythmes avec plus d'énergie, de façon à rendre les appels au dieu plus impératifs.

Les participants à la ronde sont pris progressivement par la contagion musicale et accélèrent leur mouvement, puis une femme se détache pour occuper le centre du cercle. Elle soulève ses épaules en cadence, imprime à sa tête un mouvement d'oscillation. Elle crie, elle gémit, son corps frissonne, ses reins se cambrent, une sorte d'orgasme la saisit et elle hurle : « Schango est arrivé. » Le dieu est sans doute là puisque tous les visages rayonnent et paraissent transfigurés par un sentiment de puissance, un état d'euphorie et d'extase. Ils participent à la puissance du dieu, ils sont le dieu eux-mêmes. Toute la société, tout l'entourage, a voulu la transe et a contribué à la provoquer. La femme, qui plus que l'homme sait parler avec son corps, s'est trouvée naturellement choisie comme interprète. Les prêtres préparent alors les sacrifices de poulet en l'honneur du grand vodoun.

Tout aussi spectaculaire et encore plus compliquée est la fête des ignames neuves à Pobé, au nord-est de Porto-Novo. Les Hollis, qui habitent cette région marécageuse, ont conservé leur religion traditionnelle dans un grand état de pureté, ne se mêlant ni avec l'islam, ni avec le christianisme. La fête à laquelle nous fûmes invités, ma femme et moi, par le ministère de l'Information et de la Culture, concernait donc la première récolte des ignames. On sait que, dans beaucoup de pays de l'Afrique occidentale, des rites importants se pratiquent en cette occasion où l'on invoque les ancêtres et les dieux. Personne ne peut goûter aux fruits de la nouvelle cueillette avant qu'on ait procédé à ces sacrifices. Il s'agit, en somme, d'une cérémonie pour désacraliser la récolte, en vue de la rendre consommable.

La manifestation se déroulait sur un vaste terrain, entouré d'arbres, à quelques centaines de mètres du centre de Pobé. Sur cette place, se trouvaient trois petits sanctuaires. Le premier, dédié à Ondo, est une petite bâtisse rectangulaire, prosaïquement recouverte de tôle, qui n'a, sur le devant, qu'un petit orifice devant lequel on dépose les offrandes et où on communique avec le dieu. Derrière, se trouve une entrée soigneusement cachée. Le second est consacré à Are, le répondant féminin de Ondo. C'est une muraille circulaire qui ressemble à une margelle de puits qui aurait deux ouvertures latérales. Enfin, le troisième, de forme circulaire avec un toit conique, est le temple de Legba, le messager de tous les autres dieux. Il est irascible, chamailleur et aime à provoquer les accidents et les calamités, mais on sait que, bien traité, il travaille pour le bien, alors il a sa statue dans toutes les cases d'habitation, c'est-à-dire une petite butte de terre, de forme vaguement humaine, avec des yeux blancs faits avec des cauris et un énorme phallus soigneusement entretenu, qui symbolise non pas la copulation, mais le caractère truculent, violent et sans vergogne de son détenteur.

Quand nous arrivâmes, l'orchestre de tambours était en place et les soldats du dieu, vêtus de tuniques bleu foncé et porteurs de longs bâtons et de coutelas, étaient déjà là. Des prêtres et le personnel religieux arrivèrent peu à peu, s'assirent à des emplacements particuliers, socles de bois, tabourets monoxyles, blocs de pierre. L'un d'entre eux portait une blouse noire et blanche, un autre, une robe bleue avec des points blancs et un collier de cauris autour du cou, tous tenaient des sceptres coloriés. Certains étaient coiffés de tiares en plumes de perroquets rouges et agitaient une double clochette. Leurs costumes liturgiques étaient extraordinairement luxueux et chargés d'ornements, colliers en or, bracelets, perles blanches, rouges et vertes.

Quand les acteurs furent à leurs postes, les habitants de Pobé apparurent avec leurs calebasses d'ignames sur la tête et des corbeilles de noix de kola fraîches qu'ils déposèrent au pied des serviteurs des dieux et devant chaque temple. Vers onze heures du matin, la cérémonie proprement dite commença par le temple de Legba à qui on offrit le premier sacrifice, pour ménager sa susceptibilité et permettre le bon déroulement de la fête. Le grand prêtre ayant pénétré à l'intérieur du temple, on lui fit passer les ignames et les noix de kola. Les auxiliaires firent des libations et coupèrent en petits morceaux les cotylédons des noix. Quand les produits de la récolte furent désacralisés, on les rendit à leurs propriétaires. Le clergé s'accorda une pause et les fidèles s'égaillèrent dans le bois voisin. Puis le rituel, en l'honneur d'Are, reprit une demi-heure plus tard. Les soldats du dieu formèrent avec leurs bâtons noirs plantés devant eux une barrière mystique autour du temple. Le symbole des morts fut fiché en terre, les chants et les danses s'organisèrent.

Enfin, la troisième partie du culte, consacrée à Ondo, se déroula exactement comme les précédentes. Les offrandes furent passées par le petit orifice de la façade du temple et les prières retentirent à l'intérieur. Quand le premier cycle du cérémonial fut terminé, les prêtres s'éclipsèrent pour méditer, les fidèles mangèrent la pulpe jaune des ignames, les enfants se mirent à jouer et les visiteurs étrangers furent invités, par les organisateurs, à prendre une collation et quelques rafraîchissements.

Vers les quinze heures trente, les acteurs sacrés réapparurent et les cérémonies recommencèrent. Il n'était plus question de désacralisation des ignames, mais d'une fête d'appel aux divinités qui, pour remercier leurs fidèles, allaient descendre, afin de s'incarner dans leurs prêtres. Quand tout le monde eut retrouvé sa place, les dignitaires de Ondo se rangèrent à genoux sur deux rangs, les bras appuyés sur le sol et chantèrent des prières en malaxant la farine des ignames dans les calebasses réservées aux dieux. Ensuite, ils entreprirent une lente procession et entrèrent dans le temple. Ils en ressortirent au bout d'un moment, ayant laissé la nourriture en offrande à leur dieu. Bientôt, le rythme de la musique, qui avait battu faiblement depuis le début, s'accéléra. Les trois prêtres de Ondo, d'Are et de Legba réunis se mirent à danser en tourbillonnant jusqu'à entrer en transe et être pris d'extase, chacun poussant un cri qui était le signe de la descente du dieu. Ces cris entraînèrent alors tout le clergé et ses auxiliaires dans une danse compliquée qui se déroula en avançant et en reculant vers les temples, en réservant à chacun des courbettes et des révérences spéciales, puis la cérémonie prit fin sur un dernier salut à Legba.

La symbolique de cette longue célébration nous échappa en grande partie car nous n'étions pas capables de comprendre les gestes et les enchaînements du cérémonial. Il nous en resta un sentiment étrange et angoissant de divergence fondamentale et une certitude inquiétante de ne pouvoir jamais, dans ce domaine, établir des ponts avec l'autre.

Une lueur d'espérance me revint toutefois lorsque, trois jours plus tard, je me rendis au sacre du nouvel évêque catholique européen du diocèse du Mono, à Ouidah. Les trois heures de cérémonial, de chants, de prières, d'égrenage de la litanie des saints et d'oremus en latin me donnèrent, en effet, à entendre que l'espèce humaine était fondamentalement une, même si ses pulsions métaphysiques semblaient souvent déroutantes.

L'animisme des populations du golfe de Bénin était d'ailleurs pour moi une source permanente d'étonnement. J'en étais venu, à leur contact, à douter de ma logique et de mon univers de poids et mesures.

« Êtes-vous venu voir la femme-chat ? me téléphona un jour le très sérieux docteur Ducloux, médecin commandant de l'hôpital.

– Comment ça, la femme-chat ?

– Si, si, me dit-il. Tout le gouvernement a défilé ici pour voir le phénomène.

– Mais encore ? lui demandai-je.

– Eh bien voilà ! Hier soir, un brave villageois d'Abomey-Calavi, un faubourg de Cotonou, a trouvé, en rentrant chez lui, une quarantaine de chats rassemblés dans la cour de sa case. Armé d'un gourdin, il tenta de les chasser mais il n'y parvint qu'à demi et au moment où il entrouvrit la porte de sa maison, deux ou trois irréductibles se précipitèrent à l'intérieur. Là, il réussit à les assommer à l'exception d'un récalcitrant furieux qui grondait, crachait, soufflait, la gueule ouverte et le poil hérissé. Finalement, il lui porta un coup sur la tête et, sous le choc, la bête se transforma instantanément en une vieille femme recroquevillée qui ne bougea plus. Il n'y avait pas de doute, c'était bien d'une antique aïeule qu'il s'agissait. Il voulut la saisir, mais elle grognait encore. Alors, il alerta ses voisins qui la firent transporter à l'hôpital. Elle est toujours là, me dit le docteur, mais en bien mauvais état, je crois qu'elle ne passera pas la nuit ! »

Et comme il était originaire de la Corrèze, il me fit une réflexion en patois – qui eut raison de mon scepticisme.

Je me rendis donc à la clinique. La femme-chat était devant moi, sur le lit, maigre et plissée à souhait, avec un petit visage rond, un nez court et épaté, des yeux écartés un peu obliques et quelques poils de moustache raides comme des vibrisses. « C'est vrai qu'elle ressemble à un chat », remarquai-je. Dans la nuit, elle mourut et on l'enterra probablement dans un cimetière de sorcières.

Deux jours plus tard, ayant été appelé en mission à Paris, je rencontrai, à l'aéroport d'Orly, l'ambassadeur du Dahomey à Paris, Michel Ahouamenou, et sa très belle épouse, ancienne directrice d'école à Porto-Novo, qui me demanda ce qu'il y avait de neuf à Cotonou.

« Rien, sinon une femme-chat qui est morte à l'hôpital.

– Oh ! c'est fréquent, me dit-elle. Il y a quelques années, j'en ai bien connu une, elle habitait à côté de notre école avec un gros chat qui cherchait toujours quelque nourriture auprès des enfants. Un matin, il traversa la cour et des garnements lui jetèrent des pierres, une l'atteignit au museau et le tua net. Un hurlement s'éleva chez la voisine qui accourut échevelée, frénétique, lacérant ses habits et tomba morte à la place du chat dont le cadavre avait mystérieusement disparu. Et pour cause, ajouta-t-elle, c'était une vraie femme-chat. »

Le grand nombre de crocodiles, de buffles, de lions, de panthères, d'hyènes et de chacals incarnés dans les braves gens que vous côtoyez banalement en Afrique aurait de quoi ajouter bien des tourments supplémentaires aux migraines de chaque jour. Il n'est pas jusqu'à l'esprit scientifique qui ne soit perverti.

« Où avez-vous trouvé ces pierres de foudre ? » me demandait un jour un jeune professeur de physique du lycée Victor-Ballot de Porto-Novo, qui sollicitait une bourse pour préparer un doctorat en France et était assis devant mon bureau.

Il soupesait respectueusement deux haches polies néolithiques en diorite que j'avais achetées sur un marché de brousse à une prêtresse de Schango, reconnaissable à son bracelet de cuir rouge fixé sur le deltoïde.

« Tiens ! lui dis-je, en pensant à Boucher de

Perthes et à ses découvertes dans les alluvions d'Abbeville, vous appelez ces haches, des pierres de foudre, également.

– Comment faire autrement ? Ce ne sont pas des haches mais des pierres façonnées par la foudre. »

Et comme je semblais perplexe, il me donna, sans la moindre hésitation, l'explication suivante :

« Il y a dans la tropopause, entre la troposphère et la stratosphère, dans cette zone fortement ionisée de l'espace, des quantités considérables de particules de poussières arrachées à la croûte terrestre par les phénomènes météoriques et telluriques qui, se chargeant d'électricité positive et négative, s'attirent et se repoussent et donnent, sous l'action des orages magnétiques, des agglomérats de matière que les décharges électriques et leur vitesse cinétique propre portent à l'incandescence. Lorsque l'éclair jaillit, ces masses en fusion sont projetées dans l'atmosphère ou, sous l'action de la résistance de l'air, prennent ce profil aérodynamique si caractéristique qui fait penser à une hache. Ces gouttes de matières fondues sont à la pointe de l'éclair. C'est d'ailleurs elles qui tuent quand la foudre touche quelqu'un et croyez bien je parle d'expérience puisqu'un jour, dans mon village, la foudre tomba sur un grand baobab qui fut déchiqueté. Les prêtres de Schango accoururent et recueillirent quelques-uns de ces pierres. J'en touchai une avec la main, elle était encore chaude. »

Bienheureuse éducation qui a si merveilleusement transformé les récits des conteurs d'autrefois. « Au moment de la grande bataille, disait Dieli-Sira, le roi des griots des Mandingues, quand la flèche faite avec l'ergot d'un coq blanc tué à minuit fut tirée par Soun Diata sur Soussou-Soumangourou Kanté, ce dernier disparut dans le ciel, absorbé par une colonne de feu. Seul son anneau d'or retomba sur la terre et, dans son milieu, poussa un grand baobab. Or j'ai vu ce baobab, ce qui prouve que toute cette histoire est vraie », ajoutait-il avec un clin d'œil à l'assistance.

Mais où sont les phantasmes et la réalité quand les femmes font « la magie » avec ces préparations où les sucs du corps humain et les sèves des végétaux se mêlent pour donner la mort ou la guérison ? Le savant parlera d'essences botaniques, de coumarine, de cétone, de strychnine, de roténone, mais il ne pourra définir les centaines d'usages que la moindre paysanne connaît par expérience. La forêt claire du Dahomey est d'une richesse végétale étonnante et la médecine rurale dispose avec elle d'un arsenal d'alcaloïdes sans pareil. N'importe quelle plante est susceptible d'être employée pour les remèdes les plus divers. Prenons simplement un ficus très courant comme le *Ficus capensis*, appelé komli-agbo, par exemple. Il sert à combattre, par ses fruits, ses feuilles, son écorce et son latex, les maux les plus inattendus : la gonorrhée, la dysenterie, les lumbagos, les maux de tête, la bronchite, les œdèmes. Il est utilisé comme diurétique et aphrodisiaque, dans la lutte contre la stérilité et l'épilepsie, pour accroître les sécrétions lactées des mères et lors du tannage de certains cuirs. Il entre également dans la composition des poisons et de leurs antidotes. Car la science des sorciers et sorcières dahoméens, en matière de philtres, d'embrocations et de bouillons d'onze heures, est inimitable. Ils connaissent des centaines de mélanges et peuvent parvenir, en jouant avec les antidotes, à graduer les effets de leur médecine. Pour chaque poison mortel, il existe un contre-poison salvateur. En cas de repentir, et s'il est encore temps, le second fera disparaître les effets nocifs du premier. Mais si le patient est indéfendable, la potion de mort fera son effet.

Pendant mon séjour, j'ai connu quelques-unes de ces victimes célèbres, dont un préfet, un inspecteur des finances et un agent des contributions. Dans les trois cas, le poison avait agi par destruction irrémédiable des pyramides de Malpighi dans le rein, ce qui avait provoqué une crise d'urémie foudroyante.

Toutes les gammes d'empoisonnement existent, permettant de provoquer chez la victime dépression de la volonté, aboulisme, anémie pernicieuse, affection chronique du système digestif et mort lente ou rapide, etc. On prétend que les épouses sont plus expertes que les maris dans ces pratiques, non pas qu'elles aient des dispositions naturelles supérieures, mais par le fait qu'ayant pratiquement le monopole de la cuisine domestique, elles peuvent administrer leurs potions plus discrètement. De toute façon, les femmes du golfe de Bénin sont redoutées pour leur sens de l'organisation, leur solidarité, leur discipline et leur flair en affaires. Elles se groupent en sociétés, sous la direction de l'une d'entre elles, reconnue pour sa sagesse et son autorité. Elles monopolisent les affaires, payent leurs traites avec ponctualité, manipulent des sommes d'argent considérables, lancent des opérations d'envergure, sont propriétaires de leurs fonds de commerce et de leur voiture Mercedes-Benz. Un homme, condamné par la société des femmes, est perdu de réputation et ruiné dans ses entreprises. Au demeurant, les femmes dahoméennes sont souvent très belles, bonnes épouses, bonnes mères de famille, respectueuses de la morale sociale; elles aiment les toilettes voyantes et sont sensibles à l'opulence.

Les régiments d'amazones créés par le roi Ghezo se distinguèrent par leur courage, leur intelligence au combat et leur intrépidité. Elles humilièrent les défenseurs d'Abeokuta, en pays yoruba, car ceux-ci avaient coutume de saisir les premiers guerriers ennemis qui escaladaient les murs pour les émasculer sur-le-champ, afin d'effrayer le reste des assaillants. Mais ce jour-là, l'assaut fut donné par les amazones et les courageux assiégés restèrent les bras et les couteaux ballants, quand ils s'aperçurent qu'ils étaient vaincus par des femmes. A la bataille décisive de Cana, en 1892, elles se jetèrent par groupes entiers devant les mitrailleuses françaises pour les empêcher d'atteindre leur roi. Stupéfaits, les officiers français n'osaient plus se servir de leurs armes tant on leur avait appris, dans leurs traditions, à ne pas meurtrir les filles d'Ève.

Cette égalité entre les sexes, qui se manifeste dans le culte des vodouns et les activités sociales, est un des traits les plus remarquables des civilisations du Bénin. Les femmes y ont toujours été l'objet de grandes marques d'affection de la part de leurs enfants, et la mère du roi Ghezo en donna un exemple historique fameux.

A la fin du XVIIIe siècle, à la mort du roi fon Tegbessou, un usurpateur, nommé Adandozan, s'empara du pouvoir et vendit comme esclaves les femmes et les enfants du défunt, car étant princesses et princes d'Abomey, nul n'avait le droit de répandre leur sang. La famille royale fut donc décimée et, seul, le petit prince héritier Gapé, âgé de douze ans, fut sauvé par sa nourrice qui le cacha dans la tribu voisine des

Mahis, au village de Dassa Zoumé. Quand le jeune homme eut reconquis son trône et pris le nom de Ghezo, il ne pensa d'abord qu'à retrouver sa mère. Mais rechercher une pauvre esclave, perdue dans le vaste Brésil, ressemblait à une chimère. Le roi envoya, contre tous les avis, deux ambassadeurs de l'autre côté de l'océan, et ils revinrent, au bout de quatre ans, avec la princesse perdue. Les chercheurs modernes ont découvert récemment le lieu de sa détention, la ville de São Luís du Maranhão, dans le Nordeste brésilien, où une collection d'*assens* (les symboles sacrés) des rois d'Abomey avait subsisté jusqu'à nos jours. Or, seule une princesse d'Abomey avait le pouvoir magique et les connaissances nécessaires pour célébrer les mânes de ses illustres ancêtres.

Les difficultés auxquelles se heurtait l'équipe militaire étaient aussi héroïques et incertaines que les recherches de Ghezo, et Paris m'assaillait de demandes d'éclaircissement et de rapports de conjoncture sur les possibilités de voir se constituer un gouvernement d'union nationale. Mon excellente équipe bolivienne que j'avais reconstituée au fil des ans – le premier secrétaire Paul Bazin, l'attaché commercial Max Leport, le conseiller culturel Jean Monloubou, auquel s'était ajouté l'inlassable Jacques Tailleur, chef des services de coopération, et le consul général – travaillait sans relâche avec une foi inébranlable à laquelle les Dahoméens civils et militaires rendaient unanimement hommage, mais notre machine, comme la leur, tournait désespérément dans le vide.

Le commandant Kouandete et le colonel Alley avaient mis en chantier une nouvelle constitution, la troisième depuis l'indépendance, et fixé des élections au 25 mai pour désigner un véritable président de la République. Les conditions un peu rocambolesques de leur prise de pouvoir et la découverte des problèmes insurmontables qui les attendaient avaient jeté le trouble, non seulement dans leur esprit, mais dans celui de toute l'armée. L'objectif était de sortir, coûte que coûte, du guêpier.

A la date prévue, la consultation populaire eut lieu, mais elle fut boudée par les électeurs qui s'abstinrent à 75 %. Le malheureux élu, un inconnu nommé Adjou, sortit malgré tout des urnes, mais souleva un tel mécontentement que son élection fut immédiatement annulée. On avait sous-estimé, en effet, l'action souterraine des trois caciques Apithy, Maga et Ahomadegbe qui, tels Minos, Éaque et Rhadamanthe, avaient, du fond de leur exil, conseillé l'abstention à leurs partisans. Il ne restait plus qu'une seule personnalité qui avait déjà occupé tous les grands postes de responsabilité en ménageant son indépendance : le docteur Émile Derlin Zinzou. L'homme était estimable à tous les points de vue et trop intelligent pour se faire des illusions sur le redressement rapide du Dahomey. Ce n'est pas en distribuant plus d'argent qu'il en est perçu que l'on rétablit le crédit de l'État. L'impasse budgétaire était d'un milliard de francs CFA. Les recettes douanières accusaient un déficit de huit cents millions. Les contributions directes et la taxe civique ne rentraient pas. Les factures administratives restaient impayées et les cotisations internationales du Dahomey se faisaient attendre. Malgré de si cruelles perspectives, le docteur Zinzou accepta la mission et fut investi par les forces armées. Le colonel Alley lui remit ses pouvoirs avec une allégresse qui ne doit pas avoir beaucoup de précédent dans l'histoire politique du monde. Un référendum eut lieu un mois plus tard pour ratifier ce choix.

Mis au pouvoir pour cinq ans, le docteur Zinzou ne devait s'y maintenir que dix-huit mois. Toutes les difficultés auxquelles s'étaient heurtés ses prédécesseurs l'assaillirent dès sa prise de fonction. Il tenta de tailler dans les dépenses excessives, en comprimant notamment celles de la fonction publique qui transformaient inexorablement l'État en une république de fonctionnaires, mais il ne put résister à la pression des salariés et des syndicalistes qui se dressaient contre lui. L'armée, elle-même, n'était pas sûre, les intérêts familiaux y dominaient et le « trio » infernal en profitait pour y développer sa propagande la plus perfide.

J'assistai, consterné, à cet effondrement intérieur auquel je ne pouvais rien, sinon maintenir la coopération française dont les subsides n'étaient pas à la hauteur de la banqueroute. Paris, toujours prêt à partir pour les rêves universels, parlait abondamment d'assistance globale, de bloc africain, d'exemple ivoirien, de vitrine de ceci ou de cela. Tous les ministres de la Coopération, qui se suivaient à cadence rapide, constataient, avec une régularité touchante, qu'ils étaient arrivés à un tournant, qu'il était urgent de repenser le problème, de changer de concept, de méthode d'approche et ce long slalom débouchait immanquablement sur une course rectiligne le long des ornières traditionnelles. Alors, la pluie de circulaires supplantait celles des mangues. Les missions d'évaluation se succédaient, prenaient contact avec « les structures », les responsables, les politiques et tous ceux qui, par habitude ou désœuvrement, se prêtaient volontiers à ces dialogues sans lendemain. Les rapports qui en résultaient étaient unanimes : il fallait donner un élan nouveau à l'agriculture, régénérer le palmier à huile, impulser la culture du coton, valoriser la production vivrière, coordonner étroitement, intégrer soigneusement, veiller jalousement à parler le même langage que la « tour de Babel » internationale, car l'Occident accourait, pressé de montrer son savoir-faire et sa générosité : Volontaires du progrès, Peace Corps, coopératives suisses, Israéliens, Canadiens et même Formosans. La solution était toujours simple : « y a qu'à » travailler dans un esprit novateur avec les collectivités secondaires de l'État et notamment avec le département. « Ce dernier ne tarderait pas, en effet, à devenir un instrument régional d'exécution du Plan et un outil pratique entre les mains du préfet et de ses services. » Il semblait aux savants enquêteurs que la forme d'un « établissement public » à caractère industriel et commercial convenait mieux à la structure recherchée. L'appellation n'étant pas essentielle, pourquoi ne pas suggérer le nom d'« office départemental de la production » ? Cet organisme utiliserait les services de fonctionnaires détachés, et non plus « mis à disposition », qui relèveraient de la hiérarchie disciplinaire de l'office, ou les multiplierait même, pour atteindre plus sûrement les buts recherchés qui étaient, c'était enfantin, d'accroître la production en augmentant les rendements, de faire évoluer les techniques paysannes en faisant passer les résultats de la recherche appliquée dans la pratique agricole courante, d'exercer une tutelle des groupements villageois, pour mieux les associer à l'effort global de développement, etc., etc. Tout cela allait coûter très cher, mais « y a qu'à » mobiliser les ressources de l'aide extérieure (FAC, FED, PNUD, BIRD), les ressources du budget national, du budget départemental, augmenter les cotisations perçues avec les rôles d'impôts, la levée d'une taxe agricole pour alimenter... le Crédit Agricole.

Au fond, peu importait à ces visionnaires que les paysans s'en remettent plus volontiers au Bon Dieu qu'à la coordination du préfet pour travailler la terre, fassent des libations aux fétiches de la fécondité, que les cadres soient friands de « gras salaires », les intermédiaires de profits immédiats, et les fonctionnaires de petites astuces pour améliorer leurs appointements. La coopération allait lancer une nouvelle affaire qui viendrait à son heure et en son temps...

Comme il était clair que le docteur Zinzou n'avait pas le pouvoir magique, ni la baraka pour régler tous ces problèmes, ses jours étaient nécessairement comptés. Comme les miens d'ailleurs, car il était compréhensible qu'au terme de cinq ans je commençais à manquer de foi pour soulever les montagnes, de vision nouvelle pour stimuler les imaginations et, surtout, je me sentais coupable d'avoir capitulé devant l'oiseau sorcier.

Je reçus l'ordre, en décembre 1968, de rompre mon établissement et je quittai mon poste le 6 janvier 1969.

Mes derniers jours dahoméens furent consacrés à

la tâche toujours mélancolique d'établir son bilan et de rédiger le rapport de « fin de mission » que le Quai d'Osay n'a pas le temps de lire, mais qu'il garde consciencieusement au fond de ses archives.

Faute d'avoir pesé sur le destin du Dahomey et compris les mécanismes auxquels il était soumis, je cherchai une consolation dans la contemplation de ces flocons d'écume qui font la beauté de la vague et le charme des jours. Des broutilles insignifiantes, comme le petit troupeau de paons et de faisans dorés que j'avais acclimatés dans les jardins de l'ambassade, la grande clôture du parc dont j'avais dessiné les éléments avec l'architecte Vivant, la cocoteraie que j'avais reconstituée et les quelques plantes exotiques que j'avais accoutumées au sable de la grève, les vieux canons du fort de Ouidah qui provenaient de la prise de la frégate hollandaise en 1704. J'en avais placé quelques-uns sur des affûts reconstitués au bord des pelouses, ainsi que le buste du général saint-louisien Dodds qui avait mené la campagne du Dahomey en 1892. Ces malheureux vestiges du passé de la France n'eurent pas l'heur de plaire au secrétariat général de la Communauté, qui les fit enlever en 1973 à l'annonce d'une visite, qui n'eut d'ailleurs pas lieu, du président Pompidou. C'était le temps de la grande honte où il était de bon ton de cacher son passé colonial pour ne pas provoquer la génération montante des tenants du progrès illimité. J'étais, de toute évidence, bien dépassé, puisqu'au fond de mon village, on m'avait enseigné jadis que la force d'une nation était d'être toujours fier d'elle, quelles qu'en fussent les conséquences.

J'allais encore rendre visite au petit musée de Ouidah et au vieux roi Toffa II, à Porto-Novo, dont les monitors et les voiliers des Hanses n'auraient pas repêché la carcasse ivre d'eau ou d'autre chose. Je fis mes adieux au président Zinzou et à son gouvernement, en somme à tous ceux qui avaient mon estime, de Mgr Bernardin Gantin, le remarquable évêque de Cotonou qui devait devenir cardinal, aux officiers turbulents et au syndicat des femmes. Je m'envolai enfin avec le même sentiment de perplexité que j'avais éprouvé huit ans auparavant, en quittant le Congo.

L'Histoire marchait à grands pas. En Bolivie, une série de sept coups d'État militaires et un défilé de onze présidents était en cours. Au Dahomey, le commandant Kouandete était sur le point de chasser physiquement le président élu pour ouvrir la voie à un directoire militaire, présidé par le commandant de Souza, qui allait rappeler Apithy, Ahomadegbe et Maga. Les trois compères constituèrent un conseil présidentiel élu pour six ans où chacun prendrait la présidence à tour de rôle, pour deux ans. Mais parvenu au tiers de la course, l'édifice devait s'effondrer. Les militaires tentèrent d'assassiner leur chef d'état-major, se condamnèrent à mort réciproquement et finalement, le commandant Kerekou, l'ancien aide de camp du général Soglo, originaire du Nord, fermement décidé, semblait-il, à mettre un terme définitif à la ronde infernale, prit le pouvoir et mit en résidence forcée à Porto-Novo, Minos, Éaque et Rhadamanthe.

Mais l'oiseau sorcier veillait et bien que le nouveau barreur eût adopté le socialisme comme visée stratégique et le marxisme-léninisme scientifique comme guide philosophique, il ne pouvait échapper à l'évolution en trois temps qui le conduirait à sa perte, dix-huit ans après. Dans le premier temps, il consolida son pouvoir en s'appuyant sur les jeunes intellectuels marxistes et l'armée. Il purgea les rangs de l'ancienne caste politique par des procès en chaîne et des complots découverts à bon escient.

Dans le second, il régna en maître, nationalisa le transit portuaire, les banques, les assurances et s'aperçut que tous les capitaux s'enfuyaient à l'étranger et que les aides extérieures s'amenuisaient. Enfin, à force de multiplier les fronts, les comités, les chapelles progressistes pour se protéger, il favorisa les facteurs d'anarchie et de xénophobie. Il frappa à gauche, à droite et au centre. Il accusa même le docteur Zinzou, qui vivait en France, de comploter contre la sûreté de l'État et le fit condamner à mort par contumace. En fait, c'était pour procéder à une vaste épuration de ses partisans.

Dans la troisième étape, il changea le nom de Dahomey, qui faisait trop colonialiste, en celui de République populaire du Bénin et le conseil national de la révolution fut érigé en comité central du Parti révolutionnaire du peuple béninois (PRPB) qui se définit comme « un parti de classe, détachement d'avant-garde du prolétariat et de toutes les couches sociales exploitées ».

Parvenu à ce stade d'amère loufoquerie, de sourire au marxisme en clin d'œil au capitalisme, de tentation de manger à tous les râteliers en proclamations successives de pureté dialectique et de professions de foi contradictoires, il s'achemina vers son déclin et fut remplacé par un conseil national modéré qui ramena le pays à la case départ.

Huit années d'observation quotidienne de deux peuples profondément différents par leur histoire et leurs structures mentales, mais étonnamment semblables par leur comportement et leurs tribulations politiques, auraient dû me donner la clé de cette incapacité commune à se gouverner et à travailler dans la paix et la stabilité.

Ce n'était pas une question de dimension géographique, ni de ressources naturelles. Le Dahomey n'était, certes, qu'un petit pays ingrat et mal découpé, mais dont les trois millions d'hommes ne connaissaient ni famines, ni calamités. La Bolivie avait une surface dix fois supérieure, toutes les richesses de la terre et du ciel et stagnait dans un état voisin de la misère. Ce n'était pas non plus une conséquence directe de la colonisation. L'un avait connu quatre siècles de présence étrangère, d'exploitation effrenée de ses ressources et l'implantation définitive du colonisateur. Mais il avait bénéficié d'un apport technique et culturel considérable et d'occasions de progrès qu'il n'avait pas su saisir. L'autre n'avait connu, pendant une soixantaine d'années, qu'une domination policée, exercée par une poignée de fonctionnaires expatriés qui avaient bâti et instruit le pays beaucoup plus avec l'argent de leur nation qu'avec les bénéfices « scandaleux » réalisés sur l'huile de palme.

De plus, les deux peuples avaient chacun un long passé, des croyances originales et des aptitudes personnelles d'intelligence et de créativité de bon niveau. Sans doute leur attitude à l'égard du monde extérieur était-elle différente. L'Indien de Bolivie refusait dans son ensemble le modèle de l'Occident, le Dahoméen raffolait au contraire du décalque européen et brillait dans tous les arcanes du savoir des peuples blancs, à l'exception de l'organisation et de la rigueur.

Il fallait donc chercher ailleurs les raisons de ces blocages si difficiles à surmonter et s'interroger sur les rapport de ces sociétés avec le concept de nation. Et c'est là que l'oiseau sorcier venait se poser sur ma branche. Peu importe qu'il fût blanc, coloré ou noir, qu'il eût une allure de corbeau ou un bec de cormoran, il était le symbole de tout ce qui entrave l'évolution harmonieuse de l'humanité.

Il n'a ni patrie, ni frontière, son empire s'étend à toute la terre, il représente la prééminence des voix du sang dans le concert des hommes, l'identification instinctive à la famille, au clan, à la tribu, au détriment de la collectivité étendue. Il règne sur les chamans, les sorciers, les devins, les propagateurs de mythes et les faiseurs d'amulettes. Il entretient dans la paresse et le rêve les timorés et les opprimés.

C'est un génie anarchique qui empêche l'apparition des principes et des barrières qui pourraient contenir le foisonnement des ambitions individuelles, la soif du pouvoir, l'envoûtement de l'or, l'orgueil et le mépris, la griserie de l'adulation et le miel de la célébrité. Il attise les guerres et les querelles et maintient, dans le cœur des hommes qui s'en croyaient affranchis, les fureurs ancestrales.

Il connaît, depuis le fond des temps, les seuls dangers qui le menacent : l'esprit civique, le dévouement, la tolérance, l'honnêteté, le goût du travail, l'acceptation des sacrifices, la démocratie, la paix et la foi dans le progrès, mais il est convaincu de sa toute-puissance et volette de-ci de-là, apparaissant et disparaissant sans cause, l'œil toujours aux aguets sur son immense royaume.

« Il fait très peur aux Indiens, disait l'éleveur corse du Chaco, car ils savent qu'il les observe pour tout raconter aux chamans. »

« Méfie-toi du milan noir, conseillait l'Africain, il te regarde pour compter tes défauts et découvrir ce que tu caches. »

Mais peut-on croire ces médisances quand on connaît le monde merveilleux des oiseaux, parés de toutes les grâces, les couleurs et les ramages mélodieux qu'a imaginés la nature. Pour avoir connu l'un d'eux, depuis plus de trente ans dans ma famille, je demande pardon aux neuf mille espèces et aux vingt-huit mille sous-espèces qui peuplent, paraît-il, la terre d'avoir choisi un de leur frère pour symboliser les faiblesses humaines.

Je n'éprouve pour eux que l'affection et l'admiration du petit Indien qui pleurait sur la tourterelle inca que j'avais sottement abattue.

Je leur demande d'être convaincus que je ne crois ni aux mauvais présages, ni aux oiseaux sorciers...

....

Et pourtant, il paraît que ça existe quand même et qu'ils jouent parmi nous un rôle que nous ne connaîtrons jamais.

Cet ouvrage a été réalisé par la
SOCIÉTÉ NOUVELLE FIRMIN-DIDOT
Mesnil-sur-l'Estrée
pour le compte des Éditions Flammarion
en mai 1993

Imprimé en France
Dépôt légal : juin 1993
N° d'édition : 14492 – N° d'impression : 23871